《随笔》文丛

朱正　陈四益　主编

岁

月

赵园　著

南方传媒　花城出版社

中国·广州

图书在版编目（ＣＩＰ）数据

岁月 / 赵园著. -- 广州 ：花城出版社，2024.6
（《随笔》文丛 / 朱正，陈四益主编）
ISBN 978-7-5360-9777-3

Ⅰ．①岁⋯ Ⅱ．①赵⋯ Ⅲ．①随笔－作品集－中国－
当代 Ⅳ．①I267.1

中国版本图书馆CIP数据核字(2022)第167816号

出 版 人：张　懿
策 划 人：麦　婵　王　凯
责任编辑：王　凯　欧阳蒨
责任校对：李道学
技术编辑：凌春梅
封面设计：张年乔

书　　名 岁月
　　　　　SUI YUE
出版发行 花城出版社
　　　　　（广州市环市东路水荫路11号）
经　　销 全国新华书店
印　　刷 深圳市福圣印刷有限公司
　　　　　（深圳市龙华区龙华街道龙苑大道联华工业区）
开　　本 787毫米×1092毫米　32开
印　　张 10.875　2插页
字　　数 177,000字
版　　次 2024年6月第1版　2024年6月第1次印刷
定　　价 69.00元

如发现印装质量问题，请直接与印刷厂联系调换。
购书热线：020 – 37604658　37602954
花城出版社网站：http://www.fcph.com.cn

自　序

　　做学术的间隙写一点随笔类的文字，几十年来始终如此。无非以这种更随意的文体承载不能纳入学术论文、论著的内容，亦换一副笔墨，多少有一点自娱的意思。

　　本集所收，为《世事苍茫》之后所写随笔类文字。"老友记"所谓"老友"，并非几十年间的，不过近年来写过的老友。所以写在此时，无非因自知老了，任何意外都可能发生，希望在有生之年将感激与怀念写下来，庶几少留一点遗憾。"琐记"一栏，是不便归类的几篇。其中关于"老照片"的一篇，插入照片时不无游移。但影像也是个人史的一部分，或许较之文字，更能令人感受"时代气息"。"答问"中答袁一丹问，写在学术工作结束之后，是较系统的回顾。① 该篇发表时拆成了两段，分别刊《书城》杂志与《上海书评》。这里合成一篇，补入发表时因篇幅所限删去的字句，也仍非全貌。缘由不难想见。"杂说"一栏中的前几篇，分别发表于《随笔》《读书》杂志；《严肃与戏谑》是为幽兰会馆举办的与节气有关的活动所写发言稿。至于"老年"，如该组文字的小引所说，是我写作时间延续最久的题目——如若可能，还会延续下去的吧。

答袁一丹问谈到了散文写作的"季节性"。散文写作的最佳状态，一旦失去即难以找回：或许只是我个人的经验。我所写散文随笔迄今较被认可的，是第一本集子《独语》。其中诸篇大致写在 1990 年代，其中有些或许是较为严格意义上的"散文"。从事学术有年，某些感觉、记忆只是在进入散文写作时才醒来。第二本《红之羽》多少延续了《独语》的写作，文字已见滞涩。此后渐多学术性随笔、小品。你无法返回最适于散文写作的状态，亦如无法阻止季节流转。其实学术性写作何尝不如是。也是在那篇"答问"中，我说："《论小说十家》之后不再有细腻的文

---

① 我已一再说明关于我的访谈，几乎均系笔谈：或由对方先拟提问，由我作答，或将我所写随笔事后包装成"访谈"。"答问"一栏答袁一丹、程凯问属于后者。这种方式不足为法。

字感觉；写《明清之际士大夫研究》的续编，不能回到写正编的状态；写完了《想象与叙述》难以有旁搜博采的铺张；考察当代史的后两年，渐渐疲惫，麻木，不能如前的'倾情投入'。看一些年前的随笔，会惊讶何以有这样的文字。你经历的，是能量耗散的过程，情况正与年轻时相反。"曾经以年计量的，如今要以月、日为尺度——岁月本就这样无情。

"岁月"是个太过平淡的题目，却与我此时的心情契合。环顾周围的老人，肌肤上往往有疤痕，如老树的节疤，无非岁月的刻痕。这刻痕触目惊心，说不上美或丑陋，为生命的季节留一标记罢了。

2021 年 3 月

目

录

老友记

琐记

答问

杂说

老友记

送别富仁

写关于朋辈的纪念文字，在我，是第二篇，前一篇写日本的中岛碧先生。中岛先生长我三岁，是我最亲密的异国友人。

写作本文，最先记起的，是与富仁（注：王富仁）共同度过的1980年代。富仁由山东来北京读博，我已由北大研究生班毕业。我们曾极力向王瑶先生推荐，王先生说他不知"博士"是什么样子，自然是一句推托的话。那时学位制重建未久，王先生还没有招收博士生的准备。后来平原（注：陈平原）由广东北上，我们又极力怂恿。王先生终于松动，或许是出于对平原关于苏曼殊、许地山的两篇论文的欣赏。事后看来，富仁到李何林先生门下，平原师从王瑶先生，都属于最佳安排。以富仁不惯羁束的脾气，与王先生磨合，怕是困难的吧。

"文革"后的"前社交媒体"时代，交往方式古老。通常是神交已久，有机会聚首，一拍即合。那时我家的居室较宽敞，自然成了友朋聚会之地。最初见到的富仁，穿了当时乡镇干部的那种劣质西服，秋裤裤脚露在西裤下，有十足的乡气。这种乡气在他，至死未变。无论在京城，还是在汕头，生活上都习于粗粝。这一代人生长在匮乏年代，无论家世如何，都与"贵族气"无缘。富仁的以不变应万变，自然不是什么生存策略，本性如此而已。较之其他朋友，富仁更能"和光同尘"，古人所谓的"不立崖岸"、与人"无町畦"。倘生当古代，或许会是那种藏身陋巷或田夫野老间的高人的吧。

与富仁单独相处较多的，是1980年代末。那年3月先是在寒舍为理群、福辉（注：钱理群、吴福辉）做五十寿庆；围了火锅，才得知参与的朋友中，有那年恰三十或四十岁者，也就一并贺过。过后不久，我与富仁赴重庆出席老舍研讨会。会后乘江轮出夔门，与富仁同舱。漫长的江行中少不了嬉闹，富仁则是中心人物。本来就没有"架子"，闹起来更没大没小。其时三峡大坝似尚未竖起，于是看到了两岸刀劈斧削般的岩壁，惊心动魄。

到武汉后四散，蒙武大同行盛情款待，我与富仁在那里稍事停留。校园中樱花盛放。武大赏樱，在我，是仅有的经历。停留期间与富仁同游东湖，富仁大包大揽地说由他划船，下得船来，才知他是道地的旱鸭子，只好任船在岸边漂着。回到京城，到局势"底定"，像是又活过了一世，我们共同的1980年代就此结束。此后友朋间学术路向渐歧，我转向明清之际，富仁曾涉足中国古代文学，在汕头创办《新国学研究》。我对他的选择不无保留，对"新国学"一名也有异议，但知道富仁决定了的，必有他的理由；且一旦决定，即难更改。而我交友的原则，就包括了不试图改变别人。

进入1990年代，富仁任教汕头大学前，仍有同游的机会，去山东，到山西平遥、壶口。也仍会一同讲学。记得有一次因准备不足，递了条子到讲台上，求他拖延半小时，他果然多讲了半个小时。富仁天生适于讲台，剧谈雄辩，乐此不疲。培元（注：王培元）的纪念文字，写到富仁与理群的竟夕谈。另有朋友曾与富仁同住一室，夜深入睡时，见富仁仍坐在床头抽烟。一觉醒来，富仁谈兴犹浓，接着说了下去，朋友只得告饶。这次富仁离去，带走了多少尚未发出的议论？

对富仁最初引起学界关注的鲁迅研究，我已不记得当时阅读的印象，今天更不宜置评，相信无论富仁还是理群，当年所做的，均有"破冰"、"拓荒"之功，为后来者打开了更多通道。1980年代的中国现代文学研究者向五四一代致敬，自居为"传人"，承担着"再启蒙"的任务。较之富仁，我或许较少这一方面的自觉，却也在学科风气中，尤其写《艰难的选择》的时候。起点对一代人影响之深远，由友朋那里均可得证明。即使踏进了明清之际，我的专业背景依然清晰。至于富仁、理群，更有其一贯。较之王、钱二位，我一向较少对写作的"公共性"的意识，更个人、更内倾，但我们仍然都是"五四之子"。① 新文化运动对于我们"初乳"般的滋养，与鲁迅那一代人同在的感觉，持久地影响着此后的学术工作与公共写作。纵然时风、世风屡变，保持了较为稳定的价值立场。

1980年代气度恢宏，我们都由这年代获益，尽管彼此间始终有微妙的差异。富仁在朋辈中，气象尤其阔大。那个年代少一点恶性竞争，虽平台有限，空间却相对宽阔，容得下不同风格、取向共生并存。也因压力较小，成名较易，"盛名之下其实难副"，对此各有一份清醒。自我角色认知，则受鲁迅"中间物"一说的影响，自认"过渡"的

---

① 近期读到这种说法，是贬义的。我这里反其意而用之。

一代，尽其所能地承担起承启的任务，寄希望于后来者，尽管期待中的"未来"遥不可及。

回头看去，一班友人，在"荒废"后起步，起点相去不远；此后的选择，互有得失，却各自由学术工作中获得了满足。能于此安顿身心，不能不说是幸运的。富仁本科读的是外文系。中国现代文学学人圈子中，这样的知识背景似乎稀有。早期的研究，即涉及鲁迅与俄罗斯文学的关系。即使这一方向上的考察未能延续，俄罗斯文学的气息想必已浸透了他的生命。学术选择方面，我较少自信，倾向于敛抑，不能如富仁的大开大阖，在广阔的论域驰骋；对他的不严格限定范围，也有所保留；以为以他的审美能力，尚有未尽之才。这多半不是富仁的考量。他很可能更享受议论纵横的快感，对世俗所重并不介怀。两次看到他病床边的书，不是消闲的读物，仍然是艰深的中外典籍。富仁倘有对斯世的留恋，也应在此的吧。

我的习惯，不大读同代人（包括友人）的文字，读得较多的，是年轻世代的，外国文学的，其他人文社会科学的。也因此交友的选择，与学术关系不大。友朋间谈论的，往往也是"公共话题"。于此学术只是一种因缘，而非纽带。不遵循"友直、友谅、友多闻"的古训，但求精神的相契。有这种契合的朋友并不多。几十年世易时移，友朋中变化最小的，或就是富仁的吧。曾有"王门弟子"的说法，含有贬义，实则那一代现代文学界的学人，少有门派意识，校际间交流也很顺畅。富仁自然成了联系北大与北师大的人物，直到他南下汕头。2003年"非典"（SARS）时期，到过他即将任教的汕头大学，对那里环境的清幽印象深刻，却不能不想到富仁将要体验的孤独。此后凡他回京，总有小聚，只是已难以尽兴。只能暗自想，他快乐吗？

富仁的性格本有叛逆的一面。数万字的长文不加注释，曾为年轻学人诟病；我却猜想系有意为之，与越来越"建制化"的学界开玩笑，犹如那回江轮上的恶作剧。在汕大办《新国学研究》，意图也更在"冲击"，推动当代中国学术开疆拓土，也以之抵抗以"国学"否定新文化运动的潮流。限制了刊物的影响的，却不能不是一代人知识学养方面的缺失。以富仁的清醒，对此未见得没有预估。也因此他的努力在我看来，有几分悲壮。富仁的勇猛，仍如1980年代，对"时风众势"的抗拒始终强悍，我却先他而老了。

由宋朝南渡直至明清，人文之盛更在江南。据说院士中，江苏籍人士曾占过半壁江山，不知是否如此。直至近几十年，北方人才兴起，文化界才渐多了北人。富仁写到过"大多数北方人"的"脾气"（《说说我自己》），更是夫子自道。我也是北人；敝省的民风，就颇招非议。记得一次演讲，引用王夫之关于北方"夷化"的说法，大出生在孔孟之乡、受齐鲁文化陶冶的富仁的意料。至今记得他惊愕的神情。

富仁不孔武剽悍，却是个有血性、重情义的山东汉子，能为朋友两肋插刀。我的朋友中，这样的非止富仁，恕我在这里不便举例。有血性者会有富仁所说的那种"脾气"。无论理群还是我，都曾感受过富仁刚烈的一面，甚至犟、拗。我曾亲见富仁的盛怒，拂袖而去，令周围的人不知所措。他有自己的原则，为此并不迁就朋友。尽管那一次发作，事后看来，并不值得。但这也是富仁，即使发脾气也非干一己之私。犟、拗之外，或许还有些许霸气，陈独秀所说"必不容反对者有讨论之余地"①的那种。径情直行，不左顾右盼，不介意他人的眼光，也不在意自己的"身份"，即使为此付出代价也在所不惜。我自知属庸常之辈，对富仁的决定不敢妄评。对他那种"虽千万人吾往矣"、孤行己意的勇气，毋宁说有几分敬畏。凡此不便

---

①　《答胡适之》，《新青年》第三卷第 3 号。

都归之于地域，或只是他个人的性情。"性情中人"已被说滥。所谓的"真性情"几人能有！

　　应当承认，我熟悉的，只是友朋交往中的富仁，其他场合的富仁非我所能知。即友朋聚谈，通常也言不及私，富仁的家世、身世，所知极有限。只记得他说过"文革"中"破四旧"，他的名字被认为"封资修"，曾由毛泽东诗词中取了两个字，如果我没有记错，是"东方欲晓"中的"东晓"。读关于熊十力的记述，熊、梁（漱溟）交谊，那种名士风度，已难再见于我所属的这代人。对朋友披肝沥胆，我自己就做不到，只能合则交，不合则罢。更无论古人所谓的"金石之交""刎颈之交"。但毕竟有二三友人，足慰寂寞，已可无憾。

　　富仁在北京 301 医院住院期间，我与得后、王信曾两次探视，后一次是今年三月，见他仍然笑嘻嘻的，若无其事的样子。对他最终的选择，虽心情黯然，却并不震惊。得后提到医院"心理疏导"的必要性。无论目下有无条件，"疏导"都只对一些人有效。富仁无需"疏导"。

　　富仁是那种不惯于诉苦的人，即使到了这时候。无论病痛还是孤独，都未必向人诉说。因此留在我记忆中的，是离开病房时看到的他笑嘻嘻的样子。那年在壶口瀑布边，他走过来坐在我对面，半开玩笑地说他不放心，怕我会跳下去。就我的经验，当断则断，能决绝地纵身一跳的，倒可能是那种看似达观的人，而非事先做足了文章，才会有惊人之举；也未见得勘破了什么，只是将生死视为平常罢了。富仁绝无"厌世"这一种倾向；他不过在有限的选项中，选择了于人于己都代价较小的方式，向这个世界告别。这也更像我认识的富仁。后来听说我们3月份探视后，富仁病情恶化。不能想象的是，在极度虚弱中，他是如何完成了那些动作的。支撑他到最后时刻的，仍然是骨子里的果决强毅。

2011年樊骏先生辞世，文学所的纪念文集以"告别一个学术时代"为题；就中国现代文学界而言，恰如其分。对富仁，这样的题目尚不适用。写这篇文字，我要告别的，是我们共同走过的一段岁月。至于这代人是否构成一个"学术时代"，要待后人判定的吧。

富仁将他的爱犬胖胖带到了汕头。据说富仁遛狗，是汕大的一道风景。不见了主人回来，胖胖会作何反应？

2017年5月

话说老钱

钱理群，除正式场合，人称老钱。甚至王瑶先生，偶尔也脱口而出，让老钱暗笑。研究生期间第一次在学术讨论与日常应酬之外与老钱交谈，似乎是在北大图书馆前。当时已入夜，老钱背后，是图书馆明亮的灯火。那或许是不只作为同学，也作为朋友交往的起始。

研究生班除玫珊（注：张玫珊）外的六个同学中，王先生似乎认为其他几位有点"偏离"马克思主义。我和老钱所以被摘了出来，大约也因时不时地引用"马克思主义经典著作"——我较早的学术文字的确如此。[①] 并非刻

---

① 王瑶先生虽对时政有敏锐的洞察，却将早年形成的左翼文艺倾向保持到了晚年。

意——我们读研的那会儿，因"文革"中思路的"轰毁"，读马列更像是过时的姿态。对马列，我确实认真地读过，由本科的读马恩两卷集，到"文革"中读当局推荐的马列的六本书。对马克思某几篇的中译，倾倒备至。老钱则对毛泽东的著作应当较我更熟悉。同学中，我和他都关心所谓的"社会问题"，只是关注的点不尽同。我对贫困、城乡差距之类社会不平等更敏感，至今仍能为杜甫的《茅屋为秋风所破歌》动心。老钱虽曾长期生活在经济社会落后的贵州，却始终聚焦在与"民主"有关的议题。我想，倘生活在"旧俄"，他会是"贵族革命家"的吧。而我若生长在二十世纪三四十年代，多半会像早年我的父母，'"投身于"共产革命。尽管由今天看去，难免会与老钱殊途同归。

那个研究生班内部关系和谐。从事中国现代文学的几位，因有老钱、老吴（注：吴福辉）这样的老大哥罩着，更有其亲密。六人中锋芒稍露的，或许是我与凌宇。尽管我往往因过于直率——或更是骄纵、任性——而得罪人，却并非不通世故，知道即使亲人、知交，也并非都可以直来直去，必有不能说，不敢说。这一点世故却不认为适用于老钱。或许也因摸准了他的脾气，欺他能忍，知道无论如何冒犯都不会反目成仇。也有过一两次他没能忍住。一次是在北大 29 楼他宿舍门前。盛怒之下我摔门就走。第二天早餐时想到有可能撞见，不免惴惴，却见他刚买了饭，端着碗若无其事地笑着迎面走过来。我有四十年的朋友，也有近五十年的朋友。五十年的，是在郑州那所中学结交的朋友。或许证明了即使骄纵，任性，也仍然不但能交且能久。相互迁就，并非就是久交之道。

老钱不装。即使缺点，也都在明处，不藏着掖着。1990 年代也曾有过"危机时刻"，似乎没想到"公关"，因此免除了朋友的道义压力。他终是福将，沟沟坎坎平顺度过，不曾伤筋动骨，应当有得自北大的庇护。虽然总有某种传闻，却始终不曾被"封杀"，写的书在境内也一本本出版。

我很少读老钱的文字。这一点老钱也知道，并不介意。我则因太熟，读本人就够了，不必再读其书。少读他的文字，也因不大能接受他的表述，疑心已然形成的表述方式反转来影响了他对外部世界的感知。老钱的文字汪洋恣肆，虽不免泥沙俱下，却酣畅淋漓，想必有写作中的快感。有人评论我的《想象与叙述》，一再使用"快乐"的字面，说读得快乐，我也一定写得快乐。我不敢说我快乐，却相信写作中的老钱肯定比我快乐。

网络时代我们的写作越来越"小众"。老钱的言论引起持续的关注，证明了确有需求。他关于公共议题的议论，呼应了相当一部分读者（包括在线阅读的读者）的期待，影响了他们对现实的认知，培养了他们对严肃议题的兴趣。尽管他们中的一些人会离他而去，但一段时间里的陪伴自有意义。我的影响很可能未出专业范围。当然，这不意味着我需要改变自己。我们因各自的选择也因各自的局限而成其为自己。

老钱的"语录"，引用率最高者，或许是批评有些青年的"精致的利己主义"。据说在一次会议的场合说到，会议尚在进行中这句话已在网上疯传，可见针砭之精准。老钱的观察，自然由他与"青年学子"切近的接触中来。所谓"精致"，或许指善于投对方的所好，以足够的耐心曲线达成利己的目的。这目的既包括"票子"，也包括"位子"。为达此类目的不惜借与名人周旋、借师长的揄扬为进身之阶。老钱是鲁迅信徒，所说亦出自鲁迅式的痛。只不过鲁迅的时代未必像今天这样滔滔皆是的吧。

老钱的上述洞见的确是"现象级"的。我遇到的某年轻人，利己主义毫无"精致"可言，不过是不加掩饰地对你的利用。你看着那张冥顽不灵的脸，会想，是何种环境、风气造出了这种无可救药的畸形品性？我对青年无所谓期望，即失望也不过对某个人。老钱始终保有的与青年的联系，对青年有期许，也就难免于鲁迅曾有过的失望。这失望与期许同等深切，以致对自己造成伤害，被算计，被利用，被诓骗。恶质的社会环境使人格扭曲。对于教育，这实在是灾难性的。

老钱较早的《丰富的痛苦》，讨论"堂吉诃德与哈姆雷特的东移"，晚年以梁漱溟、晏阳初、卢作孚等人作为分析材料的《志愿者文化》，都是好题目。只是我不知梁与"志愿者文化"有何相干——或许只是在"乡建"这一脉络上？冯友兰挽梁漱溟，有所谓"廷争面折一代直声为同情农夫而执言"，已非当今"志愿者"所能。对老钱的书，包括上述两种，我均不曾读。不是不屑，而是太熟——尤其表达方式、语气口吻。我辈大半生掉弄笔杆，难免写得熟、滑，我自己也未见得能逃脱。

在我看来，老钱的问题，是好作全称判断（包括所谓的"大判断"）；另一问题，则是对"天下""国家"关心太过，对周边的小事会视若无睹。后一种问题，或许倒因了骨子里的软弱。像那支歌唱的，"我只是心太软，心太软"。他一再要我不要管文学所的事，我谢不能。管不了国家大事，对身边的不公不义，却不能不管。老钱能激烈地抨击时政，却不愿意得罪身边认识的人。对此也不宜苛责，只能说各人有各人的活法。他是战士，只不过战场较大较不切身罢了。他不介入单位的人事，不蹚这类浑水，未必出于精明，而是有种种忌惮。我形容自己身陷其中者为"蚁斗"。你何苦要别人也搅在蚁穴里？

朋友中可称"公知"者，惟有老钱，尽管他本人从不用此名目。对于粉丝众多，也不大以为然，认为有人不过跟风，人云亦云。我知道他的言论确有影响力，有吸引人"跟"的磁力。用有人关于梁启超说过的话，老钱亦"笔端常带感情"（大意）。虽不便拟之于梁，却可以认为与梁相近的，是"青春气息"。我们都在已步入中年后，被称作"青年评论家"。适用这一指称的，却是长我六岁的老钱。由我的老眼看过去，难免有对老钱文风的挑剔，却明白那些文字，出自一个尚有力量抗拒衰老的心灵。这种活力，锐气，何尝易得，更何尝易于保有！

名满天下，谤亦随之。随便的一句话，即在网络上传布，确也可怕。所幸老钱在这一点上也如我，对网络的依赖有限。因了粗心，被老伴限用手机（或许他自己巴不得如此）；电脑则除打字外，赖老伴打理，外界的毁誉不大能造成更多伤害。且用了流行语，老钱的神经"大条"，也不那么容易被人言所伤。有些方面（包括电脑技术）的无能，未始不成其为自我保护。我也不与时俱进，只不过无论生活还是电子产品的应用，较老钱稍有能力罢了。友朋中，平原有大将风范，长于策划、组织，能实际操作。老钱自以为可充当谋士，在我看来，因感觉比较夸张，思谋难以周全，有时不过快意一谈，出的不免是馊主意。

老钱标志性的大脑袋、招牌式的笑，有很高的辨识度。我曾不止一次在公众场合遇到别人认出他。那人可能是饭店的侍者。老钱的读者遍布不同阶层。对社会热点问题的敏感，使他的思想触角随时伸出。即使住进了养老机构，也绝不封闭，仍有自己的信息渠道，与外界呼吸相通，未失与年轻一代的沟通能力。他自己却感慨已难以与更年轻者（95 后、00 后?）对话。我不能断定是否如此。老钱在安顺，是一伙青年知识分子的精神领袖。承认与更年轻的一代不再相通，想必是痛苦的事。这种失落，较之学术评价更让他在意的吧。对此我不太能感同身受。因为从不曾有过号召力，没有被青年拥戴的经历。

尽管声望日隆，老钱仍然是朋友中变化较小的一个，尤其丰沛的激情，与言说、书写的方式。难以避免的自我重复则是高产、快速写作的代价。自我更新既赖有不同的资源，也须适时停下来清理，反省。但惊人的是他由一个议题转向另一个议题的强大动能。即使论证尚薄弱，也能不断开启新的研究思路。那种进取的强盛意志，至老不衰，毋宁说令人称奇。大半生燃烧自己的生命，直至油尽灯枯。文字也如其人，铺张扬厉，气势如虹——那也是老钱之为老钱。直到老、病，仍然饱满、旺盛，一泻千里，沛然莫之能御，岂是常人所能！

至今老钱仍然是友朋中我可以当面以致当众"怼"一"怼"的一个。有小友说赵老师批评钱老师不分场合。这自然要赖老钱的宽容、宽纵。这样的朋友不可再得。"直""谅"乃交友的高境界。有能受诤言的朋友，才可能"直"。我应当自问的是，能以诤言对人的我，自己能否受诤言。活到这年纪，还真没遇到以剀切中肯的批评令我感受震动的朋友。小友听钱师母说，老钱最怕他的小师妹（即我）。是否因了使人怕，才听不到直言、诤言的？

曾有过中国现代文学研究者"第三代"的说法，已不大被人说起。发生在几十年间的种种变化，确也不宜于再作整体描述。曾被归为一"代"者，渐由"世代"中抽身而出，重新成为单个的人。

盛年的老钱，精力弥满。好胃口，好兴致。集体出游，与同伴打牌，热火朝天。还自负善于猜谜，即鼓动大家来猜。王先生在世时，春节会召得后与老钱，与家人凑一桌搓麻将。方城之战、牌戏、猜灯谜之类，应与少年时的家境有关。在这方面，老钱算得半个世家子弟。说半个，是因时局变化，家庭离散，也就习于粗粝，不大可能保有精致的品味了。

老钱好游，游兴至老不衰，直至住进了养老院。有一段时间他迷上了拍照，用的是普通的"傻瓜相机"。他声称摄影成就在学术之上，由自己的作品中筛选出得意之作，放大了挂在墙上。① 这种痴迷到手机流行即告中止：手机使人人都自以为是摄影家。这类插曲之于他，意义或在总能找到生活的乐趣，随时随地处在兴奋状态。

朋友中同游的机会最多的，是与老钱、老吴。即如山西（晋城、平遥、壶口），另如四川（成都、九寨沟）。前后三次到张家界，端赖凌宇的安排。在我，最难忘的，是某年的西北之行——回到我的出生地（兰州），抗战期间我家的停泊地（天水—清水）。其间有由樊锦诗接待、安排的敦煌游。游客稀少的荒漠上的嘉峪关，怪石嶙峋且有岩画的贺兰山，都令我怀念不置。我的经验，倘旅游，或与亲友同行，或索性与全然陌生者一道，都令人松弛。你可以专注于体验，不必、无需应酬。

老钱生活能力之差，朋友中传为笑谈。他非但不以为忤，且以此自嘲。幸有能干的妻子，将家中种种全包了下

① 他的摄影作品已结集出版（《钱理群的另一面》，作家出版社，2019）。我对他受访时的"出世/入世"的说法不大以为然，尤其"出世"。"出世"岂是那样容易！

来。其妻医科出身，擅长烹饪，品味精致，略有民国上海
名媛风范；却又因在"新社会"受了磨炼，吃得苦，受得
累。以其才干，工作中能应付繁剧，理家自绰绰有余。崔
大夫充当了老钱周围许多人的医学顾问。常常听到得后向
她咨询，她则不厌其烦，倾其所有地答疑解惑。

写作是老钱的生活方式。即使老妻病危，也仍然利用
陪伴的间隙写作，亦以此纾解心理压力，转移注意力。为
病妻作纪念集的想法很棒，是一段婚姻最好的落幕。收入
其中的有几篇，出我意料地好。范智红的一篇，据说网上
有相当高的点击量。玫珊的一篇也很有味，既可令人想见
崔大夫的风采，且将玫珊体情之细心，呈现纸上。小我们
一截的玫珊，很可能如此细致地观察了我们每一个人。而
我则太粗心了，与崔大夫同游不止一次，甚至同在一间卧
铺包厢，却不记得聊了什么。记忆较深的，是她任职受联
合国儿童基金会资助的全国妇联中国儿童发展中心期间考
察所见。因了工作的需要，崔大夫在国内游踪之广，或许
超过了我们所有人；且因每到穷乡僻壤，更有寻常游客所
不可能想见者。即如少数民族地区云上的县城，另如居民
均近乎裸裎的地方。云上，我也见过。在广西或云南，在
一片高地，看到低洼处白云涌动。崔大夫所见，却是云层
上面的一座小城，自不能相比。若崔大夫写游记，想必会

令人惊羡的吧。翻看纪念集，后悔同行时沉湎于自己的思绪，不曾更多地倾听旅伴的故事。

旅途中老钱也如平原，自己不能唱，却喜欢鼓动他人唱歌。崔大夫却不待鼓动即会一展歌喉。我有时与她同唱。我们有共同的歌，也有崔大夫早年在海上学得的歌，以至外国歌剧的选曲，是我不熟悉的。她将这份爱好保持到临终。病逝前的春节，还在养老院的晚会上盛装演唱，不但将坚忍的形象留在了那里的老人中，也将她的歌以音频的形式被所有爱她敬她的大小朋友保存。

小小的朋友圈子中，最先罹患恶疾的，却是崔大夫，证明了那句俗话，医可医病，不可医命。崔大夫应对噩运之冷静理性，足为我们所有人的榜样。到她的病床前心情不免沉重，却会想到你自己当面对此种时刻，能否做到如此坦然，不失尊严，且头脑始终清醒，甚至思维依旧敏捷。生前为自己安排葬仪，崔大夫是我所知少有的一例。身后家人谨遵她的遗愿，告别厅沿墙有素色花木，播放着她生前所录歌曲，摆放、循环播映着精心挑选的照片。我难免想到自己：是否可能连这些也一并省去？

2018 年流年不利。亲友一再有坏消息传来。这一年我全年赶工，也仍然会分心关心夏天的足球世界杯，高层的北戴河会议，网上网外种种真伪莫辨的消息，一惊一乍。

这样多私人的公共的事件挤在一起，其他年份少有。老钱却很狼狈，陪老妻辗转奔走在京城大医院。这种时候，你知道你能为别人做的很有限。总有一天，你的困局也要自己面对。2019 年春节前，与平原夫妇看望老钱夫妇。病床上的崔大夫似乎一如往常，苍白外并无想象中的病容。老钱则全无异样。携手大半生而从容面对老、病与死，是勇敢者所为，却处之如此平静、平淡，令人起敬。

2020 年 3 月

平原、晓虹印象

朋友中著作可称等身的，惟有老钱，其次即平原。

与小我九岁的平原一见如故，在我的经验里也属仅有。通常的情况下，这种年龄差足以使对方以晚辈至少"学弟"自居。台湾朋友的信札有一"晚"字，我开玩笑地说，看看人家，你们"晚"都不"晚"。平原不故作谦抑。我将这看作他的长处。别人或许不这样认为。

那次是平原来北京读博。事后知道，他也到过文学所。只是以他对人事的大而化之，对某人说见过某某，对某某说见过某人，却不知某某与某人素"不相能"。结果可想而知。

我到北大的学生宿舍找在那里借住的平原，和他绕未名湖走了几圈，免不了倚老卖老地有所"教诲"，平原却直率地批评了我的文章。说了什么已不记得，记得的是毫不见外，像认识已久。

富仁来京读博，我们曾极力向王先生推荐，王先生推说自己"不知道博士什么样"。这回又极力为平原游说；王先生读了平原论苏曼殊、许地山的论文，竟痛快地答应了。因此我们有了这个师弟。

那时的平原还是"青年学子"。北大校园中既流行迪斯科，又有学交谊舞的场所。据说平原短暂地学过交谊舞。那期间应已与晓虹（注：夏晓虹）交往，晓虹不太可能参与其事的吧。他们的婚礼是在晓虹的宿舍举办的，由子平的夫人玫珊一手操持，简朴却不简陋。我们这几个玫珊的同学、富仁和子平的研究生同学季红真参加。气氛松弛，就不免放肆。那晚我随意提到了鲁迅关于婚礼是性交的广告的说法，让季红真大为惊诧，过后一再提起。

王先生门下，平原是较少被先生训诫的一个。我和老钱都领教过王先生的严厉。凌宇关于沈从文的硕士论文答辩，据说师徒间犹如战场上的攻防，火药味十足。师弟中有畏先生如虎者；据说在王先生家，只敢将半边屁股搁在沙发上。对平原的客气，或因王先生骨子里对旧学的看重，也应因平原自己神情姿态的坦然。得之于学术史的陶染，平原较我重师门、传承，却未必有志于"学派"。我则惯于单打独斗；与同门交谊的深浅，只基于情缘，与师门不大相干。

对于老钱、平原，北大的确是适于他们的舞台。在北大，在香港中文大学，我都亲见平原课堂的活跃、平原与学生间互动的自在。教书对于二位，显然不是苦役，甚至不止于一种"工作"。他们享受教学，乐于也善于与学生沟通。晓虹的课堂，氛围想必不同：亦如其人，节调平淡徐缓，别有一番风味的吧。一次偶然的机会，参与平原、晓虹与研究生的聚餐。大家各自由食堂打了饭来，围坐一处，边吃边聊，气氛轻松，师生间无拘无束。平原有古代书院研究。对于处理与门下的关系，想必自有心得。不便想象老钱、平原如当年未能留在北大会怎样。想来老钱没有了北大的庇护，会多一点坎坷；平原则少了这方舞台，难以施展其长才。

有一个时期，在公共场合，不熟识的人会将我和晓虹弄混。几十年间，晓虹几无变化，而我已老得一塌糊涂，这种事不再会发生。晓虹给人飘逸之感，安详由性情中来，我则偶或不免锋芒毕露。听说晓虹"老插"（指插队知青）年代有好酒量，有关传说或不免夸张。你难以想象其豪饮的样子——或许生当另一时代是女中豪杰也未可知。平原不能饮，王瑶先生对此略感失望。大约在王先生看来，文人不必都是酒徒，仍以善饮才够风雅。但平原好美食，善品茶，亦一种文人风采。潮州人的味蕾确与他处不同。平原飨客，每到我们不知的所在，吃的既是菜品，也是情调。后一次香港行，平原、张健带我到西贡临海的排档，让绝无"吃货"资质的我，初次领略了海鲜之为美味。至于每有饭局，必与得后争相买单，则出于随时为别人着想的细心。

因有家学，且出身京城的名校（景山学校），使用学校自编教材，晓虹较我更有古文功底。最怕看现代文夹杂似通非通的文言。晓虹的文字绝无此病，文白兼用而无妨畅达；也如其人，笔墨间有一种不易捕捉的温暖的气息。我对文字一向挑剔。平原秉性厚道，笔有藏锋，不像老钱的直白无余蕴。看他近年来写钱谷融先生的文字即可知。晓虹的文字似乎更得好评。文风也者，系于学养也基于性情，正不必苛求。

平原不自诩"公知"，更无论"战士"；选题也不有意踩线，却仍然会触犯禁忌。北大"百年校庆"前在《读书》杂志上发文讨论北大的"出生年月"，就有点煞风景。这结果在平原，有可能"非所计也"，不过犯了学人凡事"较真"的病。无奈"事实""真相"并不总是人们希望面对的。平原曾写过"学者的人间情怀",多少招致了点儿物议,似乎"人间情怀"意味着不准备有更大担当。实则平原并不藏身在学术的铠甲后。对于他确有洞见的时弊,针砭不遗余力。即如他的大学论述。对时政即使不随时点评,却有属于正常人的反应。在我看来,知识界中,有人失去了的,正是"正常人"的反应。至于友朋间差异显然,却尊重各自的选择,不苛责于人,也是我所认可的交友之道。

1980 年代末,对于王先生及其门弟子,是一段艰难的日子。幸有朋友相拥取暖。风涛过后,日本学者担心中国学者受创,发起支援,出资创办了《学人》集刊。平原是三位编辑之一。三人间想必有旨趣的不同。该刊物组织的关于学术史的讨论,我猜想应当是平原的主意。平原这一时期对学术史视野、学术规范的强调,构成了二十世纪八九十年代之交学术转型的一部分,影响不便低估。对于这种努力,即友朋间也反应不一。直至富仁辞世,老钱写纪念文章,还用了鲁迅《华盖集题记》"站在沙漠上,看看飞沙走石,乐则大笑,悲则大叫,愤则大骂"那段话,我以为引用不当。那种姿态,鲁迅本人也不曾有。写《中国小说史略》,惜墨如金,尚被指为抄袭——亦学术史一大公案。

我已一再说到，我的转向明清之际，听从了平原晓虹的建议。依兴趣，我本来更钟情宋代：开封既是故乡也是我童年的城市。但以我的条件，选择明清之际显然更明智。这一点事后也得到了证明。一旦这项考察启动，即不曾回头；将二十多年的岁月消耗于此，不但不悔，且心怀感激。明清之际学术积累深厚，我自不敢再像面对中国现代文学那样率尔操觚，对于"学术史"、"规范"的重要性有了切身的体会。过后回望，庆幸自己没有错失这一次补课、重新学习的机会。

发生在二十世纪八九十年代之交，学术转型曾被视为妥协的姿态。当时就有思想/学术贬值、升值之论，暗含的，不过以学术为"象牙塔"、对于现实的"逋逃薮"的传统偏见。这种意见，至今仍为某种圈子持有。我的转向明清之际，也被由这一方面解读。我在不止一个场合，被要求解释。我只能说，我早有转入其他领域的意向；没有某事件，也会再做选择。其实解释本无必要。别人怎么看，跟自己有何干系。

这已是前尘往事。不过二三十年，跨界即成新的时尚，亦所谓三十年河东，三十年河西。个人选择从来就有，永远会有。尊重他人的选择，本应当是一个成熟的"学术共同体"的共识。我们这里，"知识社群"早已撕裂，还有所谓的"共同体"吗？知识界、文化界普遍水准的下降与缺乏共识，无不是"学术共同体"难以维系的征兆。

平原思维活跃，精力充沛。涉猎既广，兴趣时有转移。每涉足一领域，即有著述。对学术史的熟稔，想必对他的选择构成了压力：不自满假，尺度过苛。在我看来，较之嚣张跋扈、予智予雄者，这种对学术的敬畏更可贵。戒慎恐惧，不应当只是应世的态度，也应当是治学态度。尽管平原给人的印象，是自信满满，我却相信他随时有得之于自省的清醒。

月旦人物，品藻文章，本是文人分内事。这种文化似乎流失已久。见诸报章的评论文字更像是高级广告。衡文而能服众的人物已然稀有。有句圈子中流传的话，我已引用过，即，学术文字，老钱说好的，不一定好；平原说好的，一定好。平原品鉴的眼光，自与他的眼界有关。平原学术史的宽广视野，"大学术"的眼界，专业圈（中国现代文学）内罕有其比。因视野而方法，大有益于年轻学人的造就。平原门下人才济济，赖有培养得法，也得力于王风的鼎力相助。王风以其亲和力与学术经验，因材施教，与平原一起，鼓励了才具互异的年轻学人，将各自所长做极致的发挥。几十年来，学术风气几经变换，我们已渐成古人。平原因其所处的位置，始终保持着与一批批年轻学人及当代学术的联系。

平原的行政能力也在知人善任。不像我，一点小事，也必一手包揽。较为大型的学术会议，平原及其门下，总能组织、操办得井井有条。往往还有"余兴"，让严肃的活动热闹地落幕。这种时候我也会配合。记得那年与日本二十世纪三十年代研究会学术交流，会后的酒宴上晓虹和我与日本学者合唱了《国际歌》，我又另邀远东对唱《夫妻识字》。平原或不善歌，晓虹却有一副中低音的嗓子。分处两地时平原手中有晓虹唱歌的录音。持续的操劳总会有代价。只是平原看起来从容裕如、他人于此不觉罢了。

我虽不以为然于传统的师弟子关系，自己处"师门"，仍然遵循了"有事弟子服其劳"的古训。王先生门下各尽了一份弟子的责任，其中老钱为王先生付出最多；具体琐碎的事务，却例由平原承担。他也从不推脱。能者多劳，我们乐得坐享其成。我自己缺乏行动能力，包括行政能力，羡慕那些既能坐而言、又能起而行者。如平原熟悉的有些民国人物。我借用别人的说法，说一个人一生只能做成一件事，其实半是解嘲。近代史上就大有反证。二三知己中，能应对繁剧的，惟有平原。书生能谈兵论剑不难，难的是确能上马杀敌，下马草檄。总以为以平原的能任事，这一方面应有未尽之才。他的不能以"事功"名世，亦所谓"时也命也"。

平原极少臧否人物，即有褒贬也绝不刻薄。我自愧不能。虽办事缜密周到，城府却不深。其招物议处，也因率性，或有潮汕人的脾气；本可委婉的话，会冲口而出，再经辗转传播、附会，难免招致误解。别人记恨，他未见得知晓。在这个机阱处处的社会，不设防未必不也是长处。我听到过与平原有关的非议。不能理解的，是那种刻意的贬抑，刻意贬抑、排斥中包含的恶意。何以如此？何以至此？何不将这种心思用在更值得用的事情上？好在平原有强大的自信，也如老钱，不大容易为人言所伤——或有伤害而不为我所知。学界乃一大名利场，亦是非之地，顾忌太多，无益也无用，不如随它去。

1990 年代初在香港中文大学读书三个月，赖平原推荐。此外更有不动声色的体贴。还记得 1998 年北大校庆期间老同学在香山，平原坐在我的房间里，相对无语。这样的交流已不必借诸语言。交游广阔，却不曾冷落了老友。为朋友谋，竭忠尽智；更为我虑及长远，预做安排，令我感激莫名。我曾在怀念中岛碧先生的文章中写到过平原是好旅伴，周到细心而又能适度。你享受了他的照顾却不必有负担。这方面把控分寸，也是一种教养与能力的吧。那次我和平原、中岛先生一同乘车一日一夜，要有平原这样的旅伴才不致难捱。

我对平原的姿态不无腹诽，对他的议论也不都赞同，即如"读鲁迅的书，走胡适的路"。那本是他一篇旧文的题目，发到了微信朋友圈，我当即表达了异议，说即使再活一世，我也会读鲁迅的书，却不会走胡适的路。平原不以为忤。平原对我的支持却是无条件的。最后一本书出版前，他即说要赴港参加该书的发布会，尽管并未看过书稿，只是基于对我的信任。2015 年春骨折，得后不在家，在床上困了一天，不敢打电话给平原，怕的是他会当即做出安排。2019 年夏得后发病，我第一个电话打给了平原，却推谢了他派学生来护理的建议。我知道遇到难题，最有可能得到的帮助来自平原，因此更自我约束，不愿轻易开口——是平原未必想到的。

也如我，虽生长在知识分子家庭，却谈不上"家学"，不过在荒芜的年代有条件读书而已。我插过两年队，教了六七年中学，平原则做过"民办教师"（亦作"赤脚老师"）。这类名目，年轻人已渐不知其为何物了。他本科、硕士就读于中山大学。那所学校我曾去过，是在夜间，只见校园中树影幢幢。穿过校园，是珠江。江边有消闲的学生。平原对母校，似乎一往情深，无论中大、北大。前不久将大批藏书捐给了潮州的韩山师院。我不大有这种情结。由一个曾经的落脚处走开，不大回头。偶尔"怀旧"，更像是做文章，并不那么刻骨铭心。在这意义上，更是旅人，过客。情之至者，一往而深。我自以为少了一点"至"与"深"。

第一次去看平原晓虹圆明园小区的新居，当时以为的"豪宅"，在的士上开玩笑，说下次再去，就是跟着农民起义军了。司机凑趣，随口附和说我也去。第二次去，已是多年之后，小区已然破败，看不出当年欧式建筑的风采。因平原晓虹的疏于打理，杂物堆积，室内也早已不复当年模样。看两人被满屋子的书所困，相信房子大小新旧都无关乎生活质量。

2014 年在香港中文大学参加了平原任组织者之一的学术会议，临行前一晚送我回宾馆，张健在车上嘱我劝平原将关系转来中大。看过平原在中大的临时住所，看他在课堂上与学生间的互动，我也倾向于支持这种意见，以为在为北大贡献了几十年之后，到一个草木葱茏且人事环境相对单纯、言论宽松的地方，未尝不可。后因种种考量，平原放弃了这一机会。近年来港岛动荡，倘平原在，不知如何应对。得失祸福，人算总不如天算。

平原、晓虹惯于行旅，处处屐痕。每年元旦的贺卡，是当年旅中留影。在这一点上，应无遗憾。平原是好旅伴，晓虹更是。与他们同行，你身心松弛。你本来就不愿撑着，装。区别在于，与"外人"一起，不免会留意对方的反应；与平原晓虹，即免去了这种旁顾。对于我，朋友就是在一起而不必随时意识到对方的那个人。晓虹的随性恬淡，玫珊见事通透而不失纯真，所见女子中，都极为难得。

旧雨凋零。送别了富仁，平原又患病。生命是这样的易碎品。那年中秋节，与得后去看望平原，听其病友说院方已交代不放人探视，以免交叉感染，只在病房外的接待区向晓虹了解了情况。这种关头，晓虹的柔韧尤其令人感动。尽管辛苦焦虑，看起来依旧云淡风轻。这种平淡包含了优雅与自尊，如上文所说，出诸性情，与"道家"未必有多少关系。平原本不是我这样的书斋动物，大病初愈，并不就放下，调慢节奏，或索性给自己放一个长假。邀约仍多。他也精力弥满，活跃依旧。

我经历的 2017 年像是凶年，随时感到自己的世界在土崩瓦解，一片片碎裂，脱落。那时尚不能预见接下来的2018、2019、2020 年。此后的事更不能预知。只能希望"度尽劫波"，挚友仍在。到那时看晓虹豪饮，听平原的说论，不亦快哉！

2020 年 8 月

我所知子平与玫珊

　　关于 1980 年代，有诸种叙述的角度与方式。在我，1980 年代除其他种种外，也是交友的季节。此生的深交，都在那十年间。结交不消说各有因缘。即如因平原而结识晓虹。与子平（注：黄子平）的交往，以玫珊为媒介。2018 年研究生入学四十周年，有老同学的聚会。张中带来了一叠老照片。图像已然模糊的老照片上的玫珊，是个小女孩，我们当年共同的小妹妹——只是没有用这样肉麻的说法罢了。玫珊来自南美，同时在北大读本科与硕士，活动的重心更在前者。较之我们这些阅历复杂的大哥哥大姐姐，玫珊如一泓清水，与这个年长于她太多的研究生圈子，只有有限的交集。

　　读研期间接触并不算多，尤其一对一的交往。离开北大后却有过一段蜜月式的密集通信。同在一城，频繁地书信往来，在我，是稀有的经历。如果我没有记错，玫珊十一岁随父亲移民阿根廷。或因早年所受中文教育，文字有台式国语的和软却不萌（"软萌"），因不合于大陆的规范而别具一格。玫珊兼通英语、西班牙语与汉语，1980 年代应是稀有人才。她却不曾利用这一点为自己谋取利益。我每劝她写作，她像是不为所动。由格瓦拉影响下的左翼阿根廷，到"改革开放"后市场化的中国大陆，最初的冲击想必剧烈。有几人会有这种经验！这段经历，很少听玫珊讲到。若以玫珊的文字写来，会大有意趣的吧。她似乎至今没有"发掘"这一题材的计划。令我暗自羡慕的，更是她的生活态度与生活智慧，根于性情，是别人学不来的。

　　与玫珊、子平的同城书信往来，是前互联网时代才会有的故事。回头想来，不知当时何以有那样多的话说。我的书札据说他们还保存着，我却在一次意外中将他们的信毁掉了。的确可惜。尤其考虑到那是 1980 年代。不可能复制的书写，想必挟了那年代的气息。不记得自己写了什么，记得的仍然是玫珊的修辞方式，率真可爱。我没有保存书信的习惯，或可归为"文革后遗症"。即使那一次没有焚毁，能否保存至今也难说。

　　因了玫珊，有与子平的交往。我们的专业是中国现代文学，子平则是当代文学，却没有专业的隔阂。那年代当代文学几乎是公众读物，子平的判断力，这个朋友圈子不可或缺。钟阿城生于 1949 年 10 月以前，自我调侃说是"旧社会过来的人"。子平生于同年，却是"生在新中国，长在红旗下"。只是遭逢反右，与我有类似的家庭灾难，深重的程度却远过于我。固然有玫珊的中介，子平与我们这些年长于他的人交往，如有宿缘。参加主要由玫珊操办的平原晓虹在学生宿舍里举办的婚礼，与我们同去电影资料馆观影。印象深刻的是，散场后玫珊骑了自行车，如子弹出膛般隐没在夜色中。

　　朋友中玫珊的通达为不可及，或因了汉文化与异质文化的杂糅。一生经历了跌宕起伏，却将心性保存得如此完好，部分地也要归功于子平的吧。即如不试图改变对方，彼此给予足够的空间。入住养老院前整理书橱，翻出了玫珊开本小巧的《阿力妈妈手记》。阿力是他们的儿子。该书记儿子出生后的点滴。那本小书或许是玫珊译作外仅有的作品。她最好的作品，毋宁说是她的家庭、儿子，尤其她本人。

　　早在"极简主义"成为流行的符号之前，子平玫珊就过着虽无此"主义"却有其精髓的生活。北大蔚秀园的一小套职工宿舍，一面墙是衣柜、储物柜，所有衣物及杂物尽收纳其中，狭小的室内空间顿时宽敞起来。那自然是玫珊的作品。在香港多年，似乎未曾住过大房子。玫珊告诉我，人不需要那些，够住就行了。没有去过他们香港的居所，想来也如蔚秀园的家，无长物，简单整洁，是玫珊也是两个人共同的风格。

1980 年代末赴美后，子平、玫珊度过了一段艰难的日子。如果我没有记错，去国前在我家为他们饯行，当晚的爆炸性新闻，是美国挑战者号宇宙飞船爆炸。我们离开餐桌看着电视屏幕。不知子平夫妇如何，我有不祥之感。事后证明了发生在遥远大气层的事件与我们无干。劫后重逢，已是子平到香港任教之后。尽管各自染了沧桑的颜色，并不像经历了久别。朋友也者，岂不应当如此？玫珊更清纯依旧，却有经了沉淀后的成熟。宗教信仰对于她，不止于"治愈"，影响到她的生活态度，却又与她原有的气质不无契合。

近些年由香港到北大、人大讲学期间，我和得后偶尔到他们的临时寓所聊天。闲谈而已，玫珊竟听得入迷，说喜欢听我说话，还说那些话没有被更多的人听到，有点可惜。我第一次知道自己平常的说话有这样的吸引力。最后一次与老钱一起参加子平关于沈从文的一课。我准备的内容稍多，挤占了子平讲课的时间，害他只能将自己的课件发在网上，且没有注意到玫珊就坐在教室第一排的边角。

也是近些年，子平一再到台湾讲学或与玫珊一起在台小住。玫珊喜爱东海大学附近的小教堂。我猜想，台湾较之大陆、香港更适于她，她想到的却是，子平在香港有朋友圈子，在台湾太过寂寞。

子平不热衷于交际。无论在课堂上还是在友朋间，涉及严肃的话题，却能因其机智令人解颐，庄谐杂出，似有与生俱来的幽默感，尤其冷幽默。朋友中言谈皮里阳秋、有机锋者，或惟有子平。若生当魏晋，其妙语、隽语、讥刺语，或可归入《世说》的"排调"之目的吧。对不以为然者，以这种言说或笔墨，自然减却了伤害——被读出了更隐晦的意思也未可知。若他们能领略子平的自嘲，当会知道他更苛待的，是自己。自我认知、定位中的清醒，包含了生存智慧。即如以自嘲释放压力。他不给自己悬传世之类的目标。我很理解这一点，身后的事何须理会。当然，没有"传世"的压力，也可能如洪子诚先生所说另有压力。

子平出语警策。《读书》杂志上的一篇《深刻的片面》，曾引发热议。朋友文风互异，有铺张扬厉者。说子平"惜墨如金"，或不免于过。但他的节制，在当代文学评论界，确属罕见。问他留在国内与选择境外的得失，他的说法是，倘在国内，会四处开会、拿红包的吧。节制也出于洁癖。大陆当代文学评论界，较之古代、现代文学研究界，更像一江湖，有洁身自好之难。

子平发来我与玫珊的一张合影，拍摄在 1989 年。看照片上我的装束，应当拍摄在王先生去世、我由上海返回北京后。老钱、平原夫妇、子平玫珊、我与得后在子平家。同一次拍摄的照片，大家都神情凝重。这张照片上的玫珊，少女般清纯。对比一些年后他们旅美、定居香港后返京，拍在餐桌上的那张，可见十几年岁月的痕迹，尽管后一张照片上的玫珊，依旧眸子清亮，情态温润。

子平去国前发表的当代文学评论，我应当都读过。出版于香港的几本书，读了《革命·历史·小说》。那种有穿透力的文字，仍然只能出诸有大陆背景的学者之手。关于子平的学术贡献，洪子诚先生的评述已足够精彩（参看洪先生《我的阅读史》）。子平的一本集子题作"害怕写作"，据说他的学生笑道，老师害怕写作，还写了好几本，不害怕又当如何。我不害怕却能理解子平的害怕，知道害怕中有对写作这行为的矜重、对学术的敬畏。

子平被人感觉的矜持，应与性情也与早年的境遇有关。他与吴亮，一北一南，用时下的话说，是 1980 年代当

代文学研究的"领军人物"。吴亮辩才无碍，子平则机智
犀利，每有今人所说的"金句"，偶或争议蠭起。后吴亮
淡出文学评论界；子平虽在境外继续著述，对大陆文化界
的影响力不免受限。有朋友曾提到子平出国的得失。我不
知子平对此有何衡度。或许认为无所谓得失的吧。

隔了一道浅浅的水看大陆评论家圈子，大陆文学，感
受自当不同。处东西文明交汇之地，既有理论敏感又有文
学嗅觉，子平对当今文坛、言论场，自较其他朋友熟稔。
应对有争议的话题，不像老钱那样直接，笔有藏锋。却也
有例外。对某君的驳论，锋刃若新发于硎。有些话是必须
有人说的。

倘若没有"文革"，朋友中晓虹、子平或许会是所谓
的理工女、理工男。子平是所在圈子中的电脑高手。电脑
普及后，你发现身边有些同行入错了行。因"文革"中的
耽搁，恢复高考时选择了中文。难以知晓他们被埋没的数
理潜能如何实现在日后的文字工作中。子平的表述有理论
性与感性的平衡。时有华彩，"沉思的老树的精灵"略有
"文青"的味道，有时又像是经了提纯，甚至如他自己所
说，"铁口直断"。极繁缛与极精练，并行不悖。

除平原、晓虹在我由中国现代文学向明清之际转场期
间向我提供的宝贵建议，对我相关学术工作的支持（如平

原编辑《学人》期间，如平原在香港中文大学策划的"今古齐观"学术讨论会），学术交流并非友朋交往的一项内容。与子平则不然。我的第一本学术作品《艰难的选择》由子平命题并撰写《小引》，《明清之际士大夫研究》有子平发表在《二十一世纪》上的书评《危机时刻的思想与言说》；我又将这题目用在了平原主编的由香港三联出版的选本上。复旦大学出版社推出的"三十年集"，我的那本《昔我往矣》，书名也出自子平的建议。与子平的文字缘尚不止于此。我曾在一本自己的作品中，写到子平（或许还有玫珊）为了我的一本版本不明的电子书逐页标注页码。没有写到的是，子平为那本百万字的书稿亲任校对。我愧不敢当，也自愧不能。朋友也者，不正是当这种时刻能不吝抛掷时间精力的那个人吗？

为人谋，平原、晓虹的周到，子平、玫珊的细腻，均胜于我，近乎古风。我自问即使好友、至交，也未必能做出如子平的那种牺牲。但也惟好友、至交，你能放心托付。你的那种踏实、笃定，是好友、至交才能给予的。

那天在朗园的对话会上，坐在台下看子平在台上走过，平原示意我看他的步态。因了腰病，较我年轻四岁的子平已有老态，文字却依然年轻，应当与从事的专业有关。生活在年轻人中，我的朋友的心理都应当较我年轻。

老钱、平原、子平都适于讲台。老钱的激情，平原的挥洒自如，子平表述中时有的警策，对学生都有足够的吸引力。三位的演讲风格均与其文风一致。钱、陈都像是享受讲课，子平是否如此，我没有把握。听说他在香港也组织了读书会，将课堂由教室延伸到了课外，想必对教师这一职业适应良好。知交中，由学术论，老钱、平原都应无遗憾——已尽其在我。子平似乎还有未尽之才。以他的能力，涉足古代世界应当并不困难。当然这只是我代为设想，子平或许并没有这方面的得失算计。当代文学是他与生活的时代的关联方式，借此长期保持了激情与活力。或许倒是我自己太过功利。回头看1980年代的自己，偶尔的溢出（旁骛），也因学术不构成太大压力，要求你付出几乎全部的时间与精力。进入明清之际即没有了余裕。由这一点看，得失也难以计量的吧。

时间的冲刷中，当年以为志同道合者，有的已是"熟悉的陌生人"，甚至是否真的曾经"熟悉"，也不免可疑。必要的距离是"全交"的条件。我庆幸没有与老钱、平原同在北大。太近的距离会损伤友情。我对此确信无疑。且不要说鲁迅的写刘半农。偶尔查找张爱玲的一段文字，读到了张的写苏青。写身边的人（即使不是至交）如此洞彻肺腑，我做不到，也不敢。可见半个多世纪后人的退化，不过徒然多了肤浅与世故。

　　与几位朋友的友情有较为纯粹的性质。我指的是不以学术为中介。我并不感到惭愧的是，很少读他们的文字（子平多少是例外），对方也不介意。对人太熟，读人即可。困难时以沫相濡，稍平顺也并不相忘，是一种趋于恒定的关系。在已能望见生命尽头的现在，这种稳定尤可珍视。你知道任何情形下你都不会孤身一人。

2019 年岁末

兄长王信

　　我的认识王信，在正式进入文学所之前。先是经人引见拜访了樊骏，后来又由得后陪着在《文学评论》编辑部见到了王信——似乎为了一篇论文。对于初识者，王信不属于令人感到亲和的一类。记得那回我规规矩矩地坐在他的办公桌边，像个小学生。就此认识，到所里上班后，仍然会去《文学评论》编辑部。老同事因"文革"中"派仗"的余波，据此将我归类，是后来才察觉的。

　　有"辽精海怪"之说。辽指辽阳，海即王信原籍所在的海城。辽阳人"精"否不论，王信在他人眼中的"怪"，是无疑的：执拗，拘守他认定的"原则"，不易变通；倘鄙视某人的人格，绝不肯假以辞色。在他，经权之间，守经系本色，行权则要较常人为难的吧。经他的手发表我的文章，也不无挑剔，并不通融。对他的尺度，我不总佩服，却尊重他的判断，因为那出于他所持的标准。

王信为人不苟言笑，初见难免令人生畏。君子不重则不威。王信的厚重，或多或少的威严，出自性情。对于后学，竭诚扶持、勉励，正适用那句"望之俨然，即之也温"。编辑事务繁忙，与他一同出席学术会议的机会不多。那回青岛的老舍讨论会，是一道参加的。还记得夜间与一伙同行在八大关一带散步。在王信，少有这样的悠然。会上会下，往往见他埋头翻看论文。以当时学界的风气，更以王信的品格，压根儿不会想到利用他所处的位置获取利益，发展"人脉"。我这一代研究中国现代文学的学人，经王信的手发表最初的研究成果的，不知凡几，王信从不以为自己有识拔之功。

某年"所庆"，时任所长的老陆鼓励老同事讲述文学所旧事，无非借此存故实。某同事关于"文革"中"派仗"的回溯，激起了当年对立派别的反感。王信受访时也没有避谈这一话题，对此态度坦然，未闻对他的叙述有何反应。囿于"学部"（中国社会科学院的前身中科院哲学社会科学部）这一具体环境，他的"文革"经验，似乎限于"派仗"与"干校"，尤其"派仗"。我的"文革"考察未在这一方向花费太多笔墨，想必令他失望。对"派仗"中的"战友"，即使过去了几十年，他仍会有回护。对此我不以为然。涉及文学所的事，身边的人，樊骏似乎较客观，更有学者态度。却也知道，要有王信的那种脾性，才会有金石交以至死友的吧。在这个日趋功利的社会，那也算得一种古风。我尽管在社科院度过了几十年，仍然只能算是到这里走了一遭，不像他们两位，将大半生交付于此，对学部、社科院、文学所的感情自与我不同。

用毛泽东的说法，他和樊骏，都属于"三门"干部，家门、学校门、单位门。对单位"从一而终"，职业经历一目了然，因而品质易于保有，也因此经验世界相对简单。这一点对于文学研究未见得有利。我们由浑水中蹚过，难免有所沾染，却也从中获益。倘不计功利，其间得失，何尝能说得清楚！

我曾在其他处说过，1980 年代的《文学评论》，打上了王信的个人印记。他的职业生涯倘有所谓的"高光时刻"，也在这期间。中国现代文学学科劫后重生。王瑶先生任会长、樊骏主持会务的中国现代文学研究会，《文学评论》《中国现代文学研究丛刊》，无不致力于发现、奖掖人才，一时生机勃发。用了时下流行的说法，对于学界，那种生机与活力，应当是"现象级"的，过此即重归岑寂。即使这为人艳称的十年也仍不平静。某次《文学评论》的一篇文章触犯禁忌，受命临时撤稿，采取了非常规的处理方式。院领导问责，众目睽睽下，时任编辑部主任的王信起身担责。当时院领导与他之间的问答，颇有传闻，未知确否。这种事，王信淡然处之，不以为需要特殊的勇气。毕竟是"八十年代"，事情过去也就过去了，未闻有后续的动作。

对编辑工作，如王信那样一丝不苟、不惮烦地为来稿核对引文的，怕已经太过稀有。偶尔读到过王信写的评论，似乎关于某当代小说。由文章看，他本可以兼顾编辑业务与写作的，此后却再未见他的文字。或因尺度严苛，尤其对己。在我看来，编辑固不必同时做研究，却以兼做研究、从事写作更有利于保持与学术界、创作界的联系。王信或不作如是想。

前两年文学所纪念《文学评论》创刊××周年，王信和我都推谢了充当"嘉宾"。庆典的一个环节，是分专业的座谈，不便推辞，遂邀了王信同去，见到了不少多年未见的熟人朋友。与会者发言中，提到最多的，即王信的名字，或许令他不大自在。过后看某报的报道，有"以王信为代表的"云云，应当是得之于那次座谈的印象。这种庆典从来更是领导表演的机会，本可能与王信无关。被这样多学人记住，自是难得，却未必为王信看重。他以为自己不过恪尽职责而已。

1990年代，王信由城东搬来，所住社科院宿舍楼与我们所在居民社区仅一条马路之隔，仍然只是偶尔过往：我与得后坐在他的书房，或他坐在我家客厅。彼此留了房门钥匙。倘我们外出时间稍久，会将家里的盆栽——一棵小树般的米兰——托他照料。他则每隔几日，由过街天桥到我家，爬上四楼浇花。王信与得后同岁，身体曾经健硕，退休前常由安贞桥北骑自行车到社科院上班。退休后，渐老渐衰，足力不支。即使那棵小树还在，也不便再劳烦他了。

王信与樊骏所住与我们的那栋，当年都是所谓的"专家楼"，年深月久，早已破败。社科院的楼建筑质量尤差。我曾嘱王信若有地震，及时赶到我家避难。晚年的樊骏，居室破败陋，光线不足。当年朋友代为置办的家具已然敝旧，地板起翘。除了衣着依旧整饬，多年来物质生活方面几无改善。他生前曾得到一笔当时看来相当丰厚的遗产，却将其中的一笔用作了"王瑶学术奖"的基金。我极力劝阻，因深知在我们所处的环境中，任何一种评选——

无论学术奖还是文艺奖——均难以公正，捐赠无助于鼓励学术。他不为所动。我说你何不周游世界？后来又想到他本可用于改善自己的居住条件，甚至想到不妨用来做做慈善，比如救济贫病的老同事。樊骏似乎没有这样的思路。无论他还是王师母（王瑶先生的夫人），都坚信奖励后进、推动专业发展，是他们手中那点钱的正当去处：这里何尝没有那一代人的执念？

还记得二十世纪八九十年代，王信曾批评当时"人欲横流"。我对他的说法不以为然，以为陈腐。事后看来，在市场化后席卷全国无坚不摧的大潮中，不"与时俱进"，何尝易有！台湾学者王汎森关于明末清初的士大夫，有"道德严格主义"的说法。在"文革"后意识形态坍塌的环境中，随处有人改换面目。将形成于早年的操守保存完好者，樊骏、王信实在稀有难得，岂不值得倍加珍惜。

晚年的樊骏，反应已然迟钝。我到马路对面探望，即将住在楼上的王信请下来。大部分时间我们交谈，樊骏旁听，说只能听懂几成。幸有王信在近处，不至于更寂寞。樊骏病逝，王信不免形单影只。一对老友、知交，相伴几十年，情谊深不可测，却未见王信呼天抢地。刚毅与坚忍仍写在脸上。

王信的家累，别人无从分担。十几年间照看卧病的老妻，注定了有不为人知的损耗。今秋患病前，消瘦得脱了形，两颊塌陷。有朋友春天看到他，说似乎一阵风即可吹倒。终于住进医院，看似事发突然，无非多年劳累所致。就诊是保姆用轮椅推去的，可知衰弱到了何种程度。选择那家医院，而非医疗水平更高的另一家公立医院，只是因离家近，省事。我在他手机上留言，建议出院后再到另一家医院诊治，他未回复。我猜想他不但不习惯于乘出租车，也没有线上操作（挂号等）的能力。这个社会对老人太不友好，包括王信这样的知识人。王信的男子气习惯于硬扛，不轻易接受别人的帮助，又怕拖累子女。知乎此，他的"淡定"更令我不安。

看到王信坐在他昏暗的斗室，困在杂物间，心情复杂。终生服务于学术，专业圈内有极好的口碑，本应当有一份更好的生活。从未听到过王信的抱怨；对别人眼中的寒伧，处之泰然。本以为可以这样继续来往下去，2019 年秋冬之交却因得后发病，提前入住养老院。搬家前去看望他，见他神情落寞，稍坐片刻，便匆匆离开。以他的经济能力，京城条件稍好的养老机构，都不大能考虑的吧。

王信是东北汉子，不好事却绝不怕事，一旦需要，不难挺身担当。我们都会有"犬儒""乡愿"的一面，老友中最不乡愿、犬儒的，即王信。有血性，有骨气，不惧人言，可称"铮铮"。倘生当英雄时代，想必会将他的人格力量作畅快淋漓的挥洒。活在当世，也较我"爱憎分明"。更难得的是，看来威严的王信，对老妻却像是有无穷的耐心，直到将自己熬老。在我看来，这样的王信，更是大男人。

你可以有不同的朋友，他们都是命运的馈赠。我曾说樊骏于我，介于师友之间。事实是，几不曾向其人请益——却仍不同于同一世代的朋友。王信于我，更像兄长。研究生毕业不久，一次在王瑶先生家听了重话，觉得委屈，上班时找王信诉说，站在文学所狭窄的走廊里，痛哭不止，无疑那时就将他当作兄长了。我视王信、樊骏为前此时代之遗，在我所属的那个专业界，说硕果仅存亦不为过。我曾说过自己向慕却无缘得见"光明俊伟"的人物，被人借题发挥。其实今生所见优秀人物已足够多。"光明俊伟"，光明，王信、樊骏庶几近之。只是嫌两位略有道学气，律己过苛，少了通脱而已，何尝有损于光明！

2020 年 11 月

此篇写成后，有朋友说，王信要强，你关于他处境的文字或令他不适。我撤回了已寄给刊物的文稿，最近才发给了他。前天与他通话。他说读了我的文字，感到"惭愧"，只是写作困难，"总觉得很累"，待好转后再细谈。手机上有他语音留言的痕迹，却只闻杂音。今晨得知了他昨晚去世的消息。即使病弱到了这程度，他仍如一贯地怕麻烦朋友，怕女儿牵挂，甚至怕麻烦医生，唯独不为自己考虑。

2021 年 2 月 3 日

悼福辉老友

"文革"后读研，是我此生较为美好的一段经历。同门友中除张玫珊外，钱理群、吴福辉年近不惑，其余几位与我本科同届。大动荡后，因各有历练，多少可以自信对人的判断力，知道你的直觉不大会欺骗你。此时的友谊、信任，较有根基。同学中钱、吴、我和凌宇过从尤密。凌宇与我，都有棱角，有一段磨合期。钱、吴则充当了同学间的润滑剂。

钱、吴均为人大度，对你的冒犯不予计较。吴人高马大，较钱更有兄长的范儿。他对我的态度，有时正像大哥哥对小妹妹。记得某次在三环路上，我迎着等在那里的老吴跑过去，他弯下身子伸出双手。这个动作，我至今记得。

老吴本江南人士，早年生活在上海，后长期在鞍山工作，竟长成了东北人的模样——适用橘枳之喻。1980年代女性择偶，据说以高仓健为标准，要求男方不低于一米九。老吴自我调侃说"单项达标"。老吴没有本科学历，考研前在一所中学任职。"文革"结束之初打破常规，不但年龄限制放宽，且对学历没有硬性规定。与几个较为年轻且名校毕业的同门友"站在同一条起跑线上"，老吴想必有压力。几个同学明面上并无竞争，少不了暗中较劲。记得我提到过，因消耗太大，不过几年，自己的两条辫子细成了一绺。几个大龄男生同宿一室，老吴的小呼噜配合老钱的大呼噜，惊天动地，不知他们的室友凌宇、张国风是怎么熬过来的。

除乐黛云老师组织的讨论，与钱、吴、凌互动频繁。闲暇则与古代文学专业的钟元凯、张中、国风等一同登香山，进城看演出。研究生毕业后，除几次因凌宇的安排到湘西，与钱、吴同游的机会最多。张家界，镜泊湖，海南，九寨沟，平遥、壶口，甘肃、宁夏，宁波；还曾与老吴一起到俄罗斯旅游。旅途中总要大唱其歌，在赴湘西途中，在镜泊湖边，在涅瓦河上。也有过不快。如一片荫翳，终会淡去的吧。

我和老钱物质生活上较粗疏。老吴与凌宇，是同门友中注重生活品质的两位。老吴好兴致，好胃口，对时尚嗅觉灵敏。1980 年代，我们尚未由上个历史时期的习尚中走出，老吴已有当年被视为"华侨式"的着装，朋友们私下里指为"海派"。京派/海派，是他后来主要研究领域之一，京、海间对后者的确尤有心得。老吴肠胃有疾，却无妨健饭嗜酒。一同出行，总会买点摆件。曾有小友嫌我那里毫无装饰，对我说，你看吴老师家……我怀疑老吴的品位，又不自信有品味，宁可让房间空空荡荡。

毕业后老吴任职中国现代文学馆，又较多介入现代文学研究会与《中国现代文学研究丛刊》的事务，想必有在我看来无谓的消耗，那些工作却未必不适于他。老吴有社交的能力与兴趣，专业范围内人脉之广，远非老钱与我所能比。社交也有在我看来无谓的消耗。老吴既乐在其中，得失就不便计较。所幸行政、编辑事务与社交无妨他写作。我自己在转向明清之际后，对老吴的专业研究无暇关注。直至其去世，才由朋友圈读到王德威先生为其《中国现代文学史》（插图本）英译本所写序言。专业著作有英文、俄文、韩文译本，同专业同班同学中仅老吴一个。其他与老钱合作的项目尚多。与其"天性"的活跃一致，老吴长于随笔，包括与专业相关的评论文字；笔头之快，也非我所能及。

1998年北大"百年校庆",研究生同学齐聚。张中拍摄的合影上,我挽着老吴的手臂。那是毕业十六七年之后,照片上的几位都正当盛年。最后一张合影,在2019年9月9日,宴请来访的尾崎文昭、西川优子夫妇,兼为老钱老吴祝寿。此时我和老吴的生活都在变动中。那个日子之后,与老吴间即横亘了辽远的空间,直至阴阳两隔。

老吴去国前另两次相处,一次在湖南的里耶,出席凌宇参与组织的沈从文讨论会;一次为2018年研究生同学入学四十年后的重聚。后一次由温儒敏安排,住在香山植物园附近。此时的同学,老态尽显,早已不复有当年的精神意气。参与聚会者没有人明言,各自心里都明白,这样的聚会不会有下一次了。老吴是研究生同专业同学中最先去世的一个。近年来一再想起明清之际遗民"又弱一个矣"的慨叹。倘拟之于遗民,是何种意义上的"遗"?

2021年元月

琐记

写在王瑶先生百年诞辰之际

　　前不久社科院文学所举办唐弢先生百年诞辰的纪念活动，发言中我比较了李何林、王瑶、唐弢三位学科奠基人，不过及于浅层。我对李、唐二位先生，所知不多，此外也确有不便深说者。

　　王先生之于我，已经在先生逝世周年祭时写到了，即收入 1990 年天津人民出版社出版的《王瑶先生纪念集》的《王瑶先生杂忆》。那是一篇写在特殊时刻的文字，情境与当时的心境均不可能重复。我一向承认自己不是好学生。当年考研时竟未找到他的那部《中国新文学史稿》，入校后也不记得曾认真地补读。前一时接受访谈，被问到师承，我说王先生对我的影响，更是"潜移默化"的，

"不大能诉诸清晰的描述"，像是在弄狡狯。倘王先生在世，不会在意的吧。先生对我的态度，略近于家中长辈，严厉而又不无宽纵；我也就有机会放任自己，不大顾忌他的要求。这种略有古意的师弟子关系，在他那代人之后已然稀有。

还记得1980年代上海的几家刊物来访，看着一群弟子簇拥着王先生走过，有几句笑谈。座谈时说到王先生曾研究过的某著名作家，我的发言不免肆无忌惮，稍涉轻狂。坐在对面的王先生，也不过微露惊讶，当时与事后都没有说过什么。

前一时，协助师母杜琇女士整理王先生的遗文，包括"文革"中的"检查交代"，在我，是他去世后再次走近他的过程。那些扫描件上的字迹，文字表述间的斟酌，涂抹修改，在提示着那个特殊年代。"一个学人与他的时代"，部分的就在这些个人档案中。1990年所写纪念文字中，我提到王先生"文革"期间一度被分派到我所在的"文二三"班，使我有近距离观察他的机会。但当年的我，对王先生"文革"中的命运并无关心。近年来，郭小川的"运动档案"收入全集，顾颉刚、吴宓的日记、书信等由子女整理出版，另有冯亦代的《悔余日录》、徐铸成《徐铸成自述：运动档案汇编》问世（由北京大学出版社出版的

《顾颉刚自传》，收入了顾"文革"中的"交代"），使那段历史中的知识分子的身形凸显，对当代史研究的贡献，绝不应低估。

我一向以为，较之学术文字，王先生更生动的，或许是他的性情，却至今未得到足够的描绘。曾想过，王先生倘生在古代，或属于"滑稽多智"的一流人物。他自我刻画，也说到"出语多谐"。但那不只是语言风格，更是生活态度以至生存智慧。当年我所在的"文二三"班，就发现他的那些"反动言论"往往是所谓的"俏皮话"，即如流传较广而版本不一的"马克思""牛克思"，另有"苟全性命于治世，不求闻达于诸侯"；如果我没有记错，还有"走钢丝""挤牙膏"之类。令"小将"们头痛的是，难以据以坐实其罪。我的同学心有不甘却无可奈何，气愤之余，即指为"老奸巨猾"。也因此王先生在我们班，较之另一位老先生，更被轻慢。既处浊世，不可庄语，不妨插科打诨。也偶或不得已而行权，即如抗战中欲南行却无资费，即报名某组织临时换取盘缠；另如"文革"中的应付"外调"，为"蒙混过关"而有意"混淆视听"。凡此种种，倘科以"道德严格主义"的那套标准，自属不情。"文革"中的"外调"，迫令"背对背揭发"，由此导致兄弟反目、朋友失和，即使那段历史早已过去，造成的伤痛也仍难以平复——究竟应当由谁为此负责?

还应当说,王先生的"游戏态度"中寓有严肃与沉痛。读不出这沉痛者,也难以了解王先生的吧。也是由这批遗文及师母的说明文字,我才知晓王先生"文革"中竟企图自杀。这多少出我意料。我曾经将王先生在极其不堪的境遇中顽强生存作为例子,现在看来,即使顽强如王先生者,也自有承受的限度——到了动念自杀,想必这承受力已用到了极限。

至于我所读到的王先生"文革"中的"检查""交代",内容不免于重复,有些是历次运动中一再倒腾过的老问题,只是被人"揪住不放"罢了。"文革"中内查外调,调查人员四出,不惜行政资源的极大浪费。同一"问题",一查再查,令被调查者再三再四"交代"——较之弄清问题,更像是意在保持震慑,算的只是"政治账"。但这却不是当时人们的思路:即使被调查者,也绝不敢作如是想。

对"私下"言谈的监控,"文革"中达于极致。近年来关于一对一监视、汇报的材料浮出水面,一度舆论哗然。外调中迫使交代私下言谈,与搜缴日记、截留私人信件,均可归之于对私域的侵犯。"隔墙有耳""群众专政""人民战争的汪洋大海",其间演出了多少可惨可笑的故事，其荒诞性大可作为写作卡夫卡式小说的材料。

由 1950 年代的检查交代看下来，感觉到的是被迫自污中的愈趋谦卑。但那更像是不得已的姿态。增订版的韦君宜的《思痛录》，收入了《我的老同学王瑶》一篇，其中写到杨述带工作组去北大，中文系的工作人员在汇报中将王先生归入"难办的教授"之列，杨即与王个别谈话，问："系里叫你检讨，你心里到底服气吗？"王先生笑了一声，说："跟你说实话吧，我的嘴在检讨，我的脚在底下画不字！"或许"脚在底下画不字"云云，更是文学性的说法，但那态度却确像是王先生的。或许王先生不是用脚，而是用内心的声音说"不"。他的终于没有被压倒，也应因了这种内在的力量。我注意到，即使在"文革"的高压下，王先生用的也是"检查"而非"请罪"；同属自污，仍有程度之别。此老骨子里，有从未销蚀掉的倔强。

"文革"后的修复，何尝不也赖有那种内心的力量。我和我的同学 1978 年进校时见到的王先生，仍未失警觉，偶有防范的动作，却已近常态。这种自我修复的能力并非谁人都有。也有的人，即使脱出了缧绁，也拘手挛脚，肢体再也不能舒展。由收入《王瑶全集》第八卷的王先生"文革"结束后的书信，一再读到他劝导别人"向前看"的话。他对一位年轻同行说，"这些年来，知识分子几乎都有一些不堪回首的经历，非独您我，因此我觉得还是'向前看'较好"（《致石汝祥》）。对另一位年轻学人说，对方的坎坷固然"令人浩叹"，"但从'向前看'的精神说，我想从'八一年'起，应该是'新生'"（《致钱鸿英》）。他想必也以1981年为自己的"新生"，尽管由事后看来，未免过于乐观。

我曾注意到顾颉刚、夏鼐、谭其骧，各有其"文革"结束的时间。由师母提供的遗文看，王先生的"文革"，或许大致结束在1969年。尽管此后他仍然和我们一起去了平谷县的鱼子山。我曾写到目睹他在田间干活的情景，王先生在家信中却说，他在乡间受到了照顾。看起来，当时的心情已不黯淡。

李何林、王瑶、唐弢三位先生，是中国现代文学学科的"一代宗师"；或用了目下流行的说法，即"大佬"。我在上文一再提到的那篇纪念文字中说，王先生好臧否人物，对同辈学人却出言谨慎，也是他的一种"世故"。三位前辈中，李先生的耿介为学界公认，其在南开大学的情况我不知晓，只知他晚年指导博士生，似乎很放手；王先生率性，借用了鲁迅的话，时而随便，时而峻急，对门下有时不免于苛；唐先生对人态度温和，对其弟子想必委婉客气，至少不会如王先生似的疾言厉色的吧。三位中，李往往被指为思想较"正统"，而王则"异端"，实则这种观察不免皮相。王先生固然关心时政，观念较李"开放"，"异端"却谈不上；在"文艺思想"上，毋宁说过分执着于其年轻时接受的理论与评价尺度。李、王、唐这样的大佬，想来难免会有人拨弄其间，但我所知道的是，三位先生均未"卷入"学界是非，使学科保持了不但正常而且较为干净的内部关系。正常就不易，干净尤难。

曾经有"王门弟子"的说法，寓有褒贬，但被人所指的，不过是个朋友圈子；且"圈子"中人不限"出身"，无论是否出自王门、是否北大。王先生门下弟子众多，却无意于经营"学派"，更无论"门派"。樊骏并非其门弟子，说"私淑"也勉强。对樊骏，对得后，王先生均以之为同行。王先生关心过的同行，另有一些人，由《王瑶全集》第七卷的书信部分可知。那种关心，决不下于对弟子。至于王先生对樊骏的信任，除人格外，无非寄望于其在学会、专业界的作用。王先生不经营"学派"，对专业界却很在意，直至病逝。对王先生、对樊骏的这种责任感，我自然是尊重的，自己却不大有这种情怀。

李何林、王瑶、唐弢先生身后的中国现代文学学科，或更大而言之，他们身后的学界，这样的大题目，我是写不了的，只有些零碎的感想。2011 年樊骏病逝，文学所编的纪念文集，题作《告别一个学术时代》，略有一点悲怆。这是一种令人百感交集的告别。由王瑶先生去世到樊骏去世，告别仪式有如是之漫长。我知道，某种境界，某种气象，已不可能重现。对于学科，对于学界，这种告别有怎样的意义？

前辈学人的背影渐次隐没在了混沌之中，不知年轻的后起者还能否感知他们的气息？

2014 年 4 月

"校园欺凌"及其他

我就读小、中、大学期间,尚没有"校园欺凌"的说法。事实是校园欺凌无分中外,且古已有之;引起关注,不过因于今为烈罢了。

1950年代初期,我的家在开封曾几经迁徙,其后又迁往郑州,因而读过了若干所小学——我甚至不能确切地说出共有几所。较早就读的学校,记忆尤其模糊。能记起在一条叫作"大厅门"的胡同读过的小学,班上那个俨然霸主的女学生干部。奇怪的是,在我的记忆中,这些小学同学,均有着成人似的体貌——或许与其时我自己的弱小(自觉弱小?)有关。在那所学校时的日常情境已不能记起,却能回想起那班干部带领了全班女生举行的与我绝交的仪式。那的确是一次仪式，女生们排了队，逐一上前来与我勾大拇指。我已忘记了事情缘何而起。也记不清经了怎样的妥协，又有和解仪式，这回是逐一勾小拇指。其时当地小孩子中有个说法，勾大（拇指），见面不说话；勾小（拇指），见面玩到老。对于一个小孩子，被集体排除，压力想必山大。我猜想自己一定被这种公然的孤立给吓住了，甚至可能有过软弱卑怯的表示，否则不会将一种被胁迫感保存了这样久。我不知由儿童演出的"政治"，在多大程度上是成人政治的翻版，又在多大程度上可以作为政治发生学的对象。倘若确系模仿，这模仿又是怎样进行的？这些问题已太过复杂，超出了我的想象能力。

儿童世界中的阴暗，或有甚于成人世界，这一点似乎直到晚近才被承认。一个儿童、少年的"进入社会"，何尝如师长们设想的那样，有显然的时间标记；"社会"早已以各种形态及其变形"进入"了童真世界。我们多半已提前经受了应付社会人事的训练，犹之读"学前班"；而日后也正经由种种相似，去辨认社会——"社会"对于你，才不是另一世界，而是原有世界的延伸。

初中时期班上有郭姓女生，是来自农村的插班生，较我们年长，记忆中已是成人，胖大高壮。一进那个班即立威，具体使用了哪些手段，却记不得了。这女生似乎在乡下当过干部，拥有某种超能力，能将一班年龄较她为小的同学玩弄于股掌之上。在班主任老师的支持纵容下，该女生成为一霸。你随时感到来自她的威压。于是同学间分化。郭姓女生有了扈从、跟班；不能"靠拢"者，则被边缘化，俨若微型的成人世界。我只记得那种处在笼罩性的阴影中的感觉——应当与其人庞大的身躯有关——细节已不复记忆。似乎是初中毕业前，不知怎么一来，剧情反转，那女生被集体抛弃，顿时陷于孤立，处境狼狈，不知所措。记不起这种大逆转是怎样发生的，只记得当时复仇的快感。我自己也少不了有刻薄的讥讽。我中学期间积蓄的愤世嫉俗，似乎即此释放。那个失去了权威的女生，有可能始终未弄清楚何以落到了这步田地。一个中学生，学生干部，轻易营造起专制王国，颇有寓言意味，可用以写《蝇王》式的小说。可惜我不具备这种能力。这个故事中最要紧的，是用"不知怎么一来"带过的部分。反弹一定有由头，有为首者。这么有意思的情节，何以竟忘了呢？可见记忆之不足恃。

　　当年我所经历的校园中的上述"欺凌"，不取暴力的形式，却营造了成人世界的秩序：控制/被控制，主/从（奴）。郭姓女生建立的王国，更有政治色彩，是以她为中心的进步/落后、靠拢组织/不靠拢组织的等级秩序。这种

"早期教育"，足以荼毒青少年的心性。我对于无处不在的等级划分的嫌恶，与这种早年记忆当不无关系。

2019年曾一度撤档的校园题材影片《少年的你》，是后来补看的。较之近些年来所知校园欺凌（也称"霸凌"），我经历的那些，简直不是事儿。无关暴力，因而恶性较浅。使用"欺凌"的说法，或令读者有超出事实的期待。曾有媒体披露发生在留美女生间的欺凌事件。我以为"文革"中的校园暴力，针对老师的，以及针对同学的，仅仅政治已不足以解释，另有人性的原因，即一向被避谈的少年人的残忍。

至于我，发生在中小学后、不全适用"欺凌"说法的一次，在大学毕业前夕。那其实算不上"毕业"。大二那年（1966年）"文革"爆发，然后是"派仗"，工宣队、军宣队先后进驻，下乡"教改"（亦"疏散"），而后就以此不完整的学历毕业。

那件事的前因还记得；因主持其事者的有意暧昧，无从坐实罢了。我写过发生在离校前的这一个人事件，收在《窗下》一集中，题曰《倾诉》。以下是该篇的片段：

……那是一个落雪的下午，我一个人在宿舍里摆

弄乐器，有同学来找我，神情紧张地说，班里的一些
人整理了有关我的材料，准备上报。他请我一同出
去，他将把情况告诉我。窗外下着大雪。我猜想我当
时的神情一定有点异样。我拒绝了他的好意，说"随
他们的便"。

几个月后，我到了家乡的乡村插队。我的同学寄
到乡下的信中，列出了那些同学毕业前整理的我的
"言论"。令我惊讶的是，那多半是些私下的谈论、
"牢骚"之类。我甚至还记得说那些话时的场合与情
境，当然也记得当时的谈话对手。这在我，不能不是
一次真正的震撼。所幸我已在乡村，远离了那个凶险
的语境。我似乎并没有自责我的轻信，只是悚然于
"人心惟危"，有一种被玷污的感觉。

…………

随笔没有提到的是，我的同学的那次商议，即使不曾
有意张扬，也有明知的透露。透露或许竟也是计划的一部
分，即以此施压，迫我就范。因无对证，不便说就何种
"范"。参与其事者若尚未失智，应当还记得。小谋略，小
权术，只不过"文革"中人的心性扭曲之一例。背后操纵
的男生曾是我聊天（或曰"倾诉"）的对象，心思缜密而

不形于色。未闻此后有学术或其他方面的建树。"文革"造成的"荒废"，应当包括使人误用了聪明才智。①

几十年后因校庆、系庆再见，那些参与其事的同学若无其事，没有人向我提起，也不以为需要解释——或许他们不知道我当时即已知晓，或许不以为有何冒犯。后一种可能性不大，除非几十年间毫无长进，或从不扪心自问。有同学热衷于"校友会"一类活动，并不关心老同学对那段经历的感受，不曾想到在人漫长的一生中，那五年多的分量本来就有因人之异。据我的经验，属于"老五届"者，② 派仗中的"战友"较之一般同学更有亲密之感。对我的某些同学，"派仗"或许是他们关于北大的最刻骨铭心的记忆。

再次说明，这后面故事无关乎"欺凌"。那种做法，"文革"中更是常态。年轻人由政治斗争中学来谋略权术，不过拿同学小试牛刀而已。我不叛逆。本非任一集体中的异类。叛逆，异类，自外于"集体"，要有强大的内在力

---

①　这篇随笔写的是虽经此次打击有对"倾诉"的戒惧，却仍不思悔改，依旧有倾诉的冲动，而非将自己紧紧实实地裹在茧中。

②　"老五届"即"文革"爆发那年高校的五届（或四届），"老三届"是同一时期高中的三届。后者又泛指那期间在校的初高中生。

量，无论正邪。而我天生平庸。被视为异类，多半出于误判。至于刻意地孤立、排摈，也并不一定因权威遭遇了挑战，或许只是权威的运用需要对象，如此而已。

1970年代初教中学时，我任教的班上有类似我中小学遇到的人物，也是女生。插队下乡后我和另一教师奉命到插队地区，对前学生的不良行为有所劝诫，该女生反唇相讥。我读研期间，那女生带了一众女生到我家，一律盛装，不知何所为而来。曾经的师生相对无语。这些女生和她们的首领，不知后来的境遇如何。

由我的经验，证之以《少年的你》的剧情，在这类事件中称霸、施暴的，的确不乏女生。你当然会联想到"文革"初期抢着铜扣皮带的女红卫兵。做这种关联毕竟太轻易。我记忆中的几个女生（胖大女生除外）的形象，相互叠压，无分彼此。至于女生加之于女生的伤害，想必早已在社会学的视野中——确是一个有趣的课题。

老照片的故事

　　大约1990年代，似乎由山东画报社发起，老照片一度成为出版业的热点。"老物件"也曾成为热点。老照片、老物件，除用于怀旧，更有影像史或实物历史的价值，均有超出私人（个人史、私人物品）的意义。那一波发掘，虽热度不再，留下的，却是实实在在的史料。大量历史碎片被由尘封的角落翻检搜寻而出，可视，可触摸，诉诸感官，是一大功业。

　　张爱玲有一本《对照记》，讲述与旧照有关的故事，图文并茂。普通人少有为历史留影像的自觉。一些年来，仍然有相当数量的民国照、二十世纪五六十年代旧照、'文革'照、知青照等等出土。我自己老照片有限，故事也不精彩。下文不过选出若干老照片，将相关情境作为线索，以方便讲述陈年旧事罢了。

　　我所见最早的自己的影像，是家庭合影，父亲、母亲、哥哥、二姐与我（图一）。由照片上的我看，应拍在兰州，我的出生地。我们坐在一座古建前的台阶上。还是婴孩的我，倚在父亲怀里。母亲是民国女子的发型、装束。除了我，大家都笑得很开心，我则一副皱皱巴巴的样子。我抗战结束那年出生，当时父母已由任教的天水、清水来到了兰州。后来的日子，他们常常怀念在甘肃的时光。尽管是战时，物资不免匮乏，生活应当是安

图一　1945 年在兰州

逸的。学校中虽有国共的暗战，却没有 1949 年后的政治运动。

　　存留在我脑际的早年记忆，似乎始自信阳浉河边的戏水。① 那必是夏天，才会一家人黄昏时分浴在水里。还能清楚地记得的，是撩起水灌进父亲喉结下的那个动作，其时的父亲正仰浮在水上。更早的岁月就此隐没在了黑暗中，迄今未曾被照亮，也永远不会被照亮的吧。人们常说的"从记事起"，指的或许就是浉河中撩水这类的事。只不过浉河边的戏水，焉知不是由大人那里听来的？一张早年的照片，就拍在这条河边。那应当是 1948 年前后。抗战胜利后举家由甘肃返回河南。回省后，第一站落脚在信阳。照片上的父亲坐在河岸的沙滩上，我光着的小胳膊吊在父亲的臂弯里。父亲臂弯中的我，应当三岁。原来的照片是长长的一张，不记得何时被我剪断了。照片上父亲与我的右侧，是排成横队的一列学生（信阳某中学学生）。有些学生笑着看向坐在旁边的我们。可惜的是，不知出于何种考量，照片上学生的那部分被我剪掉了。一剪刀下去，与照片相关的情境即残缺不全（图二）。

---

　　① 明人王士性的《广志绎》提到了"浉水"，说汝宁郡"惟信阳据险，城筑于山冈之上，四面皆低，又浉水在前，淮河在后，最易守"（卷三《江北四省》）。

我将其他有些老照片也做了如此粗暴地处理。即如另外的一张，我穿着小裙子，嘟着嘴，一脸的不情愿，双腿并拢，牵着二姐的手。那次赌气的对象，是一个已不记得何许人的阿姨，阿姨身边，则是一个不记得来历的小小男童。阿姨与男童被我剪掉，只留下我和二姐（图三）。当年的我，骄纵任性。当时家已在开封，这座我童年的城市。1954年省府迁至郑州，家即于1956年离汴赴郑。次年反右，家庭遭了变故，开封的美好，对于我即成永远。写了不止一篇与这城市有关的文字、随笔，甚至论文，收在了《世事苍茫》一集中。

图二　　1947 年夏
爸爸和我信阳浉河边

图三　1948 年与二姐

儿时的事，多半得自父母尤其母亲的讲述，那些故事自然经了母亲的选择甚至渲染。我自己能确信的，是我曾经是个笨拙的孩子，常会闹出些笑话令姊妹捧腹，被他们用了种种绰号来戏弄。通常处在这境地的孩子会越发笨拙，一方面因了心理暗示，另一方面也未始不在有意地提供笑料以引起注意。只是我那时还小，未失童真，不至如某类大人那样习于扮演丑角而终至于弄到自轻自贱罢了。被戏弄只是几年间的事，到后来，渐渐被姊妹们郑重对待，却也少了那种彼此嘲戏的乐趣。

我曾写过早年在开封住过的那处宅院，事后看来很可能将那院落浪漫化了，以至使它成为了我所经历过的纯净之境的象征。那些日子里肯定有种种琐屑的烦恼，却被滤去而未能在记忆中沉淀。那院子中的岁月在我，是悠然的长昼和静谧而安然的夜。拍在那个童年的城市的，有家族中多人在内的照片，除父母姊妹外，另有二叔、三叔、四叔、表哥等人。着装变化最大的是母亲。戴着当时流行的男女不分的帽子，穿着制服，亦当年标准的职业装。其他人也未见西服革履，多着当年的干部服（图四）。其时曾流行八角帽与"列宁装"，是时式的服饰。母亲在这种事上算得上"潮人"。会像那些大小干部那样，披了外衣在街上走。后来笑说有一回由单位回家，见我和妹妹在街上，两个小小的人儿，各自披了外衣。她是当笑话说的。我们直接的模仿对象，就是母亲。不消说在那个时期，不止母亲，姐姐哥哥，都是模仿的对象。

那些老照片上的人物，除我和姊妹外，都已不在人

图四　1950 年代在开封（后排右一为表哥，前排左起为父亲、二叔、三叔、四叔）

世。拍照时的他们，尚正常地生活。此后二叔、四叔落难。四叔反右中被任教的大学开除教职，在街道劳动。四叔是父亲的兄弟中的漂亮人物，气质儒雅。他的"末路"，我在《乡土》一组中写到。许多年后与河南大学他当年的学生打交道，这学生甚至不曾提到他的这位老师。

赴郑州前，有就读的第二师范附属小学那个班班干部的合影，应当有为我送行的意思。安排了这次合影的班主任，却已不记得。照片上六个女孩分为两排。前一排的三位都姓高。同学开玩笑，编排了"高平高敏高柏林，冰糕冰棍冰激凌"打趣。高平是班长，性情随和，满族人。有一回老师令学生报告自己的民族身份，高平站起来，刚说出"满族"，就有同学接口道"满清"，高平竟哭了起来。其时对清朝的看法，"清宫戏"走红荧屏的年代，人们何尝能想到。那所小学的同学，应当大多为平民子弟，高敏或有不同，有超出年龄的矜持，即由照片上也可以感到。后来听二姐说高在河南医科大学（或该校的医院），并未想到重聚。小学曾辗转读了多所学校，同学间关系虽好却不可能深交。只有转学郑州后就读的育英小学（后更名为河南省实验小学，今郑州纬五路小学），有同学令我难忘。

我已在《温馨》一篇写到。那张拍在离汴前的照片，我在后排左侧，头容略偏，满脸是笑。照片经染色反不如黑白照片自然（图五）。

图五　与开封二师附小同学合影

　　2018年最后一次与得后一同回郑，妹妹妹夫陪我去了一趟当年就读的郑大附中。当年尚无"重点中学"一说，但城北的郑大附中与城西的一高，是事实的重点中学。郑大附中后改名河南省实验中学，是本省的明星学校。因原来的校园较大（是原郑州师专的校址），我就读六年的教学楼竟未拆掉，部分用作校史陈列。陈列室以至走廊、楼梯的墙上都有老照片。我看到了初中时的我，扎两条短辫，穿着碎花裙子，与另外几个女生半蹲在地上，身后是排列整齐的男女同学。或许因来去匆匆，周边、后排的同学，竟未辨认出一张熟悉的面孔。

图六　父母的结婚照

父母颇有一些民国时期的老照片。他们的结婚照上，母亲的中式衣襟别着钢笔（当时似称自来水笔），是知识女性的标配（图六）。母亲与小她三岁尚在大学读书的父亲成婚，在当时似乎并无压力。据父母说，他们的朋友称道"郎才女貌"。母亲眉目秀气，但毕竟曾有过一段婚姻，且有女儿，看起来或比父亲年长。与结婚照大约拍在同一时期，是几张父母在自家住所外的照片。由影像的质量看，像是专业摄影。当时或是冬季，父亲身着看起来簇新的长袍，母亲则是棉旗袍，搭配毛线短外衣。两人或偎依着站在那里，或母亲坐在椅子上，父亲站在她身后（图七）。另有两张

图七 父母在开封寓所前

分别为立姿坐姿的母亲着夏装的单人照,浅色的旗袍,身姿婀娜。这两张照片后来不见了踪影。应当说,当时这座省城的照相馆,设备与拍摄技术均堪称一流。影像清晰,经久不褪色。

另有父母与他们的密友的合影。其中的一张,父亲与周姓好友拍在河南大学宿舍。好友坐着,看向窗外;父亲站在他身后,身着浅色上衣,由窗口射进的光线中,眼睛明亮(图八)。好友与父亲均为左派学生。父亲大学期间曾因从事地下工作被警宪进校追捕。父亲说周叔叔是富家子弟,饶才艺,皮黄、乐器都来得。参加革命,受的是他的影响。父母与周叔叔夫妇,是终生的朋友,友情维系到晚年。父亲是大家族的长子长孙。他的兄弟、堂兄弟直至姐夫、妻妹都

图八 1935年,父亲与好友在河南大学宿舍

在他的影响下，结局却互有不同。

另有几张，拍摄时间不详，亦为父母与老友的合影。一张为母亲与关姓闺密（图九）。"闺密"是近年来的流行说法，此前我们不曾使用。我们称作"关姨"的母亲好友，据

图九　1930 年代母亲与关姨（左）

说是大家闺秀，满族人，性情温婉柔弱。母亲偏于刚烈，两人正宜于交往。另有母亲、关姨等人郊游的照片，系摆拍。几个女子都着旗袍，颈垂浅色丝巾，有人坐在牛车上，有人在车下手执鞭子，车夫倒站在车旁成了看客。

另有一张，父母与钟姨夫妇。关姨，我幼年的记忆中已没有了踪影，钟姨却还记得。不同于母亲口中的关姨，钟姨大嘴大眼，说笑爽朗响亮，略有一点男子气概。不知钟姨与父母结交的缘起。这两个女子，先后从我们家的生活中消失。与关断绝了来往，大约因她的家庭。母亲事后得知，关终于精神错乱，赤身裸体跑到城外草丛中。与钟不再联系则因了她的先生。据父亲说，钟的先生曾经是国民党军官，1949 年选择留在大陆。"镇反"前夕到父亲任教的开封师专讨主意，父亲建议自首，却终于被镇压。照

片上的那位先生，眉目清秀（图十）。后人或许难以理解的是，曾如此亲密交往的朋友，何以会因外部压力而不再往来。要经过那个时代，才会知道，你的"社会关系"于你有何等的严重性。血缘，亲缘，无从摆脱。即使声称"断绝父子关系"，离婚，也

图十　1942年父母与钟姨夫妇（左侧）

救不了你，朋友即不然。我考察明清之际，发现当时的士人，极看重并不赖血缘维系的朋友、师弟子，会将朋友一伦，置于夫妇之上。1949年后的几十年间，朋友恩断义绝者，往往因政治压力。政治对伦理的破坏，在五伦中除君臣外的四伦，及五伦外的师弟子，无不惨重。这一方面的史料，实在值得花大气力发掘。

得后的老照片较我为多。年少时、读大学时的影像外，大多拍在"文革"后期。由"牛棚"放出，他曾向一位同情且保护过他的张姓同事学摄影，买了一部二手的苏式相机。老照片中，有张姓朋友为他拍的肖像照，中规中

矩，合于当年的审美。也有习得了摄影技艺的他为别人拍的照片，其中的佳作有画面感。照片上的得后，胸前挂着相机，全然看不出不久前经了劫难。至少元气未伤。中国人自我修复的能力实在惊人。人像照外，有一组得后与同事下棋的照片，略有情节。第一张各自凝神，第二张落子，第三张像是大局已定，对方尴尬地笑，得后得意地笑。其时生活简单，却不缺少欢乐，也不难于满足。

那些照片或许各有故事。可惜得后因视力衰退而不得已"封笔"；不能自己叙述，也无意于讲述，只能任由那些故事随风而逝。婚后相机还在，也曾为我拍照，构图依照由"师傅"那里学来的规矩。那些照片上的我，年轻得令我不敢相信。

得后的父母几无老照片。或许有过，"土改""镇反"期间销毁了。仅有的二十一岁父亲的照片，是由黄埔名录上翻拍的。他父亲黄埔四期。照片清晰度稍差，下方的文字是："王成基 克安 年二十一 江西永新迪信 永新西乡澧田市益昌隆号转瀛溪王家村"。照片上得后的父亲，身着戎装。由相貌看，得后似不肖乃父。①

---

① 因未征求同意，得后及其家人的照片就省略了。若征求他的意见，想必会被拒绝的吧。

由汴居郑后的几年，照片多半由父亲的朋友周叔叔的妻弟、我们称为杜叔叔者拍摄。我能就读为干部子弟开设的育英小学，也赖杜叔叔的关系。他当时在该校任教。杜叔叔拍的照片中，北郊郑州师专附近的几张，照片上的我，穿着似乎由母亲缝制的臃肿的花棉袄，十足的土气。1957年同由杜叔叔拍摄在郑州人民公园桥上的五姊妹的合影，是他所拍最被我们喜爱的一张。五人亲密地挨在一起，高低错落，依次为哥哥、大姐、我、二姐与妹妹，背景是公园的林木。大姐身材高挑，神情开朗，当时已就读天津师范学院。我则双手捧着脸，似乎是有意摆出的姿势（图十一）。照片拍摄的时间，在父亲所写《家庭的灾难》发生前夕。那年冬天，母亲被划为右派分子，另一段生活就此开启。

那张夏日的合影，保存了一段美好的记忆。妹妹将其扩印，与父母的结婚照，挂在我安贞里家中的卧室墙上，后来则挂在燕园寓所我的书桌上

图十一　1957年夏在郑州市人民公园

方。那个美好的夏天之后，也仍有美好。有一组也拍在夏季的照片，其时母亲尚在"劳改"中。父亲与我们在郑州师院宿舍区住所前。父亲的一张坐在藤椅上的照片，即拍在此时（图十二）。那一组照片中，姊妹们随意地站在住所门外；其中的一张，我与妹妹分立父亲两侧。家庭变故后，我有对父亲的依恋。记得那次本想与父

图十二　1960 年代初父亲在郑州寓所前

亲合影的，对于妹妹的加入并不乐意。照片上的我脸侧着靠向父亲。那时以及此后的父亲，直至晚年失智，一定也享受这种来自他钟爱的女儿的依恋的吧。

　　"文革"前在北大读本科期间，曾有过未名湖上与室友的合影。那时的我，着偏襟中式上衣，两条长辫。照片已不知去向。另有北大文工团民乐队在颐和园昆明湖边演出的照片，曾经保存过的，也已不在手边。"文革"期间仍有照片，应当是初期的剧烈冲击之后。照片上哥哥、二姐在前，我和妹妹在后。记得是在郑州行政区的某个照相

馆拍的。① 不知其时哥哥的厄难是否已过。我和妹妹穿着同款的碎花短袖上衣，似乎是母亲裁制。反右后母亲学会了使用缝纫机。缝纫机是当时结婚必备的"三大件"之一。母亲视为宝贝。

看到过知青的老照片。我在禹县插队期间，没有任何影像留下来。县城里应当有照相馆，却没有想到过拍照。任教中学期间有几张照片，其中的一张，类似标准照，只是脸略侧，未正面对着镜头。那应当是进入该校之初（图十三）。不热衷于拍照，或许证明了不过分自恋。

图十三　1973 年任教郑州第三十三中学的我

读研期间的照片，保存在张中那里的，大多已被我忘记。2018 年秋，当年的研究生班在世的同学中的一部分在京重聚，在杳山植物馆附近宾馆住了两晚。头一晚三三两两在走廊上聚谈，张中在带来的大相册上粘贴照片。其中有我

---

① 当时的郑州，划为行政区、建设区、文化区等。行政区为政府部门所在地。

在内的几张，全无印象。或许是胶片的质量问题，照片颗粒较粗，影像不清晰。倒是我在接受《北京青年报》访谈时提供的那张也是由张中拍摄的彩照，大家纷纷用手机拍下。那张摄于 1998 年北大"百年校庆"期间，是现代文学专业除玫珊外六个同学的合影。我挽着老吴的手臂居中，左侧是老钱、陈山、老温，右侧是平原、凌宇（图十四）。平原本是我们的师弟，却意外地出现在照片中。那次聚首全不同于 2018 年，大家正当盛年，北大的活动规模也相当可观。除研究生同学外，本科同学也聚在一起，也有合影。最可留作纪念的，是张中拍的几张。

图十四　1998 年北大"百年校庆"中与研究生同学

　　当时数码相机似尚未普及，彩照却已平常。我也曾使用普通相机与数码相机，一度有拍照的兴致；多摄于旅中，风景照居多。拍风景，取景、构图，有得之于欣赏美术作品所受影响。其时得后已视力渐衰。看了我无师自通的摄影后，称赞有加。再后来，手机拍摄成为风气，摄影的热情即淡去。老照片也懒得整理，任其待在橱柜、纸箱里。更有电脑上、U 盘上的大量照片。正因多，不自爱惜。看来老照片的有故事，固然因了时间的晕染，年深月久，也因其少的吧。

五日邮轮

　　今夏体验了一把邮轮游，在我们，是一种从所未有的经验。所乘坐的美国邮轮可称豪华，处处营造着嘉年华的气氛。由娱乐到健身，设施一应俱全；各种节目的安排，令游客应接不暇。而我们，较之对同团乘车、同桌用餐的"旅友"，印象更深的，却是餐桌侍者的体贴周到与绅士风度，客房清洁人员的尽职尽责。用餐时相邻几位东北游客，听言谈像是做酒店生意的，慨叹着达不到人家的服务水准——能由异国同行那里感受触动，在他们，也应当不虚此行的吧。

　　邮轮上随处可见美国的文化符号；剧场演出的好莱坞金曲、百老汇歌舞，船舱内展出的经典老照片，无不提示着这是美国。更老少咸宜的，是使用肢体语言的冰上舞蹈，意境梦幻。船上有一处在教授健身操，不但吸引了年轻女士，跳广场舞的大妈们也不由得动手动脚。你不难察觉，这艘美国邮轮正在极力与中国"磨合"。四层餐厅与赌场间帆船酒吧的一角，有一架天蓝色的钢琴。你在某天晚餐后，会见到一位蔼然老者，弹奏着中国人熟悉的歌曲，从《莫斯科郊外的晚上》到《月亮代表我的心》。于是，一些中老年游客围了上去，合唱，与弹奏者合影，其乐融融。既鼓励"亲子游"，就有开放给儿童的游乐场。室外泳池与室内按摩池外，另有满足攀岩爱好者的设施，甚至篮球场与微型高尔夫球场。宽阔的甲板上，休闲椅外，尚可进行类似冰壶的运动。某夜"皇冠大道"上的迪斯科舞会，游客离船前夜那条"大道"上的狂欢，应当是设计中的高潮，场面想必火爆。只是我们未身临现场而已。这艘美国邮轮也像是一座"梦工厂"——当然是"美国梦"。一入公海，中文电视频道没有了信号。除非你有英语能力，否则只能暂时困在信息真空中。

更出我们意表的不是奢华，而是未曾在这艘巨轮的任何地方遭遇"保安"。一定有安保措施，只是具体实施以不破坏你的游兴为考量而已。除了"机房重地"（你甚至没有见到这字样），你似乎可以在船上的任何一处游荡，不必担心监视的目光。那些空无一人的酒吧，典雅的小客厅，顶层精巧别致的小教堂，你均可独享一份宁静。较之售卖手表、首饰人头攒动的摊档，人声鼎沸的剧院，我对这种所在更有留恋。在一艘盛载了三千多名游客的巨轮上，这种小空间似乎显得奢侈。这或也是美国人的"商业头脑"不及中国人精明处。

五日海上，从朝至暮，由船尾到船头，多少满足了两个生长内陆、平原的游客对于海的向往。看远海的雾，入夜的灯，尤其着迷的，是撞碎在船边的浪，细看竟精致如蕾丝。要面对阔大如许的境界，你的那些碎屑的烦扰才显得多余。当然，作这类反省，不面海也能。只是我们陷在日复一日的庸常日子里，积习难返罢了。

旅行社发放的材料中，"经典畅游之旅"中的济州，据说"素有'韩国夏威夷'之称"，因"奇岩怪石与秀美风景"而有"浪漫蜜月之岛"的"美誉"，是诸多韩剧的拍摄地；该岛的城山日出峰，则是"不可错过的世界文化遗产地"。不足一天的济州行程中，包括"城山日出峰"在内的两个景点，仅给了游客一个半小时，却让他们将两个半小时消耗在了免税店。同车的老人对这样的安排有异议，韩国的金姓导游竟然说："你们是来体验邮轮的，要来韩国旅游就自由行去!"

无论釜山还是济州,免税店外无不游荡着大群中国游客。据我的观察,邮轮上的游客至少半为老人;其中有一些,是由在京津工作的儿女购了船票"孝敬"老人的。这些衣着寒伧的老人似乎没有机会形成新的消费习惯,对邮轮的豪华尚且未见得适应,何况大把花钱购物!餐桌上有享用旅行社内部福利的游客,说韩国并无可游,来这里只是为了购物,而且要购高档消费品才值得。我想到的是,何不为这类乘客开通韩国购物游?中国游客"扫货"的疯狂,已成国外一景。为避国内同类产品的高价位,购物客据说已由香港移师韩国。那么下一站该是何国何地?中国人出境购物由来已久,我们的商业机构似乎仍无意于让利,以留住这些买主。

据说泰国是"微笑的国度"(当然街头、广场的抗议者除外),我在韩国的有限时间里,却绝少看到微笑,无论冷饮店的女店主,还是旅游大巴的司机。我尝试着向大巴司机示意,他却冷着脸将手一挥,将我挥进车厢里去。我无法想象在日本会受到这样的对待。无论内心有怎样的轻慢,日本人也会将你所购买的服务做到无可挑剔;若因服务不周引起了你的不快,他们不难将九十度躬鞠下去。

我曾因学术活动到过首尔,留在记忆中的,除了首尔大学校园的老建筑外，另有那条保留着汉字店铺名的老街；街边的水泥花池中，竟是秀了穗的小麦，令人顿时嗅到了乡野的气息。也曾在辽宁的盘锦看到当地将芦苇用于城市绿化，觉得妙不可言。那次在首尔，应邀到一对韩国的学者夫妇家做客，吃烤肉。印象更深刻的，却是一家小店里的茶饮。那小店里塞满了"老物件"，既古旧又时尚，有一种私密的气氛，适于友朋或家人的小聚。那也是我第一次喝韩国的大麦茶，以及其他不知名目的"茶"——韩国人将我们意想不到的食材做成了饮品。较之该城的民俗博物馆，倒是偶尔所见路边售卖各色粮食的衣着整洁的农妇，让我至今还记得。地铁口撞见一队赶赴某地的防暴警察。当地人对此似乎司空见惯。陪同我们的韩国人说，那些小伙子或许不久前，还是抗议活动中的大学生。由首尔的经验看，韩国导游的说法也不全错：要真的"进入"一个国家，还是要自由行的吧。只是和我同船的众多老人，并非都有这样的机会与条件。如若他们此行第一次，也是最后一次到这邻国，那么他们带回的记忆是什么？

邮轮的经营者或许高估了中国游客的消费能力。五天里我发现，邮轮上各种特色酒吧几无生意。即使那些在免税店里一掷千金的豪客，似乎也无意于享用酒吧中的优雅与浪漫。他们很实际。赌场的生意也应不如预期。或因中国对博彩业的管控，游客大多不熟悉那些花样繁多的赌具。倒是全日开放的免费餐饮，不乏饕餮之徒。直到离船的前一天，还看到有人将大盘的水果端回房去。离船前没有我们这里例行的查房，看房客是否"顺"走了什么东西。我猜想邮轮一定会为此付一点代价：他们是否将此作为了必要的损耗？被信任毕竟是美好的事，也要我们自己配得上这种信任。

据我看来，这条邮轮上，高档消费品的买主并不占太大比例，更多的游客选择邮轮出于好奇，以及对韩国的兴趣。那些老人除了体验邮轮，也如旅行社的材料所示，认真地将韩国作为了"旅游目的地"。邮轮满足了他们"生活在别处"的期待，韩国却遥远依旧。回船前看到"济州欢迎你"的横幅，想到是否应当改为"济州欢迎你购物"？起锚时韩方导游打出预先准备的标语，是感谢中方旅行社的。对这利益相关方，他们的确应当感谢。

即使邮轮这种形式的确方便老人，邮轮的设施、服务都无可挑剔，我仍不敢向我的朋友熟人推荐，除非地面上的"经典畅游"能名实相副。由国外报道得知，全球邮轮商正在争抢中国游客；中国也意欲加入这一轮的商业竞争。竞争的利器，或许就有低价位，以及与此配套的低服务品质，以及处处防范、设禁，当然更有与免税店之间的利益交换。陌生的东西到了我们这里，总不免变了味道：希望这一回是个例外。

2014 年 7 月

医者仁心·护工江湖

　　2019 年夏，丈夫突发心梗。心梗并非罕见，只是以他的年纪，加之我们有关知识的匮乏，显得凶险罢了。那次若不及时处理，确有性命之虞。而发病若在一年后的新冠疫情期间，医院不能及时就诊，病房难以入住，就不仅仅是"性命之虞"了。直至住进病房，医生一再说随时会有危险。涉险过关，端赖运气。

　　病发前，我与老伴均没有有关的病史，亦没有这方面的家族遗传。有了明显的症状，虽曾就近求医问药，对严重性仍估计不足。到病情失控，凌晨由急救车送至附近的医院，适逢周末，在该医院的急诊大厅熬了两天多。嘈杂的大厅犹如集市，有几十上百人在打点滴。我们这样的急诊病人只能在大厅的墙边搭铺。这样的所在，倒是方便了目睹医患的"众生相"，包括不同医生对患者的态度。

　　也是在那里，更切近地了解了有多少人赖医院为生。即如出租临时病床、轮椅，介绍护工，俨然一江湖。我们临时雇用的护工，竟会趁我们不留意，将我们租来的轮椅转租，直至收费时与人吵闹，还振振有词，告诫我不要告诉承租者，语含威胁，说那样"就没有意思了"。

　　老伴有了明显的症状，心内科某医生做了检查，给药，嘱他也嘱我，一旦情况恶化，及时住院。我们却大意了。我将此告诉了急诊科医生。那位夜班大夫嘱接班的医生，说某大夫曾建议住院，希望安排。大约是不但看我们老迈，且不忍见一个老妪照顾老翁，一再问为什么没有子女来。接班的医生却无意滥施同情，直截了当地问，你们与某大夫是何关系？我如实答曰，医生与病患的关系。该医生的表情就有些暧昧，或不信有如是简单，疑心其中有猫腻，说病房没有床位，等过了周末由那大夫解决。我们与心内科的那位大夫非亲非故，的确只是医患关系。她的热诚不惟我们沾润，其他病患亦然。每天面对人生最惨澹的一片风景，要有怎样的心性与教养，才能有此博爱。设身处地，我自叹弗能。只是这年头，非亲非故而对他人施以援手，在别人看来即难以解释。在乱糟糟的急诊大厅捱到周一下午心内科的大夫值班，终于住进了病房。那位大夫说，若我们周五来，更好安排。我在老伴住院期间也发现，心内病房周转率较高，周末空出的床位较多。说没有床位，确像是拒绝接盘的托辞。

病房的医生提到那位心内科大夫，有与急诊大厅医生同样的暧昧神情。后来得知，死亡率计入考核（这一点未经核实）。我猜想高龄且病情危重的病人，收治与否或要有考量的吧。

所幸我们的好运气还没有用完。住进病房准备联系护工，走廊上有路姓四川女子主动问是否可以用她。一听说是四川人，我当即答应，不曾犹豫。小路在病房做保洁，被允许兼任护工以为补贴，应当出于院方对她的照顾。这身材娇小的女子安静、平和。因在病区工作多年，已近半个护士；尤其夜间的陪护，搭了地铺在老伴床边，极警觉，确是在困厄中磨炼过的，细心体贴更胜于一般护士。

手术日子一拖再拖，我心急如焚。终于通知提前，未知是否仍然出于那位心内大夫的关照。手术成功，自因主刀大夫的精湛医术。我和丈夫只能感谢上苍。这期间确有台湾的老友雷骧一家为我们祈祷，尽管我们没有宗教信仰。

有了心内科大夫、主刀医生又有小路，这段经历近乎圆满。过后我问另一位大夫，倘我们搬离了这个临近医院的小区会如何。对方回答，与居住远近无关，关键在运气：你遇到的是哪个大夫。运气从来可遇而不可求。你只能认命。

由此想到有多少人因无人脉，又非自带资源，由外地仆仆风尘而来，冀救自己或亲人一命，却因种种说不清道不明的原因，失望而归，甚而至于命丧黄泉。更可悲可惨的，是我二十世纪七八十年代在郑州所见农村来省城求医者，睡在水泥涵管里。即使能由人堆里挤到医生跟前，很可能被三两句话打发。物之不平，物之性也。人间的不平，多由人为（制度、设施）。我们并无"人脉"，却在此医疗资源匮乏的年代享受"公疗"且"干部保健"，这种运气，岂是许多人敢于指望！

出院后老伴保留了小路的电话号码，偶尔联系。知她因疫情中病房不能正常接纳病人，一度返回四川，后来又回到医院。北京疫情反复，不知她是否还有活儿可干。我曾问过她的家境。她说丈夫患阿尔茨海默症。给我看儿子身着军装的照片，说到儿子的退役、婚事。她与自己的姐姐妹妹在同一家医院打工，无非为了养活丈夫，为儿子成家。小路还说到父亲的续娶，说到继母，态度平和。

　　小路这样的护工着实难得。2015 年我因骨折住院，所用陈姓河南护工，令我领略了护工江湖的种种。其时天气已热。通常是我躺在床上，她将自己架在那不够长的沙发上，时而撩起上衣搔肚皮，然后就用那双手为我端饭。那间单人病房，设施简陋，病床上方挂了一台屏幕很小的电视机。她会在晚间邀来一伙同伴看电视，坐在我的病床上，甚至将我挤得贴在墙上，嗑着瓜子大声说笑。此时灌进耳朵的"乡音"，只能说是"聒噪"。忍了一两晚，终于忍不下去，发了脾气，那些护工才讪讪地退出去。陈几乎每天借故外出，久久不归。买了青苗蒜，用盐腌了，放在冰箱里，弄得满屋子蒜味。我发现医院的护工都有固定的公司包揽。我问过陈，何以出来当护工。她说，农活太累。问何以不在工钱稍高的医院，答，那里工钱高，但不如这里自由。在这家管理不善的医院，她确实够自由的。

　　出院那天，她唯一关心的，是将我饭卡上的钱取出来——我应许了送她。我将杂物整理了放在床头小桌上，她一再将几件小物件放回抽屉。我只好告诉她，那些东西并不值钱，只不过我用惯了。终于可以摆脱这样的护工，有轻松感。或许陈原本也是淳朴的农民，进城入了这行，沾染了行业习气，不但不再能忍受农活的辛苦，且再不能恢复本来的面目。

　　近期山东因高考的冒名顶替，被推上了风口浪尖。我猜想类似弊案必不限于山东。至少在北方省份，有可能是大概率事件。

　　河南地处中原，似无所谓"中原文化"的濡染，并不"安土重迁"。冯小刚执导的《一九四二》，叙述该年因黄河决口而致河南农民的大迁徙。演员临时热补的河南话不三不四，只有本地人出演的配角，说的是地道的方言。即使非灾荒年景，农闲时外出乞食，在河南有些地方也是风气。前些年在京城路遇乞丐，无不自说来自"民权"（河南省民权县），不知是否统一了口径。

　　政协组织到陕西考察，当时听说那里农民外出务工，尚须动员。城乡流动稍一放开，河南农民打工潮即随之汹涌，"河南人"一度成为热门话题。京城医院护工这一行当，似乎由我的老乡承揽者居多。有一回在北京医院电梯上遇到老乡，看不过她对所护理的老人的粗暴，说"你也会有老的一天"。对方抢白道："咸吃萝卜淡操心。"那老人的子女，可知他们的老父亲落在了什么人手里？

　　我家乡的民风被诟病，由来已久。遇有相关的议论，我从不辩解。当然我也知道，我的同乡尽有淳朴者，奈这些人局处乡里，不为人知。出外谋生的，则将乡风民俗中最不堪的一面带进了城市。我曾亲见我的老乡在附近菜场

"欺行霸市"。应当不是个例。前些年京城人的印象，东北出悍匪，河南出刁民。我在外地闻河南口音，非但不会感到亲切，反而生出一点戒备。这或许会被指为地域歧视。何况事情总在起变化。近年来的社会风气，已不让东北人、河南人"专美"；"河南人"作为话题，也像没有了以往的热度。却仍听说有些机构招工，将省籍纳入考量，将河南人排除在外——不再公然，而将此作为了潜规则。

相信所谓"民风"，无不是被治成的。父亲曾说过他年轻时在乡间雇驴子代步，驴主人任驴子载客而去，而后自行返回，并不怕驴子被送进屠宰场。其时的民风何等醇厚！"河南人"并非从来如此。那么是何时、缘何形象被败坏至此的？

明代有官员回避原籍的制度，未被作为可继承的"传统"。省以下的地方官，亲缘，地缘，盘根错节；"裙带关系"不难侵蚀官场。我的经验是，经济社会发展越落后，越随处可见官脸官派。"官风"的败坏，是民风败坏的直接诱因。"公序良俗"的修复，当由官场治理入手，谁曰不然？

2020 年 7 月

答问

　　以下答问均系笔谈。前此接受的"访谈"也无不是笔谈：或要求对方发来"提问"，我作答；或将我想到的事先写出，请对方倒填"问题"。《答〈北京青年报〉问》《答〈深圳商报·文化广场〉魏沛娜问》属于前者，答袁一丹、程凯问则是后者。

答《北京青年报》问

请问，您目前的生活状态如何？

以年龄论，我目前的生活状态不能再好了。2013 年的退休，事后看来，真的是一种解脱。首先是由单位恶劣的人事环境中解脱。几十年间在社科院文学所，有太多无谓的消耗。此外，退休使我摆脱了"课题"之为"任务"，可以选择自己想做、认为应当做的题目。尽管工作的强度没有降低，心态已然不同。这对我很重要。

庆幸于退休，也因为有些事不能再拖。时间很严酷。去年秋天以来，我就发现自己的思维能力在钝化。这不能不让我紧张。最近俄罗斯世界杯，一再提到的，就有时间。一代球星的离去，你纵然不舍，不忍，也无可奈何，是不是？你自己被时间销磨，虽不能与那些巨星相比，"自然规律"的无情，对谁都一样。

如果把您长达几十年的学术研究划分为几个阶段的话，您会怎么样来划分？现在的学术环境和您那个年代相比，您认为有什么变化？

似乎没有出于设计的阶段划分。一定要划，只能将研究现当代文学与考察明清之际的思想文化分为两截。这样分也有道理，因为后一段工作更遵循学术规范。我有机会还会谈到，在我看来，参与推动引入学术史的视野与学术规范，是陈平原的一大贡献。二十世纪八九十年代之交的学术转型，人们往往归结为外部环境，我却认为，即使没有外部的变动，中国的学术也会转型。不只是为了与国外学术对话，更为了学术自身的发展。

转向明清之际，我个人最大的收获，也在学术视野的扩展和因了向经典学习而有的对学术的敬畏。中国现代文学研究因荒芜已久，给你一种错觉，似乎前不见古人，后不见来者。明清之际不然。这块土地有许多真正的大师耕耘过。你不可能不知道天高地厚。对于初涉学术领域者，这是一个适时的警醒。我从来不"狂"，却见过别人年少轻狂。或许要有更多的阅历，更广泛的比较，才能将

"狂"转化为创造力。

我还想说，我退休得正是时候。虽然少了在职研究人员由课题制获利的机会，能够不受现行的学术评价机制限制，在长达几十年间，几乎所有时间都归自己支配，对于我，太幸运了。若不是贪恋这种条件，我或许会选择离开，也确实有机会离开。我进入文学所，在"文革"结束不久。汲取了"文革"前搞"集体项目"的教训，我所在的研究室鼓励个人研究。我不敢说这种条件对所有的同事都有益。我确实看到一些年轻同事的荒废。但我自己受益，是无疑的。没有这种条件，我不知道自己是否有勇气转向明清之际。

明清之际士大夫研究和之前研究的中国现代文学，您更偏爱哪个？

我著述不多。一定要我在明清之际士大夫研究和之前的中国现当代文学研究之间，挑出一本较少遗憾的作品，那只能是《明清之际士大夫研究》的吧。较之之后关于明清之际的写作，那一本写得比较生涩，但其中生机流溢。写那本书，处于思想极其活跃的状态，感触之多，自己都不暇应接。有过学术工作经验的同行或许都能体会，这种状态，你一生中或许只有一次，不大能重复。在我迄今为止的"学术生涯"中，那确实是仅有一次的经历。

做现代文学研究，也偶有这种状态，比如 1985 年写萧红。那也像是一种遇合：以你当时的状态恰恰遭遇了理想的对象。

两段学术工作一定要问我更偏爱哪个，只能是后一段的吧。两个领域对于我都是陌生的。无论进入中国现代文学还是明清之际，无不是"空着双手"。但后一段毕竟更有挑战性，无论在知识方面，还是难度方面。进入这一历史世界，与一些有非凡气象的人物相遇，让我心存感激。这在我，也是学术工作中最好的补偿。

不管是引人关注的学术著作《论小说十家》《北京：城与人》《明清之际士大夫研究》，还是随笔集《独语》《红之羽》，等等，您对自己的著述最看重的是？

这是两种不同的写作，学术性的与非学术性的。我会写一点随笔，现在也还在写。随手记下偶尔想到的一些，飘忽不定的思绪，往日生活的片段，对自己正在进行的工作的思考，等等。这已经是一种习惯，一种生活方式。手边随时有纸和笔，行囊中也一定有纸和笔。我会告诫年轻学人，让写作成为生活的一部分，就不会那样惧怕写作了。

如果要我自己比较，我更看重的仍然是自己的学术作品。并不只是因为正业、副业，而是投入更多，"用情"也更深。这两种文体各有功能，不能相互取代。学术工作所能达到的深度与广度，并非随笔所能——当然，真正的大家除外。

假若倒退十年，您有哪些遗憾最想弥补？

如果你问的是学术，我想，没有特别想弥补的遗憾。因为做每一个题目都全力以赴。至于做得好坏，是水平问题。

如果不限于学术，那么我应当承认，学术这个行当，对从业者的要求太苛刻。回头看，你会发现牺牲了太多。比如长期的功利性阅读，失去了为读书而读书、为了享受读书而读书的乐趣。那种单纯的快乐只存在于记忆中。此外还不得不压缩其他爱好。每一种职业都有代价。我并不后悔当年选择了学术。我没有足够的活力、创造力。做学术，禀赋优异自然好，若没有天赋，仍然可以以勤补拙。但如果有年轻人向我咨询，我或许不会鼓励他们选择学术。他们可以有更丰富多彩的人生，活得更加生机勃勃。

您希望自己的研究与现实的关系是怎样的？

曾有年轻人向我提问：从事学术研究是一种"纸上的生活"，你对这种生活"有没有产生过虚无感"？"有没有想象过其他的生活方式，比如那种实践型的、参与型的知识分子生活?"这位年轻人显然已有成见在先，认定我是排斥"实践""参与"的书斋动物；而且有等级划分，"实践型的、参与型的知识分子生活"优于"纸上的生活"。提问者或许以他的某些师友为尺度，以为不合于那种尺度的选择都不大可取，至少需要解释。

我真的不认为需要解释什么，需要为自己不符合某种期待而抱歉。这种划一标准、成见在前的质疑，只是让我觉得无奈而已。我与现实的关系，在我从事学术工作的问题意识中，也会以随笔的形式直接表达。我不认为从事学术与关心现实不能兼容。你如果选择了学术作为职业（且不说"志业"），就应当要求自己做一个合格的学术工作者，做好你的专业研究。至于用何种方式对现实发言，可以有多种选择，也可以选择不选择。不选择，不存在道德或道义问题。明清之际时论苛刻，却也仍然有通达的见识。对这种见识我特别欣赏。"以理杀人"是传统文化中最不应当"继承"的东西。读一读《儒林外史》，就知道那种道学面孔的可憎。

我从来不以"公知"自期。我尊敬那些能对公共事务做出有力反应的知识人，比如于建嵘、孙立平。也有号称"公知"却以辩护不公不义为己任者，所谓人各有志。至于我自己，如果有一天讨论当代史，一定会凭借了已有的学术训练，使自己的言述坚实、有说服力。如果能做到这一点，还是要感谢学术经历对于我的赐予。

您认为做学问之道是什么？

这是个太大的问题。我不长于大判断。我关于学术的思考，写在了学术作品的后记中。《想象与叙述》附录的两篇《论学杂谈》，不全是为年轻人说法，更是我个人的经验谈。能不能与年轻学人分享，我没有把握。他们有他们所处的情境、治学条件。也像我们不能复制前辈学者的学术经历那样，他们也没有必要复制我所属的一代的"治学道路"。

我看重的，更是年轻人对职业的态度。职业伦理与其他伦理实践相关。一个人没有职业的责任感，我很难相信他在其他事情上能够负责。

您认为当下作为年轻人应该如何培养阅读古典经籍和理论著作的兴趣？

我曾劝一个年轻同事读点古籍。我确实觉得，知识基础薄弱，在现代文学研究界尤其突出。因为缺少了某些知识准备，我们甚至不能参与与专业相关的议题的讨论。例如关于新文化运动。去年是新文学运动一百周年，无论官方还是学界都悄无声息，安静得有点奇怪。明年五四运动一百周年，想必会大举纪念。但你仍然绕不过有些问题，比如如何重估新文化运动对于传统文化的批判，如何在眼下的"国学"热、传统文化热中回望五四。

中国现代文学史前后仅三十年，这样重大的问题都不能面对，作为专业人士是否合格？我自己因为后来转向了明清之际，与原来的专业拉开了距离。但在有些场合，还是会以现代文学专业工作者的身份发声。比如关于启用《三字经》《弟子规》之类作为蒙学教材，比如对于传统中国的宗族文化缺少应有的批判。《家人父子》的《余论》两篇，是对这些问题的回应。写"家人父子"这一题目，问题意识就是在现代文学研究中形成的。

至于理论，我承认自己缺乏相关的能力，却始终有理论兴趣。"文革"前读大学本科，就自觉地读马恩两卷集，"文革"中则读当局推荐的马列的六本书。1980年代新思潮滚滚而来，虽然吃力，仍然努力地跟读。直到近年来读不动了，还尽可能由别人的论述中间接地汲取。我希望年轻学人有理论兴趣，有对于新的思想观念的敏感，有对于其他学科最新发展的关注。你可以在其他方面"偏胜"，但既扬长又补短有何不好？

您研究写作之余最大的兴趣爱好是什么？有哪些满意的"玩儿票"经历？

我的兴趣还算广泛，对电影，对音乐。甚至会每四年世界杯当一回"伪球迷"。最近看纪录片《梦巴萨》，很陶醉。感兴趣的不只是小罗（罗纳尔迪尼奥）、梅西的球技，还有巴萨与加泰罗尼亚民族认同，一个足球俱乐部与一个国家的历史。1980年代曾经写过几篇影评——充其量不过是"观后感"罢了。对于影视文化的兴趣却始终不减。欣赏的不止剧情，有时候更是演技。但爱好归爱好。记得读到过池莉的一句话，一个人一生只能做成一件事。当然说的是我辈凡人。民国学人，就大有一辈子做了多种事且无不成就斐然的。

发现自己仍然保持了知识方面的饥渴，对于陌生领域的好奇心，包括属于"青年亚文化"的流行文化，网络用语，等等，汲取知识仍然如恐不及，我很欣慰。如果有一天成了"九斤老太"，那就真的无可救药地老了。

人们关于"学者"尤其女学者往往有刻板的印象。记得有一回聊天，谈到当时巴西女足的玛塔，男同事竟然惊呼起来，像是撞见了怪物。这似乎也是一种病，模式化，类型化，先入为主。生活世界那么广阔，学术工作只是其中的一部分；当然在我，是占据了最多时间的一部分，也仍然不是全部。

假如能和一位古人对话，你最想和谁、对他（她）说什么？

我不大想象这种事。也不以为自己能和任何一位古人对话。我只需要读他们，想象他们就够了。读史景迁写张岱的那本，反而不想见到张岱了。国外汉学家的想象力太丰富。我受不了的，是他们的"绘声绘色"。我自己绝不会尝试写历史故事。倒不是有考据癖，而是总会想到别种可能，或许，如若。我不相信自己真的能贴近那个时代，走近那些人物。但我说过，被光明俊伟的人物吸引，是幸运的事。

不想象与古人对话，或许也因了年纪。我曾经对鲁迅极其倾倒。读研期间接触郁达夫，也一度迷恋。那更像是一种迟来的青春热情。我没有小说才能，不能在几十年后把那种情感体验清晰地描述出来。进入明清之际，也曾经为人物吸引，比如对方以智，比如对当时的北方大儒孙奇逢。只是这时候的我，心理已经不再年轻，倒是容易看出表面光鲜背后的瑕疵，叙述得似乎周严中的破绽，也就不那么容易过分投入。这样一来，学术工作难免少了一点乐趣。

您怎么看待退休之后的"闲"，您日常生活中是否有自己的养生之道？

我已经说过，退休后我的写作强度不减，还没有过真正的退休生活。我希望把手头的工作大致完成，让自己进入退休状态，读点闲书，听听音乐，随意走走，逛逛超市，买块衣料做件衣服。或许最想读的仍然不是"闲书"。比如已经在搜集书单，如果当时视力允许，想集中一段时间读关于苏联东欧的书。

我不大注意养生。过得随性，物欲不那么强烈，大概就是我的养生之道。

您同时代的同学朋友，有很多著名人士，您平时怎么交往？您最看中朋友的品质是怎样的？

你不觉得我们现在的"大师""大家""学术重镇""著名人士"太多了吗？至少我不"著名"。我倒是以为，无论我还是我的那些友人，学术成就、学术贡献都被高估了。有一句老话，"头重脚轻根底浅"。缺少"根柢"，腹笃太俭，是这一代学人的普遍状况。我们凭借的，固然是各自的努力，却更是机缘。"文革"结束后百废待兴这一机缘。现代文学不像古代文学，积累深厚，也就有了较大的空间可供施展。我只能说，我和友人各自尽了自己的努力，在学术上做到了自己所能做到的。这就够了。至于生前身后的名，别人的褒贬毁誉，真的用不着过于介意。

近些年老友间情谊仍在，交往却渐疏，也是发生在时间中变化。我得到的较多的，是来自比我年轻的朋友的支持与鼓励。人生在世，需要的并不多。那种可以信赖、必要时可以托付的感觉，真的很美好。

对于人，我最看重的，是我已经提到的"光明俊伟"。这更是境界、气象，而非你所说的品质。或许应当承认，我还不曾在生活中遇到过称得上"光明俊伟"的人物。我自己更不是。

您认为幸福是什么？

这也不是我长于回答的问题。我不知道自己是不是幸福。或许因了早年读童话、民间故事的经历，我常常会想象另一种生活，宁静的，单纯的。生活在一个单纯的环境，在一个内部关系正常的机构，做一份不需要过分占有你的工作，也无需随时为时政揪心——那应当是一个更正常的社会。如果有这样的社会，可以这样生活，我会觉得幸福的吧。

这不像是什么高大上的回答。我们这一代曾经有共同的箴言，比如青年马克思所说的，"如果我们选择了最能为人类福利而劳动的职业，我们就不会为它的重负所压倒"，"我们感到的将不是一点点自私而可怜的欢乐，我们的幸福将属于千万人"。不知当下的年轻人是否还能像我们当年那样被这样的箴言打动？

2018 年 7 月

答袁一丹问关于学术与写作

回望

学术起点中往往包蕴着一个学者毕生与之纠缠不清的一些基本问题，不论他以后如何偏离原有的学术轨迹，仍会忍不住折返回来重新作答。在您学术研究的起步阶段，是否也埋藏着一些贯穿始终的问题线索，您是如何摸索出适合自己的研究路径？

学术研究的起步阶段，还不大有学术自觉。当时的情况是，我周围涉足中国现代文学研究者，几乎不约而同地选择了知识分子的"道路与命运"作为研究课题——自然与刚刚结束的"文革"相关。既清理历史，也是自我梳理，只不过路径互有不同而已。我是将这一方向的考察贯穿始终的一个。至于问题意识，仍然不出"道路""命运"之类是吧，尽管这种说法比较老旧。

我所属的世代，学术起点普遍较低。即如我，读研前几乎完全没有学术训练。入学后，仅仅学写像"论文"的论文，就费了老大的劲儿。硕士论文最初的选题，就是现代文学中的知识分子。那个选题被相识不久的得后也被老钱否了：材料太庞杂，根本无法拢起来。硕士论文的狭小格局，现代中国知识分子的选择这样庞大的主题的确无从展开。仓促间改写老舍，为一些年后的《北京：城与人》预作了准备，却是当年不曾想到的。由此看，你的选题是否有所谓的"生长点"，还要看机缘。

毕业后一边铺开了写《艰难的选择》，一边写小说家论（《艰难的选择》中也有个案即作品分析）。此后的路径于此形成：由文集入手，综论与个案分析并行，无论《城与人》《地之子》，还是关于明清之际的五部学术作品，直至与当代史相关的题目。这种路径似乎也未经设计，大约与"由文集入手"有关。当时我的同学，有的是谨遵王先生的指导，先翻阅旧期刊的。大历史中的个人，始终对我有强大的吸引力。收入《论小说十家》的十几篇，写于

1984、1985 的若干篇较为成熟，骆宾基、沈从文、萧红、凌叔华等。这本书应当是我考察中国现代文学的著述中征引率较高的一本。征引率高也因涉及作家较多，其中的一些此后少有人做专题研究，或没有更好的研究成果。只是写作萧红的那种"沉浸式"的状态不可能持续。此外，细读的能力也会流失。

您曾说"没有自我更新能力的研究，没有自我反省可能的研究，其最佳命运，是作为思想及语言化石摆放在学术陈列馆中"。现代中国的述学文体一直在急遽变化中。我们回过头去读 1980 年代公认的学术经典，在语气、语调上已觉得有些隔膜，很难进入。二十世纪八十年代共通的问题意识与表述方式，是否也在您早期的学术著作中多少留下了一些痕迹？您是如何从二十世纪八十年代的氛围与腔调中挣脱出来，不让自己的语言、思想过早定型、僵化？

1980 年代曾经共享的一套概念系统、表述方式、分析工具等等的被废弃，你读自己的旧作就不难发现。我读《艰难的选择》就有隔世之感。由一个角度，那一套概念系统、表述方式、分析工具也是历史的印迹。最先忘掉的，是你曾经怎样书写与言说，往往要赖文学艺术的提醒。你曾经怎样书写与言说，是否也有可能作为分析材料？

前不久有小友问，你的学术作品大多一版再版，何以《艰难的选择》除在原出版社（上海文艺出版社）重印过一次之外，没有其他版本？我说那本书太八十年代，我自己已不能重读。我很少读自己已出版的学术作品，并不知道若是读，能不能读下去。其实那本书并不属于"典型的"八十年代作品，不大适合以"年代"归类。走出八十年代的学术氛围，与此后选择的研究对象、也与八九十年代之交的学术转型有关。我们或许还会谈到。

把历史集中在人那里，是您擅长的学术路径。如今强调以问题为中心的研究导向，作家论似被视为过时的文章体式。事实上，作家论极考验研究者对历史中人的整体把握。要把作家论写活了，绝非易事。近三十年来"重写文学史"的潮流打乱了现代作家的座次表。在现代作家与文学流派中，您应该也有个人偏好，哪些人的文字、品性更跟您"投缘"？我注意到鲁迅在您个人阅读史中的特殊位置，他是否构成了您思想底色的一部分？

吕正惠先生说服我出台湾版《论小说十家》，理由是，你那十家中有些家（如张天翼、骆宾基）还有人研究吗？其实我也不知有或者没有。作家淡出文学史，淡出人们共有的知识领域，是始终在发生着的。我们自己也在离场、淡出。曾经有"重写文学史"的倡导。实则文学史本来就在不断重写。那是一个重新发现、再阐释与淘汰并行不悖的过程；只不过受古人所谓的"时风众势"影响的遗忘、淘汰，难免使筛选失衡失准罢了。

　　由"后'文革'时期"起步进入中国现代文学的一代，似乎有对"左翼"的偏好。我选的"小说十家"，七家为左翼作家。事后看来，对张爱玲、沈从文以至凌叔华，持论均不免于苛。写张爱玲的一篇，题目就未出左翼视野。当年的我曾经以鲁迅的是非为是非，不能容忍对于鲁迅的任何非议，态度之偏激，几十年后回想，会觉得不可思议。围绕"两个口号"（"国防文学""民族革命战争的大众文学"）的论争，我的倾向之明确，像是没有脱出"文革"中"派仗"的情境，选边站队。但偏执中何尝没有年轻人的热情！偏激不是年轻人的专利。就我而言，在渐趋平和之后，那种偏激、偏执，"必不容反对者有讨论之余地"，的确是曾经年轻过的一份证明。

　　确如你所说，对鲁迅的阅读，构成了我"思想底色"的一部分，至今仍然如此。只不过认知仍有变化罢了。1980 年代初读研，夏济安的鲁迅论，张灏的"幽黯意识"，要费一点力气才能适应。人性的幽黯处，原先的那种二分的视野中，是没有位置的。尤其关于鲁迅。读夏志清小说史的论张爱玲、沈从文，有触动，却也说不上震动。我更相信自己的阅读感受。尽管"感觉"、"印象"在那个西潮（其时的"新学"）滚滚而来的年代，已是"旧派"、"老派"的标记。"趋新"（亦"趋时"）从来超出了我的能力。对陌生的学术资源、理论，却非但不排斥，而且始终保有了吸纳的愿望。尽管依我的天资，对有些理论，的确难以理解那奥义。

　　"文革"期间读鲁迅之后，初入中国现代文学专业，最先吸引了我的，是有旧式文人气息的郁达夫。深厚的旧学修养而能出之以畅达的白话，气质像极了活在现代的古人，却又有与时代的亲密关系：由左翼到抗战。见人见事之明，则如对周氏兄弟，对"广州事情"。睿智犀利，奇思妙解。种种似矛盾不相容的东西，在一个人那里搅拌在一处。至于文字，郁达夫的潇洒，既关性情，更缘学养。许子东的早期著作之后，对郁达夫其人其文，似乎没有见到更精彩的分析；是否也因为从事中国现代文学的专业人士，古典文学的修养普遍较差？

　　《北京：城与人》是您社会影响面较大的一本书。您对城市的观察与省思，不限于学术研究层面，还曾以学者身份参与到城市建设与改造的社会讨论中。能否谈谈您在城市这个公共话题上"溢出"学术研究的那部分工作，如何把北京变为"自己的城市"。

《北京：城与人》完竣，是 1988 年。1991 年面世——对于这本书，或许时机刚刚好。1989 年后，"老北京热""胡同热"升温，这本温和平淡的书意外走红。这本书作为分析材料的 1980 年代最初几年发表的"京味小说"，重又引起关注。此后京味话剧、京味影视大热，迄今热度未减。写《城与人》，不曾下过文献工夫，不免单薄，只是较为单纯地讨论小说、借小说略及老北京文化的书，却受邀出席了北京市政当局主持的关于北京城市建设、改造的会议。与会的有京城各有关部门的官员。官员之外，与我一同受邀的，还有因《城市季风》大卖而被视为城市研究者的杨东平。书的命运，书的故事，有非作者所能预料者，这也是一例。这本书之后，自以为负有对城市建设/改造批评、建言的责任，发表了系列文章在《中华读书报》上（后收入随笔集《世事苍茫》）。当然，人微言轻，不过自说自话而已。

但我得说，即使有上述的以及后续的"缘"，也不以为北京是"自己的城市"，尽管在这里居住时间最久。这是另一个话题，不便在这里展开。

　　《地之子》的写作，似缘于某种乡土情结。这种斩不断的乡土情结，及对"三农"问题的关切，日益淡出知识青年的视野。即便出身乡土或来自小城镇的年轻学子，所焦虑的是如何抹去自己身上的土气，尽快在城市扎根。在《城与人》与《地之子》中，无疑融入您对城乡关系的观察与思考，能否谈谈您压在纸背的关怀？

　　写《地之子》，选题的确更出于个人情怀。着手时，我的现当代文学研究已然乏力。该书几乎没有引起反响，也因尽管"文革"后每年中央的一号文件照例关于农业，公众对于农村、农业、农民的关注度已经大不如前。我成长的1950—1970年代，城市的普通百姓会关心气象影响于农作物、农业收成的丰歉，尤其在三年困难时期之后。时下的年轻人何尝有这份闲心。

　　《城与人》《地之子》，有一代人文化记忆、历史记忆中的城市与乡村。1949年之前城市发展虽然并不充分，却有上海这样的国际性大都会。1949年以来有城市的乡村化（城乡的某种同构），"文革"后又有城市的"再城市化"、乡村的城市化。"改革开放"之初，老派北京人曾有过对市场化的柔性抵抗。我看到闹市区有商业价值的沿街房舍迟迟不变身商铺。由汪曾祺那里听到一种老北京人的说法，"穷忍着，富耐着，睡不着眯着"。于今看来，这种态度自有可贵的一面。

对于乡村的关注，除了是一种文化感情，也因无论对"革命"还是"现代化"，乡村都牺牲太大，且是一再地被牺牲。这种社会不公令人不能无视。这也是难以在这里展开的话题。

1938年内迁至成都的卞之琳写了一篇短文，题为《地图在动》。他说中国人向来安土重迁，对地图不感兴趣，但战事一起，沉睡的中国地图逐渐动起来。抗战造成的社会流动，改变了无数家庭的命运，也改变了边地的文化面貌。您向来关注"流动中的人事"，是否源于某种个人经验？

回答一位年轻同行的访谈，我提到了二十世纪三四十年代由战争引起的社会流动。曾经与陆建德聊到他的家当时随浙大的迁徙，他说自己兄长的名字多取自贵州的地名。我说我的家也一样，只不过他们是向西南，我们则向西北。我出生在兰州一个叫兰园的地方，姐姐名陇，妹妹名申。申曾经是信阳的旧称。那时我家已由甘肃返回，第一站落脚在信阳。这些人名记录了一个家庭漂泊的历史。"文革"期间父母还谈到，当年留在兰州是否会好一些。

他们常常怀念的，竟是战时的天水和兰州，令人慨叹。至于由 1949 年后的政治运动看，留在甘肃还是返回河南，很难说何者更好。

令我不解的是，明清之际永历小朝廷向西南的流动，留下的痕迹，如陈垣先生《明季滇黔佛教考》写到的。何以抗战之后，无论西南还是西北，都长期延续了经济社会发展的落后？

2009 年，与几位友人有西北之行，当地的朋友安排看了兰园。那里是兰州的青少年宫。后来又由天水师院的教师陪同去了父亲在该地"国立第十中学"任教的清水县。校址还在，仍然是一所中学，校内有"国立第十中学"老校友立的纪念碑。校园的建筑自然已不复旧貌。那中学在山坡上，可以俯瞰清水县城。这座袖珍型的小城，博物馆竟有明清唐寅、祝允明等人的真迹，应当得之于地方人士的捐赠。"国立第十中学"是面向河南的流亡学生的。当时的大后方，无论西南还是西北，除西南联大、浙大等等高校外，还应当有相当多类似的流亡中学。近年来被较多谈论的，有文物的大规模南迁，更有西南联大。国民政府在战乱中对教育、文化的重视，岂不令人感动？

1937 年卢沟桥事变以后，北大、清华相继南迁，燕京、辅仁等教会大学成为沦陷区中的"孤岛"。沦陷区并非铁板一块、密不透风，其与大后方、解放区之间仍有信息、人员的流动。您如何看待燕京大学这样的教会大学在战时发挥的作用？

　　由《中华读书报》2017 年 11 月 1 日第 17 版读到侯仁之的哲嗣记述北京沦陷后，在燕京大学得司徒雷登校长与美籍教授（夏仁德等）的支持，送学生赴大后方与解放区的往事。中国现代史的确有大量未解之密。西南联大、西北联大、浙大外，燕京大学有同样可歌可泣的故事。司徒雷登与其他本应当被作为"中国人民的老朋友"的外国人士，难道不应当被追忆？至于燕京大学在战时发挥的作用，我不曾专题考察，应当是如你这样的年轻学者可以选择的题目。

　　（二十世纪）四五十年代之交的诸种流动也有待清理。用各种方式支援过中国抗战、1949 年后却被驱离的外国友人，值得追忆的大有其人。由电视片看到京郊的"贝家花园"。花园旧主人的那段中国缘令人欷歔。也是由电视专题片，看到某法籍学者 1950 年代被迫离开他视如"祖国"的中国后的潦倒，对于中国至死不忘的惓惓之情，为之黯然。还有多少类似的故事已被遗忘。被重新记忆的，或不足万一的吧。

　　去年是五四运动一百周年，大陆、台湾、海外都组织了纪念活动，各有各的调子与诉求。大陆的五四百年纪念，沉闷中略有波澜，官方、学界、民间的声音不尽同调。《新京报·书评周刊》及上海《文汇学人》上发表了系列纪念文章，聚焦于这一历史瞬间，以人物志的方式，呈现出五四时代新旧之间更复杂的思想光谱。除了新文化运动的领袖人物，此前关注不够的老辈学人甚至旧派人物都被唤回五四的历史舞台。您认为百年后我们应该如何纪念五四，书写五四，才能充分释放出这一历史瞬间的思想活力？

　　2019年五四运动一百周年，① 我接触的有数的几种报纸，《新京报·书评周刊》的人物志与纪念特刊，发表了系列人物记述计十八篇。关于傅斯年的一篇，我印象较深，文章引当事人的说法，说该运动没有任何政治派别操控。系列文章涉及的，既有运动中的风云人物，也有与运动无涉的人物，或关系不甚直接、较为边缘的人物，如张元济；以至旧派人物，包括前清遗老如那桐。逐一考察处在某一"历史瞬间"的人物，以日记、书信等等为基础性材料，以年（1919）或以日（5月4日）为单位。这种考察方式，应当

---

　　① 　我在2018年答北青报问，提到2017年未纪念新文化运动一百周年。更为准确的说法，新文化运动肇始于1915年创办的《青年杂志》。可证即使专业人员，也会在一些基本概念的使用上出错。

有黄仁宇《万历十五年》的影响。某篇的写法，多少有点像我的《那一个历史瞬间》（收入《想象与叙述》）。王汎森关于我们的历史梳理往往囿于"后见之明"——在我们这里，更多的影响或许来自"主流论述""官方版本"——的提醒，对于这种方式的研究也应当有启示。

人物志作为史学方式，有广泛的适用性。1919 年——或不限于该年的新文化运动中——的梁漱溟、陈寅恪、陈垣、熊十力、马一浮、钱基博等等，五四人物志都不应当遗漏。上述文化人、知识人，似乎不宜于仅仅在新文化/旧文化的坐标上定位。将 2019 年报刊所载五四人物记述辑为一编，想必可观，可补陈平原、夏晓红主编的《触摸五四：五四人物与现代中国》所未及，或多或少改变、丰富对于 1919、五四运动、新文化运动的想象与认知。[①]

不惟 1919、五四，中国现当代史宜于像上面所讲的那样打开的，还有其他"历史瞬间"。1930 年的"中国之一日"征文活动、冯骥才的一百个人的"文革"，就属于类似架构。由这点看，黄仁宇的《万历十五年》仅仅就结构、叙述方式看，难言"创发"，只不过使用类似的方式，所成就者互有不同罢了。

———————

① 五四运动中的小学生、伶界、青楼、帮会、囚犯等，参看陈占彪《五四细节》，复旦大学出版社，2019。

　　中国传统史学原本有纪传一体。正史的纪传以《史》《汉》为摹本，往往介于文史之间（尤其承《史记》一脉者）。一段历史，由众多人物传记构成（传统史学的体例不限于纪传，尚有志、表等，补纪传所未及）。这种散点式的叙事结构，自然有其利弊。"通史"一体兴起，其线性叙事另有利弊。平衡点、线、面，似乎还缺少佳构。

　　很多年前，我曾有过没有可能付诸实施的设想，写一部《五四时代》，呈现大全景，这一背景上的诸多人物。纵使当年真的着手，也绝不会有怎样宽广度，比如不可能将那桐之流包括在内；更无力涉笔更多的边缘人物，外省人物，京城围观"闹学生"的市民，与运动了不相关的底层民众。我们的视野被已有的学术研究限定，也像是一种宿命。打破这种宿命，我还不敢寄希望于年轻学人。①

---

　　①　哈佛大学出版社自从1990年代初期开始推出文学史新编系列，迄今出版法国、德国、美国、中国（现代）四卷。编辑体例在四卷中有统一规定，按照编年次序来撰写，每一个年代，对应一个事件，再在更大意义上对应一个文学史或思想史的主题（参看《文汇学人》2019年5月10日第2版）。哈佛大学文学史新编系列（中国现代卷由王德威主编），提供了一种打破已然形成且坚固僵硬的文学史写作框架的形式，使得原本让人头痛的"集体项目"有了新的可能。主编是策划、设计、组织者，而不再只是他人研究成果的收割机。主编需要博览群书且具思想史的视野。当然，每一种架构都有代价，有它的长短，是不消说得的。

考察五四，有些点，非确实下过功夫，不会注意到。即如陈平原所说的，大学阶段的政治激情与社会活动，影响了五四运动学生领袖们的一生。"经过'五四'洗礼的这批人，日后很可能因为'五四'的正当性得到承认，通过一遍遍回溯自己的青春，他们会比别人精神上显得更年轻。""年轻时候的作为为他们赢得声誉，所以日后在社会上比较有地位和话语权，也有更好的舞台发挥自己的才华。即便做学术研究工作，'五四'的这些学生领袖将来在组织性、开创性和协调能力方面往往比别人强。只是一个人做学问，不见得需要这些能力，但是要领导学界则需要得到大家的支持，因而从学生领袖到领袖学界，是一个自然发生的过程。"（《新京报·书评周刊》2019 年 5 月 4 日 B9 版）由此看，五四运动不仅为共产党准备了"干部条件"，影响于文化史学术史，也不可小视。

此外学运的"后遗症"，也应当作为五四考察的一部分。蔡元培当时就想到，北大"今后将不容易维持纪律，因为学生们很可能为胜利而陶醉。他们既然尝到权力的滋味，以后他们的欲望恐怕难以满足了"（蒋梦麟《西潮与新潮》，引自《新京报·书评周刊》2019 年 4 月 27 日 B9 版）。民国时期学潮频起，与五四运动的示范效应当不无关系。

　　难以复原"五四"时代的全景，其实受制于学科边界及研究者的知识结构。现代文学研究者与他的研究对象之间，多少存在着学养上的不对等。现代中国的文史之学，可以说是"不古不今、非东非西"之学。面对从旧学中挣脱出来，又从西学中汲取养分的五四人物，我们通过专业训练积累的知识库存严重不足，平日的阅读储备无论中学还是西学都难以与"五四"一代打成平手。如何才能跟我们的研究对象建立一种相对平等的对话关系？

　　两岸比较，大陆治中国现当代文学者，大多甚至读不懂浅近的文言，更无论重要典籍。以这样的知识基础研究五四，研究前五四，限制太大。1949 年后语文教育的积弊，到了"信息时代"更难以补救。专业圈内似乎也少有人意图补救。小有成就者固然不屑于这种不急之务，年轻学人忙于立项，争取学术资源，心思更用于揣摩，但求速化，何尝肯下一点笨功夫。中国现代史上有多少人物值得作专题研究，传记研究，又有多少专业人士有研究的能力、动力，愿意投入这种不易见功的项目。一仍旧贯，陈陈相因，不难做出中规中矩的所谓"论文"，也就不会有危机感，感受到压力。这也可以归为时下所说的"舒适圈"的吧。

　　较之《新京报》上较为"文艺范儿"的文字，上海

《文汇学人》关于张元济的叙述更有分量（见该刊 2019 年
4 月 19 日第 5 至 7 版）。这种文章，大陆治中国现代文学
者何尝能有。五四时期新旧交接、缠绕，有些议题、人
物，非兼通古今者则不能应对。一个时间跨度仅三十年的
专业，从业者据说有数千人，不能应对的议题如此之多，
确实有点可悲。且不必侈谈"跨界"，先将这一界与其前
其后（尤其其前）打通，如何？

　　"五四"可以说是中国现代文学的学科基石。长期以
来这块奠基石过于稳固，以致我们仿佛忽略了它的存在。
当"五四"的价值与历史定位受到各方质疑，逐渐松动
时，既给现代文学研究带来前所未有的学科危机，而在危
机当中或也蕴涵着自我更新的生机。您如何看待中国现代
文学研究正在面临的，以及将来面临的挑战，尤其是来自
近代史研究的挑战？
　　中国现代文学面临的冲击不只由"传统文化"的方
面，也来自史学考察的深入，致使这一学科的专业基础被
撼动。我还想不出中国现代文学专业该如何因应，有没有
可能重新审视专业的诸种预设，重构学科框架。现在的情
况是，当着史学界的上述研究推进，中国现代文学这一相
关专业似乎只能沉默以对。作为政治运动的"五四"与作

为文化事件的新文化运动或许可以分别讨论，"革命文学""左翼文学""根据地文学"等等，注定了不可能由其所发生的历史情境中剥离。

"文革"结束后的一段时间，研究者趋"冷"（冷门议题、边缘作家等），与刚刚成为过去的那段历史自然相关。"去政治""告别革命"成为时尚；回头看，不免浅薄且一厢情愿。如今看来，对于中国现代文学专业，更严峻的挑战远没有到来。鲁迅曾提到革命有"污秽和血"，不像有些人想象的浪漫。革命史上的"污秽和血"并没有被充分面对。倘若史料进一步披露，势必对中国现代文学专业造成冲击。以我的观察，这个专业并不具备应对冲击的能力。尽管我二十多年前已游离于那个专业之外，对于上述可能的变局，仍然不能没有关切，只不过早已无力重操旧业，更不认为自己有能力应对上述难题。

就学科建制而言，中国现代文学夹在古代文学与当代文学之间，仅有三十年的跨度，给研究者的施展空间相对有限。从研究对象中得到的回馈与给养，也不及业已经典化的古代文学。从您这一辈开始，已有"走出"现代文学的趋向，各有各的出口，有的进入当代，有的上溯晚清，有的走向学术思想史、教育史，当然您更决绝，走得更远。您认为现代文学出身的年轻学人，如果不当"逃兵"，一走了之的话，该如何在立足现代、立足文学的同时，打开自己的研究视野与发展空间？

由于"溯源"、合法性论证的需要，中国现代文学尽管时间起止仅有三十余年（1917—1949），不但不能与古代文学，且不能与尚在延伸中的当代文学相比，作为学科，体制内的定位却并不在古代文学、当代文学之下，同属作为一级学科文学下的二级学科。即使如此，你仍然不能不感到来自古代文学的压力（时长、人才状况、远为深厚的学术积累等等）。在社科院文学所，现代室与古代、当代、理论诸室同属大室，至少没有显性的学科歧视。这也应当与学科曾经拥有的实力有关。1980 年代以降，中国现代文学风光不再，渐渐失去对于人才的吸引力。学科趋于封闭，学术成果"内部循环"，难以对学术界、读书界发挥影响力。

我自己转向了明清之际，有古代室的同事半认真地邀我去古代室；另有京城高校试探我是否愿意考虑去该校的古代文学教研室，我未为所动。我充其量不过是中国古代文学爱好者，不曾受过专业训练，不以为自己有资格从事古代文学的研究或教学。说实在话，尽管并不因此而自卑，却对中国古代文学、文化研究怀着敬畏。

　　至于制度化的文学史（以及一般历史）的分期，本不应当成为选题时的考量。近代、现代、当代的分期尤其如此。近代史专家早已进入"当代"，且深度进入。如杨奎松、沈志华的相关研究成果。文学研究者与史学家视野中的"当代"如此不同！惟文学研究者才能提供的当代考察，赖有当代题材的文学作品。这一部分"史料"，史学家还不曾利用。值得开发的，就有文学文本内外的当代史。我注意到的确有年轻人在做这种开发，只是认为他们应当留心洪子诚先生的如下提醒："近年来，中国当代文学在挖掘'十七年'文学经验上成为热点"；十七年文学"在它行进的当时，就不断有从内部进行反思、检讨的情况发生。回到'十七年文学'展开的历史情境，设若回避、剥离这些已经一再被反思、检讨的问题，不是一种值得肯定的做法"（《内部的反思："完整的人"的问题》，《读书》杂志 2019 年第 12 期）。近期受访的时候，黄子平对部分年轻人取向的批评有更直接的针对性（参看 2020 年第 2 期《文艺争鸣》李浴洋对黄的访谈）。不知道上面那些批评对于立场（亦预设）在前的研究者有没有一点点触动。

　　知人论世，是人文学者最基本的训练，也是无限期的功课。内心越充实，阅历越丰富，越有对于经验的反思能力，越有可能成为合格的人文研究者。上述"资质"不能仅靠阅读获取。人文学者之间的区别，或许在此而不在彼。只不过呈现于文字，那些隐没在背后的东西不一定被察觉罢了。感受抽象表述以至更为抽象的统计数字后的肉身，将那些表述、数字还原为一个个的人、家庭，是文学与文学研究者宜于致力之处。对于这一种还原的意义，不妨自信。

至于我自己，无论考察中国现代、当代文学，还是当代史，无不在补个人经验之不足。对于寄身的这个世界，较之非虚构类的文字，虚构类如小说未必不真实。问题在你如何理解真实。看小说，看影视，也是看别人的生活。转向当代史考察，更想到了文学作品作为"史料"的可能性，与运用中的工作伦理。受限于史实充分的发掘和深入的研究，中国当代文学艺术（包括影视）对于"存史"，贡献堪称巨大。

不妨承认，我由任职的研究所、所在的研究室获益不多，却切切实实地得益于最初选择的专业。当初出于不得已而"机会主义"地选择的专业，1980年代生机勃发。我在纪念王瑶先生、樊骏先生的文章里，写到了专业界内部的和谐气氛，一代学人间的互动。由所选专业收获了友情，由樊骏、王信这样的学人那里领略了人格魅力——无私的开阔的胸襟，为了发展学术，提携、奖掖后进不遗余力。专业氛围是要比较才能够感知的，如与同时期的古代文学，当代文学。今天已经少有人提起，当代文学专业曾经有过两个学会分庭抗礼。

幸运的还有，"文革"后，尤其1980年代，"单位"已不能掌控其人员的命运。来自出版界，来自学术、文学刊物，来自读书界的鼓励与支持，使你不必在意小环境的挤压。这一点就与1950—1970年代不同——你不妨读一读当年"学部"历史所顾颉刚的日记。

从现当代文学到明清之际，近三四百年的"跳跃"，一般学人不敢轻易尝试。是怎样的历史机缘促成了这一"跳跃"，从哪些人物或文字上您窥见了转向明清之际的入口？明人谭元春《诗归序》云："真有性灵之言，常浮出纸上，决不与众言伍；而自出眼光之人，专其力，壹其思，以达于古人，觉古人亦有炯炯双眸从纸上远瞩人。"您在阅读明清之际士人文集时，是否有这样与古人"对视"的时刻。

黄子平有文集《害怕写作》。我不害怕且习惯于以随手写为可能的题目备料，却也仍然有低谷，有对学术的厌倦。所幸厌倦延续不久。使自己投入一个题目一个题目、一个方向一个方向，也就没有了厌倦的工夫。

　　低谷发生在完成《北京：城与人》之后，尝试进入明清之际之前。一旦摸到了最初的门径，也就开始兴奋，甚至带动了《地之子》的写作。这一时期，两个方向上的工作交叉进行：读明清之际的史料，写《地之子》。

　　二十世纪八九十年代之交的学术转型，于我是机遇。一些年后回首，会发觉我与有些同代人之间的区分，也在"转型"与否，是否凭借这一机遇走出 1980 年代。走出并不就是告别，更不是永别。背景仍然在。尽管 1980 年代引起了持久的怀念，大陆学术仍然在后一个十年臻于成熟。不少学人有代表性的学术作品是在 1990 年代完成的。如实地说，1990 年代趋于沉静的学术环境，有利于学术的整体水准的提升。资源更为丰盈，更有对于打破狭隘专业眼界的鼓励。当时有一本书，题为《开放社会科学》。社会并没有更开放，却无妨于人文社会科学的"开放"：开放边界，开放视野。我的学术工作起步较晚，来不及定型，有愿望求变，对其他专业始终有浓厚的兴趣。转向明清之际，于是顺理成章。在我所属的世代，这或许是不可错失的机会。

　　由中国现当代文学到明清之际，是我学术经历中一次最大幅度的转身。当转身时毫无准备，无论知识还是学养。因此这转身绝不宜于用"华丽"形容,是艰难的转身。因茫无头绪,不得其门而入,我在读文集(如顾亭林诗文集、黄宗羲全集)的同时通读《明史》。最初的选题如关于"戾气",虽赖有王夫之、钱谦益有关论述的支持,相关的敏感,读《明史》的过程中已经在形成,如君主对臣工、士人的杀戮,如官员薪酬的微薄,等等。

学术自述中,我谈到过 1990 年代初在香港中文大学图书馆读全祖望的《鲒埼亭集》。后来读到赵俪生说自己由文学转向史学,受该集的感动;冯天瑜则提到王夫之《读通鉴论》对他的影响。由此得知我自己对两书的倾心,确非偶然;至少阅读体验与前辈学者有"暗合"。无论读《鲒埼亭集》还是《读通鉴论》,确实都是一种美好的经历。你被全氏的叙述击中,由此而有了一个研究方向;得之于《读通鉴论》的启发,更是多方面的。但你说的那种"与古人'对视'的时刻",搜索一下记忆,似乎不大有。没有任何一个明人或清人,能如鲁迅那样打动我。

"遗民情怀"的确可以作宽泛的理解,钱谦益、吴梅村一类"贰臣"固然可能有,全祖望这样的乾隆年间人物也不妨有。也如历朝历代,不必讳言,民国也有"遗民"。这一话题还没有展开的可能,诸如民国时期的学术文化,学人气象,出版业与其他文化事业。

由于来自学科的压力不大，从事中国现当代文学研究的这段时间，除了所分析的作品，读的多半是与专业甚至与讨论的问题无关的书，选择相当随意。进入明清之际后这种情况就不再能继续。巨量的材料使我无暇旁顾。这也是代价。只不过由结果看，闯入一个陌生领域，得仍然远大于失。一个朝代从此与我相关，一批人物从此与我相关。对此无从计价，你只能对当初的决定冒险心怀感激。

日本物理学家汤川秀树将他的研究工作视为"没有地图的旅程"，仿佛孤独的行旅者在未知领域的游荡、摸索。从现代文学上溯至明清之际，您的研究路径多少带有一点偶然性，因而是很难复制的。在文学与史学之间独来独往，您收获了怎样特殊的风景？

写过一篇学术自述，《寻找入口》。"寻找入口"同时也是"寻找出口"：由专业走出，尝试别种方向、学术方式以至表述方式。这是我在进入明清之际后才意识到的。进入明清之际，最初即使阅读也有阻力。即如读线装书时的断句。所幸这一阶段较快地走过。我下面还会谈到，较之此前的读中国现代文学，此后的读当代史文献，那二十几年的读古籍，更美好，值得怀念。你不会认为自己错生了时代。你知道正因为你在斯世，有前此的阅历，才有这时的沉湎，感怀。

关于明清之际，因文学研究的这一种背景，我的长项或许更在对于人性、人的生存境遇的敏感，短板则在制度层面的讨论。这时的我，已经更加远离"文革"文化。其表现之一，即不在东林/非东林之间选边；尽管情感上亲近的，是当年公论中的正人、清流。不再像年轻时的偏激，也就对"明人习气"有了一种批评态度。不在所涉足的那段历史中扮演一个角色，或许要拜史学之赐。

近年来，青年学者愈发意识到壁垒森严的学科体制对自我学术发展的桎梏，开始到邻近学科寻求可以对话的学术伙伴。我个人与本专业的学术交流，反不及与近代史、社会学的青年学者对话频繁。当"跨学科"成为一种潮流以后，如何看待它对人文学的冲击与影响？

关于"跨学科"，本尼迪克特·安德森以为，若不将"跨"仅仅理解为"在……之间"，就需要应对"系统地调和两门或者更多学科的基本框架和工具这一困难的任务"。"这一方法要求精通每一学科，并需要一个经过深思熟虑的、可以将每门学科纳入其间的超级框架。唯有真正出类拔萃的人才能做好这一工作。"（《椰壳碗外的人生》中译本，页168，上海人民出版社，2018）这种"跨"对我而言自然可望而不可即。我也从来不曾设这样的目标，只是不在既有学科分类中为自己的研究工作定位而已。由别人看来，像是游走在文化史、思想史与一般历史间的模糊地带，非此非彼，亦此亦彼。

二十世纪八九十年代之交，学术研究/评价的体系还有弹性，也使你有可能在较大的空间选择。即使在"跨学科"成为时尚之前，学科分界也不那样严格。即如我们最初从事的，就应当归入以中国现代作家作品为材料的准思想史研究（《论小说十家》除外）。《明清之际士大夫研究》引起关注，也应当由于难以用已有的史学规范界定，不属于严格的史学范畴。不便归类，反而成了优长。我也就顺势将自己的研究模模糊糊地定位在"思想史研究的边缘"上——实则并不知道"中心"何在。到这个时期，因了已有的学术成绩，选题上不再需要研究所的认可。事实上研究所对我（及他人）是否研究文学并不关心。

据说有所谓的"T型人才"，两翼伸展，跨学科，跨知识领域。这种人才，哪里是我辈所能做得的。人文学科分界本不应如是之清晰。只要不以学科的既有边界自限，充分开发与议题有关的资源，打开尽可能广阔的思考空间，将那个题目做到极致，也就够了。

您在《治学杂谈》中，除了思想、材料、文体之外，还格外看重视野、境界等务虚的追求，对以学术为志业者的重要性。令我印象颇深的一句话是："学人在学术中是难以隐身的"，个人的修为、品性乃至私心杂念都会不经意暴露在戴上面具的学术文字中。您何时形成对学术"境界"的自觉追求？能否回顾一下您学术经历中的"高光时刻"？

《明清之际士大夫研究》出版，有媒体说这是赵园第一部严格意义上的学术著作（大意）：虽有对于文学研究的偏见，却不难接受。① 至此我才有了对于"境界"的追求，而不是仅仅满足于完成了一本书，得到圈子里的好评。由这本书的版税看，它的确是我的学术作品中被持续关注的一部。

2000 年"长江读书奖"的风波，与我获奖的学术作品无关。舆论旋涡中似乎不大有对《明清之际士大夫研究》获奖的争议。② 至于 2010 年《想象与叙述》的获"鲁奖"，多少算得不虞之誉，不大能受之泰然。即使如此，

---

① 平原说他不同意这种判断。该判断涉及文史研究的评价标准，可以讨论。

② 该奖因涉及评奖操作的争议，仅有"首届"，不免可惜。该奖本有可能成为较具权威性的民间奖项的。

也应当说，在学术文化界生态恶化的今天，没有所谓人脉而获此奖，仍然让我心生感激。

我的学术经历中没有过所谓的"高光时刻"，即使获奖。记得"鲁奖"颁发当晚的"走红毯"，仪式现场一派冷清，证明了这种仿娱乐明星的"走秀"的失败。对于无论"严肃文学"、文学评论还是文学研究，这都是最正常的情境。

"人的隐去"，特别是具体的、单个的人的隐去，是现代西方史学的一大趋势，也影响到中国近代史研究。近来有思想史家呼唤"人的回归"，以对抗剔除人名的新史学。历史中人的处境，几乎是您每部学术著作都会涉及的话题。是否有一些特别的历史人物，对您触动更深，承载了您更复杂幽微的历史思考，也代表了您所向往某种历史心性。

写明清之际，因所选议题更因积久形成的工作方式，涉及了为其他明末清初的考察不曾或难以触到的人物、言论。考察当代史也如此。这种写作或多或少为相关论域至少在材料的方面扩容。如前面提到过的，作家、作品、人物论，我的每一部学术作品都有。《艰难的选择》《城与人》《地之子》《明清之际士大夫研究》及其续编、《想象与叙述》《家人父子》、有关当代史的著述，更不必说《论小说十家》《易堂寻踪》。另有散见于综论中的片段。在尝试打开面、延展线的同时，随时聚焦于人物，既与文学研究的专业背景有关，也更是一种个人取向。如已经说过的，具体的人在大历史中，始终对我有强大的吸引力。由结构看，将综论不能容纳（或因综论而有可能同质化）的部分另作处理，确也可以聊补综论所未及。

《明清之际士大夫研究》的续编论唐顺之，较之正编的选择傅山，出于更复杂的考量。我曾拟了一组关于江南文人的题目，后来放弃了。其中的一题，即文人与儒者，或者文人、儒者、学人。拟想中要讨论的，就有"文人"、"儒者"之为身份，如何界定；其人的自我认同；被目为文人、儒者的人物间的相互关系。即如黄道周与钱谦益，刘宗周与一度在其门下的陈洪绶，以及有文人气习的黄宗羲、陈确。"文人"也者，本来就有界定之难。具体到一个历史时代，更有指认之难。名士通常是更极端的文人。那么方以智该如何归类？余怀《板桥杂记》中的方以智，行径称得上惊世骇俗，其人学问的古奥又少有人能及。

唐顺之是近人、今人眼中的古文家，文学史将其归为文人无疑。当其世的唐顺之，道德上的洁癖，耽于苦修，更类似理学之士，交游也多儒家之徒。却为了他自己领受的使命也为了自我完成，不惜有所"玷污"，甘冒触发物议的风险挺身而出，承担或非他宜于承担的军事重任。我素来不喜欢理学家，却被唐顺之吸引；由他同时代人对其正负两面的评价，试图探入并理解其人；经由这一具体人物，讨论经世、任事的代价。即使处在唐顺之的境遇中，我也不会作同样的选择，却无妨我对唐怀了敬意，将他作为考察"政治中的人性"的案例。明末人士仰慕的嘉隆人物的精神魅力或许也在此。即使经历了"文革"，我没有以政治为肮脏的偏见，不将政治人物视为异类，对后"文革"时期的"去政治"不以为然。唐顺之的"知不可而为"，基于强大的人格力量。黄宗羲《明儒学案》评论泰州学派的一段文字，令人血脉贲张。那种"赤身担当"，属于英雄时代。泰州学派正不乏有青蝇之玷的人物。写唐顺之，我或许不自觉地面对了自己心性的强与弱，担当与逃逸间的矛盾纠结。尽管我从来不曾面对真正严峻的情境，有的不过"天下本无事"时的庸人自扰。

跟《明清之际士大夫研究》及《续编》相比，《易堂寻踪》这本小书似乎意在探寻另一种学术表达的可能性，把您的两套笔墨糅合在一起，借实地踏访，给那些业已褪色的，或被遗忘的历史人物，提供了鲜活的时空背景，甚至晕染上山水林木的气息。能否谈谈您写作这本小书的机缘，以及如何看待危机时刻的友情？

《易堂寻踪》体量较小，不知道能不能归入"微观历史"。由这个"点"本可以进一步铺展——有很多点都可以铺展。收到过明代文学专家严迪昌教授的信。来信说对《易堂寻踪》中"东南人士的文字，与叔子有关的却难得一见""略感费解"，"不知所指为何种'文字'。不然如冷士嵋《江泠阁集》中赠与或祭哀叔子之诗与文似不下数十篇，魏氏病故前尚与冷秋江聚首于京口。冷氏之集虽小而不算僻见，博识如阁下或亦曾目览"。其实严先生哪里知道，我于明代文学始终在门外，竟不知冷氏其人，更无论"目览"其文字。不曾博览而遽下断语，轻率可知。写那本小书，更像是偶尔的逸出。材料主要为九子的文集。我做到的，大约只是不将这一关于友情的故事理想化：诗意与不那么诗意，美好瞬间与生存窘境，聚合与终不免的离散，尤其因思想根底不同的离散——呈现的是看似完美的故事的诸种裂纹。

写这本小书也如写《北京：城与人》，是一种不无愉悦的经历。其实"实地考察"只是为叙述提供线索，所得甚少。考察仍然更是纸上的。我或许生性多疑，更相信直觉，容易读出被艳称"完美"的事物的破绽。即如易堂九子之间的关系。

作为文学研究者，却对文字"无感"，或不能从文字中获得愉悦与满足，就像厨师失去味觉，未免有些可悲。跟目下流行的概念工具、学术黑话相比，"文字感觉"说起来过于虚玄，近乎个人的天分，师徒间亦无法授受。文学研究者对"文学"不自信，很多时候是对自己的文字感觉不自信，不能嗅出文字的好坏，即便有辨别力，也难以把自己模糊的感觉诉诸文字。"文字感觉"未必是天赋，或可通过日后的点滴积累，通过与特定对象的朝夕相处而习得。近些年不少学生喜欢萧红、沈从文、张爱玲，纷纷以三人为毕业论文选题，我都会推荐她们先读您的《论小说十家》，提醒她们此类作家研究似易实难，难就难在如何捕捉各人的文字感觉。您能否谈谈"文字"这一介质之于您的特殊意义。

审美，文字感觉，不但是作家，也应当是文学研究者的强项。向其他学科学习并不意味着有必要弃长用短。职业性专业性的阅读中，我的愉悦主要来自文字，不止于一流文人被公认的美文，更有我自己发现的堪称奇崛的文字。可惜的是阅读的当时未曾着意哀集。倘若能辑为一编，或许能多少影响对明人文字的印象的吧。文字这一介质对于我过于重要。最初曾嫌王夫之文字的村夫子气；翻到《读通鉴论》，该书中触目皆有的警策，精神就顿时为之一振。这样的阅读经历，何尝不是枯燥的学术工作的最好补偿。

写萧红、傅山，更因为文字感觉。萧红式的稚拙，未尝不是有意的文字策略，略如鲁迅《秋夜》的写枣树。傅山的文章在明清文坛上独标一格，适于用上面说到的"奇崛"形容。不同于同时代的文人，傅山的笔墨杂糅了民间风味，以至乡气。小笺的方言土语，尤其难得见于江南的风雅之士。

但我的学术选择又并不总——或者说往往不——基于兴趣。童年在开封度过，年轻的时候嗜读宋词，更吸引我的是宋代，却花费了二十多年的光阴在明清之际。对文字有感或无感，有时是我选择某一作家、人物做专论的主要理由。有感、无感无关乎好恶。写萧红，并非出于喜爱。不写鲁迅，倒是因过于喜爱，怕力有未逮。无论张爱玲、萧红还是傅山，都不是我私心向慕的人物。所以写那些篇，无非因自信能捕捉阅读中的文字感觉。当着文字感觉钝化，这一种写作也就难以为继。

一位朋友说过，我的学术研究赖有"触发"。文风也如此。因对象的转换而变换笔墨，是一种不自觉的模仿过程。说研究工作丰富了自己，也包括这一层面。进入明清之际，表述方式易于为对象诱导的脾性发挥了作用。集中阅读明清文献，笔调的变化也就不待有意追求。文言使我有如对故土、故人的亲切感，尽管我那点有限的古代文学阅读撂荒已久。文言历千锤百炼而有的高度凝炼的表意功能，让我重新有了书写的快感。这种快感在写《明清之际士大夫研究》的过程中有痛快淋漓的表达。这种快感在我的学术/写作生涯中并不常有，偶或一现而已。

由"涌流"到枯涩干涸，水分蒸发，河床沙砾裸露——文字的变化也如人的肌肤，如人的整个生命形态。这在我，是见之于文字的衰老过程，不可抗拒。将较好的写作状态延续得稍久，或许是可以经由努力争取的。

在您关于明清之际的系列论著中，《想象与叙述》这本书或许是可读性最强的，更能引起非专业读者的兴味。其中收录的两篇《治学杂谈》，我会反复重温，也多次推荐给刚入门的研究生。《那一个历史瞬间》一篇写得实在漂亮，在组织历史叙事上尤有启发性。我曾依葫芦画瓢，模仿此文的写法，试着呈现1937年北平沦陷的瞬间。能否谈谈您这本书的写作状态及收到的读者反馈？

《想象与叙述》可以作为在一个方向上因选题而使视

野得以扩展的例子。将除了正史外的私家史学著述、"野史稗乘"、明清人的笔记，近人、海外学人的明史著作留到这个时候才读，与通常的入手处确有不同。自己也吃惊于进入明清之际这么久，才读这些被认为基本的书。倘若有老师指导，一定不会这样的吧。

这本书写得较《续编》顺畅。或许证明了强项确实在"叙述"。刘铮的书评称许的，也是文字。文字或许的确如刘铮所说，但写作状态仍然与最初不同。干净是干净了，却没有了最初那种芜杂中的蓬勃生机。如果不因为"在职"，或许写到这一本也就罢手了。写《家人父子》，多少也出于不得已。尽管那个题目值得写，尤其值得延伸到现代、当代。

写《想象与叙述》一书诸题，再次证明了"生长"的可能赖有发现。《那一个历史瞬间》一篇，触发的契机，似乎是延安《解放日报》纪念"甲申三百年"所选的日子，竟然是公历 3 月 19 日（1644 年的农历三月十九日乃公历的 4 月 25 日）。时间点的选择往往出于"操作"。由 3 月 19 日被定为明亡的时间点也可以推及其他，即如"文革"的始点与终点。

由一篇关于《想象与叙述》的书评意外地读到了"快乐"两个字。那篇似乎是写在海外的书评，一再使用"快乐"的字样："她的'读出万分激情'的体验，传达着她的快乐：阅读的快乐、想象的快乐、思想的快乐以及文字的快乐。她的快乐，在字与字的空隙处流出，我被她的语言感染，也快乐起来。"（张昭卿《书本的生命力——读赵园〈想象与叙述〉》，《书屋》2018 年第 10 期）我从来没有想到也不敢期待别人对我的书有这样的阅读体验。看来"接受"的确有因人之异。知道自己的文字使别人快乐，令我感到安慰。回头想，写作这本书的确有快乐，尤其第一篇。不惟这一篇，学术性写作何尝没有"快乐"。只是这种快乐更是私人的，与所写是不是有价值无关。

快乐地做学术，一定有人这样。但快乐必有条件，即未必快乐的知识准备与学术训练，艰苦的材料积累与思路梳理。这本书之前之后，我都有快乐的时刻。快感之来，多半因了苦思冥想后的豁然，或表述时的笔能应心。

读您的著作，我往往会跳过正文，先读余论，从中了解您的选题缘起与现实关怀。《家人父子》一书虽处理的是明清之际的人伦日用，若放到更长的历史脉络中考量，则自会联想到近百年来中国伦理秩序的全面崩塌，尤其是乡村社会在战争与革命的损蚀冲洗下形成的道德真空。我们该如何在二十世纪的革命语境中续写"家人父子"的悲喜剧？

多少也因为前面提到的不得已，写《家人父子》较为匆促，未能充分利用明清两代编纂的大量家谱、家集。那部分材料应当有发掘的价值。这本书附录两篇讨论的问题，确有现实的针对性。关于宗族的部分，尤其有与当下的对话关系，包括未加甄别地试图"修复"传统，而后又承认有所谓的"村霸"、"宗族恶势力"。2019 年热播的电视剧《破冰行动》，提供了"宗族恶势力"的极端案例。修补屡遭破坏的社会伦理而盲目地征用"宗法"这种传统资源，无异于饮鸩止渴。将乡村伦理的改善寄希望于所谓的"乡贤"，① 也将证明无效。

由书评类媒体读到关于已故美国汉学家易劳逸（L. E. Eastman）的著作《家族、土地与祖先——近世中国四百年社会经济的常与变》的评介。该书系近年来引进（中译本由重庆出版社 2019 年 1 月出版），我写《家人父子》的时候没有读到。相比之下，我的那本视野之狭，格局之窄，与该书相去不可以道里计。较为可取的，或许是关于"夫妇"一伦。"父子"部分写在退休之后，仓促脱

---

① 有人甚至异想天开地指望知识人回乡做"乡贤"，那么官员何不先行示范做"乡绅"？

手，由于材料匮乏，也为了尽快转向新的题目。聊可解嘲的是，这本书仍然是"明清之际士大夫研究"的一部分，而非对同一时期家族文化以至与其不可分的政治文化的全面考察。那种综合了经济、社会、政治、思想的考察，的确非我力所能及。

"父家长制""泛家族主义"，至今仍适用于中国的政治生态、社会关系、文化心理——甚至在某些点上更适用。对于这个国家，实在不幸之至。

前面已经提到了延伸。我关于明清之际的著述中，《家人父子》最可能有续篇：二十世纪至今革命与政治、社会生活中的家人父子。这是个需要长期投入的题目。我积累了若干片段，却因为精力不济，不可能展开；最佳状态已过，不想糟蹋了这么重要的题目；问题过于敏感，也不敢鼓励年轻人接手。

无论面对现代文学，还是转向明清之际，您的工作状态、研究路径、核心话题及所倚重的材料类型都有内在的一贯性。如何进入不同的历史脉络，倾听各色人物的心声，日本思想史家沟口雄三曾有一个简要的回答，就是："空着双手进入历史"。用"忘我"的状态面对历史，落实到具体操作层面，则要求尽可能地扩大原始材料的蒐讨范围，从头到尾地阅读，不带成见地阅读。您的工作状态接近于沟口所谓的"空着双手进入历史"，能否就此分享一下您蒐讨文献、阐发材料的经验。

我已经说到过，无论进入中国现代文学还是明清之际，都"空着双手"。关于明清之际，没有人为我开列书单。除明清人重要的历史著述与个人文集外，至少部分阅读是随机的。这也是"空着双手"的好处。随机的阅读有可能一无所获，也会有意外的惊喜：一扇门开启。开启了这扇门未必就有创获。但一扇扇门的打开，丰富了你关于这段历史的认知与想象。只不过对此也不便想象过度——似乎无所谓"预设"。事实并非如此。你的敏感点背后，不但有既有的阅读支持，更有阅历，以至现实关怀。你所有的储备都参与了你当下的选择，只是你对此不自知罢了。

形成论题后，自然会有定向的阅读。即使"定向"，所得也有因人之异。一望可知的材料与出诸独见的材料，后者才是需要你发掘的——黄侃所说发现/发明的"发见"。其所以是材料，有待"烛照"。它只是因了你的视野、敏感与分辨能力，才成其为"材料"。有时一条或几条材料可以作为骨架，支撑起一篇论文。设若没有这一条或几条，也就流于平庸。与这样的材料相遇自然需要准备。有一句滥调，机会是为有准备的人……"材料"也如此。你的识见未到，那些材料也就如过眼云烟。

有人说研究宋代，材料不多不少：比之于宋之前，也应当较之于宋之后。明代由于印刷业的进一步规模化，书籍的流通量增大，个人文集的面世有了更多机会，传播也更快更广。研究明清，材料就不能说不多不少。以一人之力搜索既然困难，数字化方便了借诸关键词的搜罗，却又有"碎片化"的危险。材料在由文本中抽取的时候，割裂剥扯在所难免。对科研的量化评估，不利于"慢阅读"，更遑论非功利的阅读。"上天入地找材料"已像是前现代的手工作业，便捷的是利用科技手段。我确如你所说，往往"从头到尾地阅读"，却不敢说"不带成见"。即使这样，也自知已经不合时宜，不敢向年轻人传授经验；同时也体贴他们的处境，知道陈义过高，只能自说自话，流于空谈。

完成关于当代史的书稿，用常见的说法，算是为此生的学术工作画了一个句号。纵然有诸多遗憾，仍然可以心安理得地放松下来。迄今为止，我的稍具规模的学术考察，最初都只有大致的方向——关于当代史也如此——然后将阅读所得与可能的"材料"录以备用。积累到相当的字数，初步分类。此后一次次重新分类，排列组合，既是大致的方向生成，又是新的思路、方向不断衍生的过程。有了初步的提纲后，仍然一再调整。调整贯穿始终。最终的架构是不计其数地调整的结果。初稿一再增删。一旦定稿，交付出版、发表，也就不再修订——"硬伤"除外。稍有重量的学术作品，程序无不这样繁复。对于已经出版、发表的文字，除个别例外，少有兴趣重读；也像离开一地，较少回头。旧作是个人生命史的一部分。那一页既然完成，不妨翻过。

学术研究特别人文学，本质上是通过对象"迂回"地理解自己。您早年关注现代文学中的知识人形象，进入明清之际又着眼于士大夫研究，无不有"持镜写真"的意味——以历史人物为镜，对照自己所属的时代。您标举的士大夫精神，对当下普遍缺乏历史感的知识界是否是对症之药呢？士大夫亦有不同的理想型，如名士、文人、儒者，您更亲近哪一类？

由中国现代文学到明清之际，一以贯之的，是对中国知识人的关注。有诸种关于"知识分子"的定义。曾有年轻人以萨义德的定义度量我，要我回答相关质疑，令我啼笑皆非。我不知道对方所谓的"接地气"的具体所指。这种苛责，在我看来，夹杂了对知识人积久的偏见。将专业精神与现实关怀以致"社会良心"对立，也是偏见的一部分。

"士大夫研究"的一部分动力，的确在面对自身。至于题目背后的现实关怀，写作当时未见得自觉，也就是说并不都出于预先的设计。事后看来，不但如"戾气"，而且"流品""井田"等等选题，均非出自"纯粹的"学术兴趣。这些或许是可据以辨识"代"的面目的东西。经由对象面对、发现自我，经由对象思考你身处的世界，如果介质有足够的深度，这份努力（以至挣扎）就是值得的。

我的兴趣始终更在有思想力或有行动力的士大夫。为人艳称的江南名士，自始就不曾吸引我——或许也由于对江南的隔。对江南文化、名士风流，既少经验，也缺乏向往。更像是精神家园的，是出生地的西北，那里的沙碛、枯河。也因此读傅山的文字，有特殊的亲切感。

在您数十年的学术生涯中，肯定有自觉畅快淋漓的得意之笔，也有不尽如人意的失败之作。前者或是机缘凑泊的产物，或跟某一段特殊的生命状态相呼应。后者则触及个人知识结构的缺陷，甚至是一代人文学者的宿命。能否回顾一下您学术生涯中那些不可多得的机遇良缘，及歧路徘徊的时刻。

　　2018 年岁末完成了关于当代史的书稿，利用春节前的一段时间，应一家出版社之约，编自己的学术作品的选本（论文集）。未收入几本已出版的著述的《刘门师弟子》，竟然打动了我，为当年士大夫间关系的严肃性。这一篇我自己当年并不满意。另有一篇为台湾"中研院"文哲所组织的学术会议准备的论文，《说"玩物丧志"》。编好的书稿几经周折，有可能被另一家出版机构出版，也可归为几十年学术工作的小结——当代史考察除外。

　　学术著作过时的速率因时因书而有不同。1980 年代，似乎一切都以新为尚，此后的淘汰渐渐趋于正常。《明清之际士大夫研究》出版于 1999 年（北京大学出版社）。至今虽然已二十年，像是还没有过时。某任教高校的小友说，她将《想象与叙述》列入研究生的阅读书目。我自己也认为该书的部分内容（不止附录的《论学杂谈》），的确可供初涉学术的年轻学人参考。我不大关心学术作品的销量，却知道至少其中的几本几度再版或重印，不乏读者，并没有成为出版社的负资产。

　　漫长的学术生涯中有那种时刻，你相信以最好的方式完成了题目；这样的经历极其稀有，不可重复。关于萧红、傅山的作家、人物论外，写收入《明清之际士大夫研究》的说"戾气"（该书的第一章第一节），写《想象与叙述》的第一篇《那一个历史瞬间》，属于这样的时刻。未必因为酝酿既久，或许更是你挟已有的准备（包括经历、经验）与对象相遇，时机、状态都刚刚好。随笔的写作，快感时有。但那种透彻、无遗憾，却只能在如上的学术写作中感受到。那种你与对象间的默契，甚至难以解释，缘于诸种条件的凑泊，不无偶然。借用郭沫若"做出来"、"写出来"的说法，有些文字是"写出来"的，犹之自然流出。这无关乎价值判断。"写出来"的未必较"做出来"的更有学术价值。那更关系个人体验而非学术尺度的裁断。每一篇稍有重量的论文论著都有故事，有"文本内外"。你将一部分生命留在文本中，却将那故事忘记了。

也有不堪重读的旧作。1980 年代某君编了一本《走向世界文学》，当时颇有些影响。其中收有我写的一篇，似乎关于路翎与俄罗斯文学。"走向世界文学"是当时流行的命题方式。有一套著名的丛书，"走向世界"。似乎中国、中国文学在世界、世界文学之外。《走向世界文学》一书所收，大多属于影响研究。其实作者中不止我不具备做这种研究的条件。我尽管学过俄语，当时就不能用，后来更全数归还了老师。写这类题目（还发表过关于鲁迅与苏俄文学的随笔），证明的毋宁说是风气中人的"胆气"。

不堪重读的文章，另如在文学所台港室暂时栖身期间写的与台湾文学有关的几篇。渐少败笔、烂文，也因有了不苟做的自觉。

至于每有"硬伤"，甚至低级错误，不是由于粗心，而是训练缺失。被纠错，不免汗颜，自知根底浅，出错无可避免。识字少，至今仍然以为遗憾。记忆力衰退，无从补救。有时会想，"文革"十年，何不将《新华字典》带在身上，随手翻翻？这只能是"事后聪明"，当时何尝会想到这些。后来得知"文革"后期上海就有地下、半地下的外语学习班，只有羡慕的份儿。

先河后海，盈科而后进，属于正常的过程。可惜我们经历的，是"横空出世"。一旦崩塌，就会是"断崖式"的。因而不敢狂傲。低调不是故作姿态，而是确确实实知道自己的斤两。一代人文的缺陷，只有少数天才能幸免。我是常人。点点滴滴的收获，都是辛劳所得。有这点自知之明，也就狂不起来。

在不同的时间尺度下反思我们的学术体验，有作为终极目标与理念的学术，也有作为日常劳作的学术。学术工作最长远的影响，莫过于拥有一种深入人心的观念的力量；若去除神圣的光环，学术工作不过是在自己的园地里，日复一日地埋首劳作。能否形容一下您的日常工作状态。

我没有过高的自我期许，遑论"做第一流的学问"。只不过在所拟每个方向上无不全力以赴，包括《北京：城与人》，包括后来写《易堂寻踪》这样的小书，包括向明清之际转场过程中完成的《地之子》。复盘自己的学术经历，没有太大的遗憾，无愧于心。虽成绩不同，评价有别，当投入一项研究时，都有动机、动力，研究过程中有热情与兴奋。每一次选择都不曾违拗自己的意愿，有非如此选择不可的理由。至于结果，并不那么看重。即使《地之子》，重读的时候也会惊讶曾经有那样的笔墨。其中的精彩处的确也不可复制。你已经由一项项学术工作中获得了滋养，大可以此为满足。

自"学术生涯"开始，始终有待做的题目，即使明知没有可能做。这更是一种状态。保持这样的状态，较之做出"成果"更重要。这也是从事学术工作必要的张力。保持思考的紧张度，随时处在书写的状态，使生活充实饱满。即使告别了学术，仍然没有放弃思考与书写，无非为了保有"充实饱满"的吧。回望所来径，无喜无忧。没有满足感，也不感到失望。写作（包括研究）对于我，从来不是不堪承受的负累。它是我生活的一部分，如工匠的制作，如农人的耕作。年复一年，日复一日，苦乐均在其中。这就够了。

"知心客"难寻，虽未必要打着灯笼去找。学术文章或有"为我"与"兼爱"之别，既写出来，总归是要给人读的。您的写作偏于"适己"，却也不乏知音。作者与理想读者的知遇，有的可期，有的不可期；有的遇而不见，有的不遇而相知。求知于时，乃人之常情；并世之人不知，或知而不尽，则转而求诸来世。在您收到的读者反馈中，是否有切中肯綮的知音？

学术作品问世后，并不刻意搜寻反馈。网上关于《家人父子》的批评，是赖有小友转发才获知的。即使如此，也还积存了若干篇，黄子平的，刘铮先生的，李夏恩先生的，你发表在《上海书评》上的。也有并未发表的批评。如朱正转来的杨坚先生写给他的信中的如下一段，关于《明清之际士大夫研究》，杨先生说："作者研究途径系由现当代文学上溯明清之际，实不如由先秦溯游而下至明清，这样也许体例将有异于目前，著作面貌亦将随之而发生变化"；"我尝读梁启超之清代学术史，常觉其气势磅礴，毫不费力地提要钩元，绝无琐碎杂沓之感，此自基于其学养之深厚。由是以为论述吾国思想学术之著作，为当先探源头，以三千年之历史资料为背景，始能高屋建瓴，以致广远，而行文亦自然条达也"。记得收到转来的这页信时，并不折服，想，自上而下与由下而上，所见正不同。但杨先生所说的"琐碎杂沓"而不能"自然条达"，的确是切中我的毛病的批评。

另有一封，前面已经提到，来自已故苏州大学严迪昌先生。尽管信中提到他在"病养中"，我却没有想到所患为绝症，甚至不知严先生为何许人。待到对严先生知道得多一点，严先生已不在世。事后想，这病中的来信何等珍贵，我的回信却只是寥寥几行，实在过于简慢，辜负了严先生奖掖的好意。一些年后在宁都见到了严先生门下某君，知道严先生对我有关明清之际著述的谬奖错爱，更觉惭愧。

学界中的代际更迭本是自然现象，但当遭遇政治动荡与历史断层时，就会形成不同代的叠压并存。有的世代被夹在中间，还没来得及登场，便已临近谢幕。有的世代则一直处于聚光灯下，不断告别，不断返场。从社会学的角度看，并非同一年龄层的学者就被归为一个世代，要有共同的历史记忆，参与了某一历史进程，经由反复地自我论述，确实留下了经得起时间检验的学术作品，才能构成一个有生命力的学术时代。您既是上一个学术时代的见证者，又是一个新的学术时代的开创者，能否谈谈您对代际问题的看法。

文学所关于樊骏的纪念文集，题作"告别一个学术时代"。那一代之后，似乎在不断"告别"。正常的学术环境，本不应当如此。学术不是时尚品牌，经常在更新中。每一次告别都有必要追问：有何种学术遗产，其中是否包含了特定世代的"学术精神"，甚至有没有所谓的"学术精神"。我们早已到了被"告别"的时候。前些年的"两会"期间偶尔与王安忆交谈，关于某前辈作家，她说一个人被糟践太久，会不自尊自爱。后来读洪子诚先生与《叔叔的故事》有关的文字（《〈绿化树〉：前辈，强悍然而孱弱》，收入氏著《读作品记》，北京大学出版社，2017），才想到王安忆何以有这样的感慨。较我们年轻的世代想必也有他们"叔叔的故事"。在那种故事里，我们的面目是何种样的？

至于我，的确是一个学术时代的亲历者；"开创者"愧不敢当。何况你所说的"新的学术时代"尚待展开，走向不明。

随想

　　您这一辈学者大多有多线作战、游动作战的能力，比如陈平原老师从早期的小说散文研究，转向学术史、教育史，继而又进入都市研究、图像研究。而您则从现当代文学，跳到明清之际，再折回当代史，这三块研究领域看似不搭界，却又有一以贯之的问题意识、研究路径及材料取向。您是如何顺利完成研究领域的大跨度切换的？年轻学者怎样才能从窄而专的题目中走出来，不断开拓新的研究领域，并在不同的课题之间形成一种互相支援、彼此触发的关系？

　　平原提到我所做的"三块"：中国现代文学，明清之际思想文化，当代史。① 这种路径并非出于事先的设计。三块看起来互不关联，事实却不尽然。每一次转场前，都为新园地的垦殖准备了条件。关于由中国现当代文学转向

———————

　　① 李夏恩的说法是三变：由《艰难的选择》《论小说十家》到《北京：城与人》《地之子》，然后到明清之际（实则是两变）。李说见下文所引《学者赵园：没人喝彩，从不影响我的兴致》。更准确的说法也应当是两变，由中国现当代文学到明清之际，由明清之际到当代史。由《艰难的选择》《论小说十家》到《北京：城与人》《地之子》，只是写作状态与姿态的改变。

明清之际，我已经在《明清之际士大夫研究》的后记及《寻找入口》等文章中写到，不再重复。那是一种基于个人情境与条件的选择，不宜推广。不断尝试着寻找出口与入口，是年轻学人也不妨做的。

史学工作者李夏恩关于我的学术工作，说："当她认为自己已经完成了某一个学术写作后，她便会开启自己头脑中的忘却机器，把曾经浩繁的档案柜瞬间腾空，以便盛放新的学术研究的资料。""赵园这种'喜新厌旧'的善忘脾性让人既钦羡不已，因为她可以如此轻易地出入不同的研究领域；也让人叹息不置，因为她竟然如此轻易将一个已然如此熟悉透彻的话题抛诸脑后，从此不再闻问。"（见《学者赵园：没人喝彩，从不影响我的兴致》，《新京报·书评周刊》2015 年 10 月 17 日 B04 版）有洞察，也有误解。我的确在将一个题目完成之后，"把曾经浩繁的档案柜"腾空。否则该怎么样呢？我们的脑容量毕竟有限。无意中读到一位外国评论家的话，像是与这种经验有关，"人通过写作摆脱了兴趣"；因某种兴趣而写作，写作也将耗尽那种兴趣（［英］杰夫·戴尔）。至于我自己，尽管一再"清仓"，所有做过的题目，处理过的议题，相信都以某种形式在脑际甚至在生活中留下了痕迹。

选题看起来偶然，却一定有长期积攒的东西（包括关切）在里面——自己也未见得意识到。我由自己的经验，不认为对于学术研究，选题总是具有决定性的。能否做成，端在如何开发，有没有基于特识独见的材料。足以支撑你的判断的有说服力的材料，可遇而不可求。有时候得之若有神助。那真的是稀有的机缘：由王夫之、钱谦益的说"戾气"（《明清之际士大夫研究》），到冒襄文集中的家族故事（《家人父子》）。当然，也要你能辨识、提取。王夫之、钱谦益的文集，都是被人翻烂了的，冒襄的文集也不属于稀见书。新问题、新材料，似乎本应当问题在前，材料由问题照亮。事实有时不完全如此，即如材料诱发了思考，使问题得以形成。当然，上面所举的例子，或许只是，你的问题不过还不那么明确罢了。读研时受王瑶先生启发，习惯于同时在多个方向（关注点）上积累。发现那些库存间的关联，仍然赖有契机。这种长时间积累后的触发，过程难以还原。

由中国现当代文学到明清之际到当代史，多少像是"打一枪换一个地方"。对于已出版、发表的作品不增订，更不重做，却仍然习惯性地将遇到的相关材料录在电脑上，尽管明知不会用到。不修订，也因时过境迁，当时的写作状态已经不可能找回，烫冷饭只会走味；也像初学书法者的习字，"越描越丑"。①

记得您曾跟我说，好文章都是改出来的。前不久又听到一个好玩的说法，学问要做到某种极致，无他法，就得对自己"心狠手辣"一点，要对自己的文章痛下狠手。"心狠手辣"确实是很高的学术境界，对我来说，改文章比写文章难得多，之所以觉得难，还是因为舍不得，舍不得辛苦囤积的材料，舍不得灵光乍现的妙语，舍不得摇曳多姿的结构。读您的文字，真为我这种对自己过于"仁慈"的初学者下一药石。能否谈谈您的删字诀，以及如何才能做到"题无剩义"？

我的确对文稿一改再改。即使一篇随笔，一节短文，也很少"一气呵成"。这多半因了"拙"。修改也确实通常做减法：不止于删繁就简，而且删落不必要的渲染、形容，可有可无的虚词。少用虚字，是沈从文的经验谈。我也有这种癖。删减或许不免于过。我自己也说过，芟夷枝叶，即不能得扶疏。却仍然忍不住要删——或许近于病态。文字的不丰腴，少余裕，多半也因此。这与我的生活状态不无契合。在这一点上——只是在这一点上——文如

---

① 家乡有俗谚曰："字是黑狗，越描越丑。"

其人对于我，还算适用。对于"度"的敏感与挑剔，与"洁癖"无关，病态而已。也有相反的情况，像你那样，对辛苦得来的材料不忍割舍，宁愿不避累赘，放在注释中，无非敝帚自珍罢了。

选定一题，确也力求做到题无剩义。旁搜博采，由此及彼，像是一场不设终点的跋涉。穷究不已使得论题的外延不断扩张，触角尽其所能地伸展。即使如此，依然会限定范围，不"横斜逸出"，更不"横溢"。有一分材料，说一分话。有几分把握做几分判断。终于停下来，或许只是足力不支。前面说到的三块，也是三个段落，每一段研究结束前都近于枯竭，要待另一段开启，活力才被重新激活。我不厌重复地使用"题无剩义"的说法。"无剩义"只能"力求"。只不过有这种要求与没有，结果不同。

"极致"不必有"客观标准"。目标可以不是所谓的学术水平，只是达致个人的极限，将自己的能力以至潜能做极致的发挥。不会像某档综艺节目那样"挑战不可能"，不过是努力在能力的限度内做到最好。限制往往来自你自己：惰性，因循，固化，过早地定型。你的可能性或许至死也不曾被你发现。

前不久读历史学者罗新的一册随笔集《有所不为的反

叛者》，里面说不管在什么样的社会、在什么样的时代，人文学者特别是年轻学者，都应该是反叛者，至少是思想上的抵抗者。或许因内外条件制约，我们做不到"有所为"，但至少可以做到"有所守"，守住底线与常识，尽可能做一个干净的人，尽可能影响你周围的小环境。长期以来我们习惯于等待、跟随，等待有人替我们发声，跟随学术权威的意见，然而等来的或许只有出于自保的沉默。这逼迫你不得不独立观察，清理自己混沌的想法，试着发出微弱的声音。在现今的舆论环境下，您认为知识人介入公共议题，"有所为"及"有所不为"的可能与限度何在？

我不是所谓的"公知"，也不以为年轻学人都有必要就公共议题发言。一个正常的社会，不需要人人参与公共议题的讨论。何况讨论公共议题也需要专业训练，否则只不过满足了自己的表达欲，或刷一番所谓的"存在感"而已。尤其令我不齿的，是以这类口实对他人实施道德绑架。这一点，我已经在答《北京青年报》的访谈中说到。我自己时时有深刻的无力感。只能承认自己的局限。比如不具备写政论时评的能力。有时会想：若手中有鲁迅的那一支笔……即使这样也仍然要说，对社会弊病的关切，即使未必直接有助于，也一定会支持你的学术研究。对包括体制在内的基本问题漠不关心，无妨于做一个"普通人"，在人文学者，却像是一种缺欠。人文学者也可以不关心时政，却不应当对他人的苦难无动于衷，对近在眼前的不公不义熟视无睹。这些或许与学术研究者的职业伦理无关，与学术研究的成就无关，却与一个人的生存境界有关——这样说是不是也有道德化的嫌疑？

你已经知道，从事专业研究之余我也有溢出，却并非与学术工作全无关联。也曾就公共议题发声，经由"提案""社情民意"一类形式。考察当代史，或许可以作为一次大声表达，仍然使用了学术的方式。在我，这或许是更为有效的发声方式。

写散文是要有余裕的，也是要有勇气的。学术写作还可以躲在对象背后发言，散文中的"我"则无处躲藏。较之散文家的散文，我更偏爱学者偶一为之的随笔，因有思想、学养做底子，情绪的流露更为节制，文字自然耐读。从《独语》《红之羽》《窗下》《世事苍茫》一路看下来，您的散文笔调随着时序、心境的流转而变化，好似个人生命的自然流淌。能否谈谈您人生中的"散文季节"，如何协调学术研究与散文写作的关系。

写散文随笔由来已久。小学不记得了，至少中学吧，就有随手写所谓"抒情散文"的习惯。经了"文革"，除了 1975 年的一组游记，其他文字片纸无存。从事学术后，用随笔一体写学术文章（如写郁达夫），王瑶先生既欣赏也有批评，提醒我应当有两副笔墨，既能写学术随笔，也能写规范的论文。

1990 年代初在香港，在熟人的鼓励下，开始写无关学术的随笔。鼓励者或许意在让我挣点小钱。文字乏功力，姿态又够不上优雅从容，本不宜于散文随笔。所写的小文居然在当地的《联合报》上发表，从此也就陆陆续续写了下去。当时已在尝试涉足明清之际。此后的几十年，在做学术的间隙写点随笔，包括学术工作中的"忽然想到"，1990 年代中后期渐入佳境，也渐趋枯竭。那段时间所写的《乡土》《夜话》系列，是较为纯粹的散文，过了这段时间也就没有了那种笔意。进入二十一世纪后渐涉时弊、"社会问题"，城市改造中的问题，老龄人口问题，等等。前不久有小友说，希望我再写当年那种散文，我谢不能。心境、文风都已经改变，回不去了。我的体会，写散文是有季节的。最适于散文的状态转瞬即逝。为某出版社编的散文自选集，就题作《散文季节》。我知道自己已过了写那类文字的最好的季节。学术可以强做。即使灵感不再来袭，也可以是一种技术活儿，像有人批评我的《家人父子》所说的那样。你还可以选择更"技术活儿"的搜集、整理资料。散文随笔的写作苛求状态，否则就难以避免自我重复。依赖个人经验的抒情散文尤其如此。情感会干涸，或流于滥情、自恋。写知识性的随笔、学术小品较有可能持久。但若到了一味掉书袋，也就快到头了。职业的随笔作者有可能走到这一步。

随笔与学术论文之为文体各有功用，也各有限度，不能彼此取代，也难分等级。顶尖的学术文字，通常有文字之胜；顶尖的随笔，一定有思想以至学术含量。有人偏爱我的随笔，一再说做学术会斲丧性情。我不这样认为。这个世界上随处有斫性之斧，却未必是学术。学术于我，是使生活充实使自己体验到生命的力量的东西。今生倘若有所谓的"贡献"，一定在学术。写随笔，遣兴而已，更像是学术写作中的调剂。学术作品中难以讨论的议题，我会以随笔的形式处理。至于告别学术之后的写随笔，不过填充学术留下的空白，以读写凝聚精神，怕的是一旦松弛下来不可收拾，并非对自己的文字真有自信。这些随笔，有一些题目不考虑发表，以此解放了自己。预定了发表，势必影响写作的状态。但也要说，他律下不得已的自律，也会迫使你讲求表达的艺术，包括避免过于直白。有一种俗滥的说法，"戴了镣铐的跳舞"。在我，更大的问题却是笔调的重复。写了几十年，技穷于此，变化谈何容易。前面提到过，我的学术文字往往因研究对象而变化，表述赖有对象的诱导。除非有强大的替代物——优秀的文学或学术作品——写随笔也就逃不出如来掌心。

事后听说收入《独语》一集的《北京的"大"与"深"》入选 2019 年北京地区高考语文试卷；又听说前此这一篇也曾蒙推荐，由此可以知道为中学生特选的"范文"，通常不是一流作品。一流作品是无可模仿的。合于语法，中规中矩，只能称初步。规矩原是为我这样的常人而不是为不世出的人才而设的。

学术写作便于凝聚精力，却也有代价。当你处在全力以赴的状态，不暇旁骛，会忽略了很多。一旦卸下"学术"的重负，那些被压抑、屏蔽的印象、思绪有可能被唤醒。这或许确实适于另一种写作：半是消闲，半是回望、梳理。松弛，失焦，也可以是一种解放，由被"研究课题"追逐下脱逃。我何尝不向往从容裕如好整以暇的境界：舒适地全身心放松地读书，随手书写，无所用心地游荡，沉醉其中地听音乐……只是越临近生命的终点，越有诸种层出不穷的困扰，那种境界倒像是愈加可望而不可即。

为避免过度专业化对人的损害，培养一点业余爱好似

有必要。既要悉心经营自己的园地，何妨逛逛别人家的后花园。用钱锺书的话说，对人生这本大书，不要急着写总结发议论，间或用一种业余消遣者的随便和从容，在书边的空白处标记几笔。能否跟我们分享一下您写在人生边上的数行批注，或说溢出学术研究之外的工作与兴趣。

我的兴趣的确不限于学术：对音乐，对美术，甚至偶尔对足球。答北青报的访谈，我提到自己是四年一度世界杯的"伪球迷"。对影视（先是电影，然后是电影与电视剧），则保持了"终生"的热爱。对流行音乐、"青年亚文化"也不无好奇心。只是学术工作向你索取得太多，不能不以牺牲某些爱好为代价。

与学术、写作有关的溢出却有限：为一位从事景观设计的小友，为一位朋友关于老北京、老物件的摄影作品各写一点推介文字。两部分既系于机缘，也与我的学术工作间接相关。我于景观设计、摄影均在门外。以外行介入专业性强的活动，不能没有自我约束。稍许的外溢扩展了我的视野，扩大了关注范围。至少，这种溢出或多或少丰富了我自己。近期流行所谓"斜杠"（即如"斜杠青年"以至"斜杠老人"），我的溢出不足以归入，不过属于业余活动。两位朋友均有才华，小友的才华尤其耀眼。她的专业之于当代社会，价值人所共知。曾经熟悉"认识世界"、

"改造世界"的一套说法。景观设计以其专业参与的，是切切实实的"改造世界"的工程。在当代中国，是建设也是修复——对已经造成的凋敝、荒芜。如对于老旧城区，如对于"空心化"的乡村。开新局面易，改变已成之局难。关注城市改造、乡村建设，多少也是已有学术工作的延伸，与《北京：城与人》《地之子》间接有关。此外的溢出，还有1980年代的"触电"：参加影评界的活动，写观后感。如此有限度的外溢，不如说证明的更是用力的集中，精力使用的专注，代价不言自明——哪一种职业没有代价？

我常跟学生说，做学问不能只盯着眼前那个题目，看材料既要目不斜视，又要左顾右盼。记得王汎森曾提醒说治文史之学要特别留心"从旁边撞进来"的影响。学院内的专业训练过于注重纵向的传承，而忽略横向的交互影响。直接线性的影响，来自你的学科、师门或当前从事的研究方向；而"从旁边撞进来"的影响，可供选择的资源是无限的。

学术资源的跨界借用，还体现在概念、语词的挪用翻新上。有时候看似风马牛不相及的领域给你的刺激与启发，比本专业陈陈相因的前研究更多。能否分享一下您专业之外的学术灵感来源。

　　我做中国现代文学，的确一向借力其他学科。阅读书目中，大多是其他人文社会科学的论文论著，以至像是与我的题目全无关涉的文字。最少读的，是自己所属专业的著述。进入明清之际，材料的压力太大，除正史、野史、文集外，更用心的，是前辈学者的典范之作、台湾学者的相关著作。略有闲暇，仍然读其他学科的文字，文学艺术评论，多方面寻求新鲜的刺激。

　　关于文学艺术，更喜欢读画论、乐评、影评；其次是外国文学评论。当代文学评论则偏爱诗论，尤其诗人论诗。1980 年代曾跟读《中国美术报》《读书》杂志上李皖的乐评；近一时则读《新京报》上的影评、书评。欣赏的更是文字、思想，并不因此看所评的画作、影片，听所评的音乐——更属于知识兴趣与文字喜好。

　　外语能力的缺失，是无可弥补的缺憾，失去了经由另一种语言、用另外的眼光看世界的可能，学术资源的受限倒在其次。这不便全归因于"文革"，或许更是基因的缺陷。在这一点上，毋宁说"受惠"于"文革"。倘若不是"文革"中大面积荒废，恢复研究生考试时王瑶先生不至于不要求外语成绩。考外语，我是否有机会从事学术，还真的难说。人生中的机遇，这也算得一个。不能直接读外文原著，对国外学术的了解赖有译介，是一弊却也有一利，即不大容易受"潮流"影响——尽管仍然间接地受到了影响。

做学术，你的资源可以是中国传统文化、古代文学，也可以是英语、西语文学，十八、十九世纪的浪漫主义、现实主义（旧称"批判现实主义"）文学，二十世纪的现代主义文学，其他人文社会科学，等等。单一的资源难免构成限制，却也可以是打开一扇门的把手。怕的是没有所谓资源，只有普泛的知识和浮泛的阅读经验。

近年来，我与近代史、中古史的青年学者略有接触，这两个领域的整体水平及社会认可度，乃至同辈人的良性互动，老实说都高于现当代文学研究界。除了个体差异，我想多少与学科传统、文献基础、方法训练及学术风气不无关系。现当代文学的专业训练究竟能给学生什么切实有用的东西，是我一直困惑的问题。带着这种学科焦虑，我更多的是从史学、社会学中寻找可效法的思路、范本。在您的学术研究，特别是明清之际士大夫研究中，史学的品格压过了文学气息。在您看来，文学研究者的当行本色是什么，能从史学研究中获得何种帮助，如何为现当代文学研究奠定更扎实的文献基础？

进入明清之际，直接得益的，自然是史学。正史书法影响于史学规范，至今仍然不免。我没有条件比较中国史学与欧美史学。至于民国史学与当代史学，前者某些方面达到的水准，未见得被今人超越。尤其难以超越的，不如说是学人品质。1949 年以降"知识分子改造"的破坏性，由此一端也足以证明。

记得曾引用过谢国桢关于不取煊赫的说法。在史学著述中浸淫既久，更能适应史学方式，不大能欣赏"文艺腔"。《陈寅恪的最后二十年》与《束星北档案》，更能接受后者，觉得前者渲染稍过。会惋惜有些珍贵的资料，因文学笔法而价值受损。中国学术的传统，文史不严于区分，也仍然有区分。史学注重材料的去取，文学更关注具体的人，人性，人的命运。二者间的平衡、互补，或许可以达成。

有年轻学人作某诗人年谱而苦于某一时段史料的严重不足，我只能建议其访谈，而且要快，因谱主的同代人已凋零殆尽。访谈录之为史料或许价值存疑——聊胜于无吧。这里有当代史研究的困境。尤其在某些档案解密无期的条件下。应对困局，不妨放开关于"材料"的固有认知。传统意义上的史料又何尝不可以质疑，即如正史、野史、笔记。有人说《明史》主要为有东林背景或持东林观点者写成。野史固然不免限于个人见闻、认知，笔记更往往以讹传讹。

做中国现代文学的文献整理，自然不如修订、校点古籍寂寞而难以见功。这个专业少的是投身其中而又乐在其中的锲而不舍的专业精神。希望能培养年轻一代学人对于掌故的兴趣，熟悉当代"故实"。有人推许朱正为当代"朴学"大家，怕的是朱后无人。中华书局徐俊编有《掌故》。掌故通常指有一定年头的知识，因时间而成"故"。现代史、现代文学早已成"故"，问题是年轻学人是不是确有对所研究时段的知识兴趣，耐得住寂寞，甘心下一点文献功夫。

近些年国内外的学术交流渐趋频繁，大家都忙着开会，为开会而赶论文，为一二十分钟的口头发表飞来飞去，拿着一篇论文或半成品甚至只有内容提要在各种场合反复讲述，包括我自己。过于频繁的学术交流，打乱了正常的研究节奏，制造出许多学术泡沫。有的学术交流变成社交场合，或小圈子的聚会。在我读书的时代，出国交流及参会的机会很少，大家反而能蹲在图书馆安心读书；现在的学生诱惑太多，且不说北大清华，连我所在的市属高校，申请出国成了家常便饭。在读书期间，能出去开阔眼界当然是好事，但也不得不中断正常的培养方案，学生还没摸着学术的门槛，就想着如何出去，让自己的履历表更有竞争力。当对话压倒独语，必然导致人文学的同质化、圈子化，彼此的问题意识、学术语汇越来越相近。学术交流与外部认可在您的学术生涯中起到怎样的作用？

我在其他场合写到过几十年间的学术交流，说我的朋友圈子与学术关系不大，学术也从来不是交流的主要内容。进入明清之际，学术交流主要与台湾学者，得到的同行的肯定、鼓励，也主要来自台湾学界。这多少有点微妙。但对我几乎毫无刺激。我早已习于独处、独语，"无人喝彩，从不影响我的兴致"。

与境外学者的交流，障碍除语言（这里是泛指，包括学术用语）外，还在身份。前面提到的本尼迪克特·安德森，他的自传涉及了英国与德、美与博士学位有关的体制差异（《椰壳碗外的人生》中译本，页 151—152）。近几十年来，博士学位、高级职称的授予，因极滥而不被看重，境外仍然会以有没有博士学位作为辨识的重要参照。当年以副研究员访日、在香港访学，就领教了与身份有关的或隐蔽或毫不掩饰的轻视。尽管不足以打击我的自信，终归是令人不快的经历。这也更使我对台湾的学术机构、同行怀有感激。他们对你中文著述的质量的认可，不赖有你的学位，也不一味强调"国际学界"通用的范式、理论模型，至少看起来对于你有没有博士学位、有没有欧美名校留学背景不那么在意，即使你的学术研究还不曾获得欧美学界认可，甚至用餐时不会使用刀叉。

我的确不大相信欧美学者会认可我的研究。学术方法、概念、术语，尤其背后的历史情境、现实关切，是一面难以穿透的墙。所幸像我已经说到的，我的学术写作不大有"目标读者"，也就无需费心地寻找公约数，因迁就、迎合而难以尽意。我在职期间除几次访台与一两次访港，几无其他境外的学术交流。不全是没有机会，也考虑到有没有"交流"的可能。国内的学术会议，我的经验，收获主要在会外，包括会后的公款旅游。那也是"联络感情"的机会。

受访的机会不多，主要因为我缺乏对话的意愿。迄今为止见诸报刊的访谈大多是笔谈，不过包装成了对话：由对方拟出问题，我作答；甚至我将自己想到的预先写出，由对方补填提问部分。这确实不合乎访谈的规范。或许是我自己总被迁就，惯坏了。遇到的最善于提问者，是当年《上海书评》的编辑张明扬。问题简洁直接，环环相扣，使你无可逃遁。这种有挑战性的提问太少见。较多的提问，有表彰的意图。也偶有奇葩的提问，似乎意在借机自我展演，且成见在前。仅由这样的访谈也可以感知识社群内部的相互挤压，如何恶化着知识界的生态。

我们正处在一个突飞猛进的数字化时代，人文学者和材料、和文本阐释、和意义构建的关系都在微妙地变化中。数字技术极大缩短了我们占有材料的时间，扩大了我们蒐讨文献的范围，也在一定程度上打破了特定馆藏地对材料的垄断。但人文研究的主体始终是"人"，是人对人的理解与关照。人文学有虚实两面的追求，实的方面不妨求助于互联网、数据库、搜索引擎，但虚的方面，如您强调的视野、境界，仍有待研究者的点滴积累与自我修炼。个别学者会刻意与数字技术保持距离，戏言因为还要有人没有喝醉酒，记得带大家回家。不知您是如何回应数字技术对人文学的挑战，是否因此改变您的工作习惯？

我对于高科技、数字化利用有限。除了用电脑码字，偶尔"百度一下"，在网上收发邮件，浏览别人发来的与时政有关的文字。只是在做当代史考察期间，不得已读了多种朋友帮忙下载的电子文本，前此更少对网络的依赖，遑论"数据库"，也是"老派"的作风。朱正支援我的当代史研究，送了一套光盘给我，我却不曾打开。读纸质书，用铅笔在打印纸背面写笔记，一条材料一条材料地在键盘上敲下去。方法很笨，却不以为苦。手写，再输入电脑，或许有助于使表述不至为计算机所规范（即如现成的字库、词库）。相信不能被科技手段取代的，是识别材料的眼光，对"相关性"的理解。

记得李零说过电脑的好处是便于覆盖。这也是我适应电脑没有障碍的理由。覆盖之外，好处还在易于剪裁拼贴，将一段文字搬过来移过去，不必为了这种改动而反复抄写。拼贴之为学术技术难免有弊病。只能说，对于我们使用的任何一种学术方式均不妨保有警惕，尽管并没有绝对无弊的方式。

某位影星因不知"知网"被挞伐，怀疑为学术造假。我的探访明清之际，使用的是单位图书馆的线装书与校点本；偶尔去文津街的国家图书馆。关于当代史的电子文本由朋友提供。至今不知如何上"知网""万方"等等，在年轻人，是不是不可思议？我其实并不知道，固守这种老旧的工作习惯，是不是确实诸多有用的文献被错过了。如果能重新来过，工作方式或许会有不同。但一本本地读书，无论纸质书还是电子书，还是要得的吧。

前数字化时期，每周的返所日，都要在文学所尘封的卡片库中翻寻，并没有觉得麻烦。能将明版的线装书提回家，今天已成奢望。你对历史的触感，谁说与如此地亲近那些当年的纸张书页无关？迄今为止，传统学术中难以维系的，或许就是人工方式的检索被搜索引擎取代。到了今天，过分依赖搜索引擎的弊病似乎已显现出来。最难被科技手段取代的，应当是我在《论学杂谈》中说到的文字感觉与对材料的感觉。这种感觉半系于禀赋，半得自阅读、写作的训练。相信细读与深描，即使到了更高科技的时代也无可替代。学术工作与其说是一种技术，不如说更是一种状态。在变化了的社会生活节奏与文化氛围中，某种境界尽管渐趋古老，却不失其优雅与尊严的吧。

还要说，尽管不曾、无意也无力参与网络狂欢，对于生动的网络语言却大有兴趣。网络促成了语言（或曰表述）方面创造力的空前释放。较之那些流水线上生产的专业论文，好看得太多，不乏"直击人心"的隽语妙文，针砭时政时弊的警句，解渴解气，的确能令人脑洞大开。中国从来不缺乏人才，缺少的只是让人才生长发育的环境，使语言智慧施展的空间。

2013 年退休，恰当其时。当着学术界的生态、学人的工作方式被一整套学术评价体系也被科技手段改变之时，你用不着勉力调整，大可继续做近于工匠的"老派学人"。在被新的学术风尚抛弃之前及时退场，维持了工作方式、写作风格的连续性，谁说不是好运！我不知道倘若我仍然在"岗",如何或能不能适应眼下的学术环境。尤其,是不是来得及完成关于当代史的写作。这样看来,倒应当感谢文学所成全了我。塞翁失马,焉知非福?

对于所从事的专业"业态"的未来变化,我没有预见能力。危机感应当是年轻一代的。我们已无需应对迫在眉睫的威胁。由这一点看,夹在剧变时代的过渡期,前辈学者的背影尚可以瞥见,与年轻世代间的代沟还没有成形,避免了做非此即彼的选择,也应当是幸运的吧。

我本来性别意识很淡漠,觉得用性别来给学术归类,刻意强调女性学者如何如何,是无谓的偏见。但进入职场后,慢慢意识到性别造成的隐形歧视确实存在,你无视它,它未必远离你。所幸我接触到的一些女学者,都以各自的方式"回击"了学界的性别成见。她们未必从事性别研究,也不以女性主义者自居,但从她们的文字及待人处世中,能感受到我所不具备的女性特质,如以更柔韧的态度面对世界,更有余裕观察生活细节,更能体谅弱者的处境,更敢于袒露自己的真实感受,更有自知之明。性别位置确乎对应着一种特殊的观察视角与言说姿态。女学者的标签未必对您造成困扰,但仍想听听您对性别问题的看法。

　　我也曾经反感于与性别有关的界定，如女学者、女作家等等。后来想，用不着反应过激。强调性别/身份，本来就可以由不同的方向读解。

　　我成长的年代，不强调性别/身份，主流意识形态对男女平等的论述，无助于培养性别意识。那个年代我们称道一个人的文字，会说"笔力雄健"，无论男女。刚健/阴柔二分寓有褒贬（至今"阴柔"仍然有负面意义）。因了时风众势也出于个人取向，我偏爱刚健。如宋词的"豪放"一派。偏好或许暗中塑造了我的文风。到有机会一再访台，有感触的，就有台湾女性学人的温婉，由她们的名字、情态到语音（台式"国语"，大陆有人形容为"软萌"）、言说方式。对比之下，我自己也感到确实少了蕴藉含蓄的女性之美。

　　1990年代"女性主义"风行之时，有新锐的女性批评家将我归入"老派女性学者"——当然是在与作者所说"新派"或曰"前沿"的女性学人比较的意义上。这种归类不曾使我焦虑。很少接触网文，想必还有种种我不曾知晓的刻画。曾在高校演讲的间隙，听到该校女生间的私语，说原以为是男性。最后一次访台，一位主持台湾明史学会演讲的学者说，她曾以为《明清之际士大夫研究》的作者是男性。

听到"天花板"的说法，姑且借用来指自身的极限，而非职场为特定人群设置的所谓"玻璃天花板"。即使自我期许不高，仍然会尝试着顶一顶那天花板，冀望其略有上升。应当承认，社会对文学创作、文学研究、文学评论的性别歧视不那么明显，高校、科研院所甚至因女性的大量涌入而出现了性别失衡，尤其文学专业。我不认为这是什么好消息，或许也由于我不大持性别立场，从来不曾自居女性主义者。我自己治学之始，学界还几乎是男性独霸的世界。近些年阴盛阳衰，是否会影响学术风气，即如多了一层女性的阴柔？我据自己的经验，较能体会女性与性别有关的弱点，如思辨能力的薄弱。当然有例外。只是我自己不属于例外。我羡慕少数理论训练超强的女性，却也对学术研究中的"理论导向"持警戒态度。我发现理论能力超强者有可能满足于理论框架中的操作，自得于娴熟地操弄理论工具而"傲视群雄"。

年轻的时候就有理论兴趣，却不能将理论作为"体系"把握，总是将系统的理论读成了碎片——本科的时候读马恩两卷集就是如此，至今也没有长进。自己不消说不能建立任何成"体系"的东西。即使有贡献，也只能是零碎的、片段的。思想能力薄弱，也就少有"原创"；用已经提到过的黄侃的说法，"发见"多于"发明"。"发明"

靠才气、禀赋，"发见"（主要是对材料）可以凭借功夫。矛盾的是，一面明白自己的缺陷，一面对貌似"整全"的论述怀了狐疑。一、二、三、四，条分缕析，怕的是设计周严的框架掩盖了肤浅平庸。

黄宗羲谓"师道多端，向背攸分"，您在《明清之际士大夫研究》续编中列专章讨论"师道与师门"，应对这一话题深有体会。弟子谈先生，在公与私、真理与伦理之间，不好把握分寸，难免要为亲者讳、为尊者讳。此前读您写的《王瑶先生杂忆》，笔调甚微妙，写王先生对弟子的严苛与溺爱，写他的世故与天真——有盔甲，但也有丢盔弃甲的时刻。您笔下的王先生，比学科史上的王瑶，复杂得多。能否谈谈师门对您究竟意味着什么？

师门在我，是个不容易说清楚的话题。

王瑶先生与故交赵俪生，均属于涉世既深而又狂狷者。赵先生较王先生或许更有才情也更刻薄。身为门弟子，惭愧不曾多读王先生的著述。在明清之际徜徉了一些年后，才翻出他最博好评的《中古文学史论》，竟然读不下去。知道自己的口味已极其挑剔。有人臆测我受到了这本书的影响，想当然耳。如实地说，虽在王先生门下，那时的先生已然衰老，在他那里听到的多半是闲谈。但偶尔的点拨，背后是他一生的治学所得，足以令我终生受用。即便如此也应当说，读研期间，得之于杂览的远多于师授。也因此常常对年轻人现身说法，说优秀的学术作品是最好的老师。当然，何为"最好的学术作品"，固然有公论，也赖有各自的品鉴。

你说的那篇《王瑶先生杂忆》写在极其特殊的时间点。那种时刻写这种文字，似乎不宜像我那样。事实是，收入纪念集的其他文章都较我克制。王先生对我，曾有过"严苛"，也有"溺爱"，尤其我由北大毕业后。我曾经想，如若王先生读到我后来所写关于明清之际的文字，会感到欣慰的吧。在我看来，尽管王先生对于中国现代文学学科，与李何林先生均为开山老祖，"内心深处"系念的，仍然是古代文学。

尽管有师从，有这种意义上的师门，却没有门派。同门间异大于同。我厌恶类似教主与信徒、宗主与宗派、学派领袖与追随者那样的关系。相信学术是个人事业。师门对于我，意味着值得追忆、回味的三年读研，意味着交往至今的挚友。这也是当初决心考研的最大收获。

前段时间无意中在网上看到陈寅恪写给上海编辑所负责人的一封信，对约稿合同中的"霸王条款"逐一驳回，如要求著作中所引书一一注出页数、出版者和出版年月，答曰，办不到；要求统一人名、地名，陈寅恪称其故意杂用名、字、别号，时而称钱谦益，时而称牧斋，时而称东涧，以免重复，且可增加文字之美观。总之不愿接受出版社之修改或补充意见，只能退回合同。一位编辑感叹，如此硬气、碾压型的甲方实属罕见，当然因为他是陈寅恪。我与出版社的编辑打交道较少，与学术期刊、报纸编辑接触稍多，隐隐感觉编辑的自我定位与八九十年代相比发生了极大的变化，编辑与作者的关系也很微妙。能否简单谈谈与您合作过的几位编辑，他们的工作方式、职业素养及与作者的关系如何？

我一向将编辑视为合作者，感谢的意思一再写到，尤其曾发现硬伤的编辑（及评论者）。由学术工作起步，就备受呵护。我曾写到《艰难的选择》出版期间上海文艺出版社的编辑高国平、张辽民二位，写到过北大出版社我的著述的责编张凤珠、艾英女士。近期则有从未谋面的香港牛津大学出版社的林道群先生。那本有关当代史的著述的装帧设计极具年代感，有人问是不是我的意思，我说我没有提供任何意见。

无论高国平还是张辽民，都严守编辑的职业伦理。处理书稿一丝不苟，却不发展与作者的个人关系。我与他们没有私交。这或许也可归为海上文化：严于人我分际。我对此持欣赏态度。至今记得已故高国平先生的那些短函。那个时候没有网络，高、张二位与我书信往来，不厌其烦，回头看去，已近于古风。另有一书亦在海上出版，书稿发出直至上市，没有人与我联系；即使有改动，也不征询意见。自始至终，视作者为路人——也是一种编辑风格。对这种编辑，我不敢引为"合作者"，即使的确花费了心血。

处理我的书稿最多的，仍然是张凤珠、艾英两位。两位均不是治旧学出身。我虽然不过"客串"，对书稿的校对却不无挑剔，一再近乎无理地向她们索要已经处理的校样，对改动之处一一斟酌，有的径自改回，并注明理由。她们从来不以为冒犯。这正是"合作者"的态度：共同完成一项事业。后张凤珠进入出版社的领导层，与艾英交往渐多。艾英面容姣好，眼神清澈。出版界也是一大江湖。在这浑水中多年而仍然保有清纯，何其难得。我珍视与北大出版社的合作。尽管其间有不止一家出版机构表示过出版意向，不为所动。

朋友中李庆西、王培元精于编辑业务，又各有著述，长期任职《文学评论》编辑部的王信则不然。庆西、培元都可称多面手。庆西 1980 年代就写过笔记体小说，后来更写长篇，研究三国、《水浒》。培元除随笔外，近期的兴趣似乎在南北朝。1980年代中后期的《文学评论》，打上了王信的个人印记。尤其刘再复任所长期间。《文学评论》等一批刊物，以发现"新生力量"、推进学科建设为己任。当年的学术编辑，作风严谨而头脑不冬烘，王信堪称代表。为来稿逐条核对引文，现在的年轻编辑还有谁肯下这种功夫！为人作嫁，已非所愿。处理来稿，有关系、背景者优先，早已成风气。借编辑的位置为交易的筹码，经营自己一己的名利，更滔滔皆是。即使如此，我还是要说，王信的退休恰当其时。这样说考虑到二十世纪八九十年代之交学术转型，理论范式发生了重大变动，而王信（以及他的挚友樊骏）的衡文，仍然不免受五六十年代风气的影响。正直是王信的标记。樊骏正直而近乎迂，王信则正直而执拗，都属于二十世纪五六十年代的优秀人物将他们的品质保存完好者，适应1980年代的学术环境还不难——那毕竟是有承有启的年代；对此后变化了的学术风气中的论文论著说"看不懂"，也出于一贯的诚实。当年得到过他们奖掖者，不能忘怀他们的古道古风，较之衡文，不如说更敬重其为人。

几十年间打过交道的编辑当然不止上面的几位。一次在东京伊藤虎丸先生家，说到编辑对文稿的"技术性处理"。木山先生问，大陆的编辑都受过技术方面的训练？我将所谓"技术性处理"说穿了，即相视而笑。"文革"后的编辑，很少受过职业训练。我曾遇到知识水平甚低者，直接将《庄子》的《人间世》改为《人世间》。这样的编辑将为作者改稿视为当然，编辑的职分所在。老舍曾在稿件上写"如改一字，男盗女娼"，尽管半是玩笑，却可能出于对擅改别人文字的嫌恶。尊重作者的表达方式，与其说基于编辑的职业伦理，不如说是一种教养。所幸一生遇到的编辑，尊重作者的居多。我不知道别人是不是也有这样的幸运。

钱穆说做学问的目的，在教人达于尽性尽才、天人兼尽之境。尽性尽才的前提是知道自己性之所近、才之长短。钱牧斋评袁小修文云："小修有多才之患。"而小修亦复自云："发挥有馀，陶炼不足。"袁小修知病犯病，可谓"好文章我自为之"。"才华横溢"或许是文士之幸，却并未是学者之幸，反而可能有碍其更上一层楼。据您个人的治学甘苦，如何才能逼近"尽性尽才，天人兼尽"之境。

我真的不知道有这种说法，也就不曾悬为目标。我只是据自己的经验，以为较之"创作"，学术更赖有积累，聚沙集腋，下笨功夫。我自知属于中材；说自己素乏捷才，孜孜矻矻，绝对不是故作谦抑。学术是一份适于像我这样较"钝"的人从事的职业。顾炎武警戒潘耒"当思中材而涉末流之戒"。这里的"末流"在明清易代之际当然有特指；但"中材涉末流"的警示对我仍然适用。以勤补拙在我，不是说辞。前面已经说过对文章一改再改，这里还要说，不能想象没有点点滴滴、字字句句、片片段段的日积月累，能写出任何可以看得过去的东西。已经面世的文字，无不赖有拼缀而成。间歇地，有短暂的"泉涌""井喷"。更日常的，是码字。将随时想到的记在纸上，再用键盘码在电脑上，反复修订，直至发送出去，印成铅字。

"钝"也可以成为一种优势：不苟做，不轻下笔，耐心地积累。能藏拙，可免于扬才露己。"才"本是造物所赐。造物从来吝于这种赐予。做学术，最不可恃的，是聪明，尤其小聪明。小聪明最经不起时间的销蚀。我自己做学术的过程中偶尔像是有灵感来袭，写得快意，似乎挥洒自如。回头检视，或许一无可取。至于时、运的凑泊，更是太难太难。

几十年做学术，说不上高产、低产。无论有怎样的突发状况，都尽可能依着自己的节奏写作。我不"规划"自己的人生，却会有近期、中长期的小计划，以便对自己的强制。一旦启动，即不放弃。1978 年进入专业之后，很少有机会将脑子腾空，享受一种单纯的快乐。即使在行旅中，也会将偶尔所得记在随身携带的本子上。却又并不像别人想象的那样惜时如金。纵然有预定的题目，也仍然会随时分心关注与题目无关的信息，时政，社会新闻，"学术动态"，出版信息，影视评论，等等。与世界保持多维度的联系，是习惯，也是生存的需要。自己的世界太狭小，有必要借助各种渠道，打破把我困在其中的墙。阅读选择却一贯地挑剔。毫无阻力的阅读是不可忍受的。对陌生的概念、知识的饥渴也始终维持，甚至脑补网络热词，即使明知这些词不会有多么长的寿命。

天道并非总是酬勤。选择至关重要：基于对自己的可能性、潜能、极限的认知。1950—1970 年代，倘若有"未尽才"，往往系于外部环境、条件。1980 年代之后，即使仍然有外在的限制，才未能尽却更由于选择中的盲点误区。由旁观者的角度，我会为熟悉的朋友惋惜。依资质而言，他们中有的人的确有未尽之才，所成就者本应当不限于此。

从您的文字及与您的交往中，能感到一种清醒的"限度"意识，包括情绪的限度、概念的限度、一代人的限度、人我的边界。但这种"限度"意识的背后，却是您对学术境界、立身原则及内在体验的极致追求。我常觉得做学问的动力，与日常生活中涌动的情欲未必是两样东西。巴塔耶（Bataille）说，无视情欲的人对于可能性的尽头比缺乏内在体验的人更陌生，应该选择艰难、动荡的道路——"完整的人"的道路，而不是残缺的。学术研究未尝不是用另一时空的经验"补偿"个人的现世经验，使自己成为更完整的人。探究尽头，是试图超越此时此地此身的努力，倘若不是以世俗名利为驱动力，又是靠什么来支撑这场无休止的孤独跋涉？鲁迅借过客之口，说："我只得走，况且还有声音常在前面催促我，叫唤我，使我息不下。"对您而言，催促您、召唤您往前走的声音来自哪里？

我的确有你所说的"限度"意识。1980年代至今，学术、写作不曾遭遇过大的挫折，也由于对自己限度的清醒。别人以为的内敛，或许更因原本就较为向内，关注更在自我提升。突破了一点思维的障壁，找到一种贴切的表述，都是一乐。这种满足无需与别人分享。古之学者为己，今之学者为人。我的为己，自然与圣贤所言不同。

我习惯的，是"物来顺应"的被动状态。读书写作是生活方式，是此生适于我的生活方式，没有对于其他什么的承诺。即使临近了终点，也不会"与死神赛跑"，为了一项写作而"燃烧生命"。即使不能为自己而活，也不想为他人为某种目标而活。平日里告诫小友的，是不必为学术牺牲什么，更无论"献身"。我受不了那种夸张的悲情。尽管如此，仍然把大段的生命消耗到了学术与写作上。庄禅关于文字之为"障"的思路极其智慧，只是终于不能彻底。说出来的不是禅。真的彻底了，就连"无言"也不必说，更不以文字行世。所谓的淡泊名利，不为"名缰利锁"所困足矣，再多说就难免虚伪。情欲关系活力。无欲无求，去死也就不远了。

至于不为读书界的偏好而改变写作方式，并非有意"高冷"，不如说出于习惯性的节制。一种书写方式如若还有价值，就一定会为自己吸引甚至培养读者——尽管这样说或许被认为自负。一个郑重的作者，其书写方式是在生命过程中形成的，浸染了生命季候流转的消息。如实地保存这些，或许才更是你之为你。任何为了迎合的设计、修饰都属多余或徒劳。年轻的时候也曾有过文人梦。未必没有想到出名要早。从事学术后心态已经大为不同。自己最初的学术作品印成了铅字，不记得有过狂喜。仅有的一本朋友转送的我最后一本学术作品到了手中，甚至懒得打开，自己也对自己的漠然感到不解。早年的那种诱惑早已不再，"低调"也就无需努力。①

学识有限，格局从来不大；局促，逼仄，并非有意敛抑。格局不大，也缘于性情。人生格局本来就不大，从没有过大开大阖。穷大半生的气力做一件事，尚且做得破绽、漏洞百出，"硬伤"累累，哪里敢有大志向。"学不博，专不透"，启功先生用以自嘲，其实对于我辈更适用。"博"，今生已不可能，即使拼命补课——何况并没有必要。专，略有一点，对自己讨论的问题还有一点发言权。朋友中平原、晓虹较我为博。庆西也博过于我，看他的长篇小说《大风歌》，读三国、《水浒》的随笔就可以知道。写那种文字，我想都不敢想。敛抑收束，也因了一点自知之明的吧。

不曾暴得大名，多少免去了名之为累。没有读网文的习惯，外界的毁誉也就隔在了门外。我知道自己的学术作品有受众圈子，主要在专业人士、研究生中。不同于明星、公众人物的有粉丝圈（"饭圈"），不必担心"掉粉"。压力从来更来自自己，而非外部。这种半隐逸的状态，是

---

① 某年《家人父子》入选《新京报》的"致敬"书目。一位一向鼓励我的清史专家读该报推荐语之前小有发挥，提到我"低调""谦卑"。我感激推介者的好意，却对小友说，低调就是了，何须谦卑？

职业对我的特殊赐予。

不悔少作。未收入文集的文字，除少数几篇外，只是因为没有价值，无需灾梨祸枣。不关心能否传世：身后的事情与我何干？我们的文字经得住时间者绝少。不必引用鲁迅希望自己的文字"速朽"的说法。速朽是自然而然的。朽前曾多少使年轻学人获益，朽后则肥沃了学术土壤。本来就是先天不足的一代，有这一点贡献大可感到安慰了。

一边写作，一边回望、自审；边前行，边检视，省思，随手记下千虑之一得。这种伴随着反思的写作成为了我的习惯，或许也"极便后学"。我的确曾以此为年轻的学人说法，只是对方未必听得进去，即使认可也未见得有意"践行"。这是一个日益功利的时代，学术工作适用的是"投入—产出"的经济效益的考量。

我对自己有机会从事学术心怀感激。写作，做学术，既是寄托，也方便了逃避现实的烦扰。一个题目一旦启动，也就将世俗纷纭暂时置诸脑后。不要求他人也这样地投入，却相信一个人的职业操守、职业责任感，与对家庭、他人的责任感是相通的。对于心安理得地尸位素餐的人，不敢信任、托付，也不大可能深交。至情，至性，所谓"至"，就包括了有持守的吧。

你看，说了这么多，也没有回答你，那个催促、召唤往前走的声音来自哪里。看来还得凝神听一下，有没有那个声音。

对纯粹的学人而言，学术即人生。《艰难的选择》扉页上有段题词："在我，最猛烈的渴望是认识这个世界，同时在对象世界中体验自我的生命。"把学术研究作为认识世界、认识自我的一种方式，或许是许多人走上学术之路的初衷，但慢慢会忘记这一初衷，被学术体制所驯化。求真的学术是一道窄门，一条逼仄的小径，如《新约》所说："你们要进窄门，因为宽门阔路引向灭亡，尽管走的人多；而那通向生命的却是窄门与逼仄小径，找到它的人真少！"回顾最初选择的那道窄门，能否谈谈您在这条逼仄的小径上体验到的学术人生。

1990 年代曾经写过一篇随笔，《学术—人生》。这种漫无边际的题目，后来就不敢做了，今天更不知从何写起。也是 1990 年代，写过一点书缘。因为善忘，像洪子诚先生、吴亮那样的阅读史，是不曾计划的。至于藏书家，是别一人种。那种情缘更非我有。有"关键之书"的说法。我在其他场合说过，"文革"期间所读，对于我可称"关键"的书，是鲁迅。1981 年版《鲁迅全集》，封面虽然已经破敝，仍然带在身边。《鲁迅全集》在我，是那种随手翻开一页，都能读下去的书。

起步晚，不能不敏感于生理、思维能力的诸种变化。据我的经验，你每一段时间都有那段时间的最大可能，问题在你是不是抓住了稍纵即逝的机会。黄子平曾经说过"自己写不过自己"，对我很适用。最终，是必然会到来的全面衰退。《论小说十家》之后不再有细腻的文字感觉；写《明清之际士大夫研究》的续编，不能回到写正编的状态；写完了《想象与叙述》难以有旁搜博采的铺张；关于当代史考察的后两年，渐渐疲惫、麻木，不能如前的"倾情投入"。看一些年前的随笔，会惊讶何以有这样的文字。你经历的，是能量耗散的过程，情况正与年轻时相反。

回头看，学术仍然是你最有可能自我掌控的职业。不直接面对受众，是我所体验的以学术为业的一大好处。你不必关心你的论文的引用率、点击率，你著作的印数、卖相、销量。不必像手工业者的要想到买主；不像竞技体育那样备战数年却只有一次证明自己的机会；不像舞台剧演员依赖于现场的反馈；不像公司一类"职场"那样竞争上岗，有随时被炒的危险。你可以心无旁骛，面对你的题目，将一篇论文一部论著一天天做下去。

从事学术对于我的另一大好处，是个体劳动。我在文学所期间，较少集体项目，也较少与学术无关的会议（包

括"文革"前的例行"政治学习"），有大把的时间自己
支配。尽管几十年来，几乎像一架写作机器，满负荷运
转，将别人用于休闲的时间也搭了进去。但自由、自愿与
非自由、自愿仍然不同。自由，也因为不曾感受来自"流
行"的压力。用自己的方式做，不关心最新趋势、最热门
的理论。不以为必得"预流"；在潮起潮落的年代，"不入
流"或许倒成了一种特色。这种状态于我相宜。

尽管体验着生理的衰退，较之其他更依赖年龄、身体
条件的行业，甚至较之凭借灵感的文学创作，学术的确适
于缺乏足够的才情灵气却有韧性、耐得住寂寞者从事。你
可以慢工打磨，在自己拟定的方向上一点点掘进。偶尔欣
欣然于意外所得，享有一份私有的快乐。既然不总暴露在
公众的目光下，"淡出"也就毫不费力，顺理成章，正像
一个农夫或匠人因老因病放下手中的活计。专业圈子中的
一点知名度不会限制你的自由。你不是学术明星，大可安
静地度过一生，与你的邻居、你在集市上每日相遇的老人
没有什么不同。

弗吉尼亚·伍尔芙广为人知的"一间自己的屋子"，
简·奥斯丁的起居室写作，都强调（知识）女性拥有独立
空间——思考的以致物理的——之必要。对于我，独立空
间是必须有的，书房却非必要。曾写过自己的工作环境，

《窗下》《一隅》，是卧室的窗下、一隅。坐在窗下，放杯茶在窗台上，读书，做笔记。我享受这份安宁，体验着每日小小的长进：认知，或思考。能这样将日子过下去，真的很幸运。住进了养老院，书桌仍然在卧室的一隅，只装得下原来书桌的一半。不再做学术，用不着摊开一片书。上午光线稍好，在这角落敲字；午后光线转差，在落地门窗下随意翻阅，为老伴读一点网上的文字。如若有来生，或许可以换一种专业，即如在某地某处博物馆做专业人员，工作内容相对更单纯。我会想象自己每晚下班，走在入夜的城市街道，在临河或临海的酒店或咖啡馆外小坐，看遥远天际灯火明灭。

进入明清之际，分身乏术，有不得已的放弃。如已经说过的放弃了对中国当代文学的阅读，放弃了跟读输入的外国文学、人文社会科学著作。此生错过的自然远不止此。比如错过了二十世纪七八十年代之交流行音乐在大陆兴起的那一时期，错过了先锋艺术在大陆的勃兴，错过了大量优秀的影视作品，英剧、美剧。错过就是错过，不可能找补，只能寄希望于来生。

不管外在气候如何变化，身边还有几位可信赖的前辈仍在严肃地思考、写作，就会让后来者觉得前面仿佛若有光。能否给那些尚在寻路的青年人几句赠言，让他们守住心里的微焰。

为应对偶尔演讲后青年学子题字的要求，曾经选了三条"语录"备用："致广大，尽精微"（《中庸》），"以广大之心裁物制事"（顾炎武），"无穷的远方，无数的人们，都与我有关。"（鲁迅）这的确是我喜爱的几句，尽管没有铭诸座右。在剩余的日子里，仍然会以此自期，或许也可以与年轻的学人共勉。

关于中国现代文学答程凯问

　　您是"文革"后第一届研究生，并作为"年轻的一代"进入现代文学研究领域。这一领域恰好在八十年代的"新启蒙"思潮中发挥了引领性作用。可以说，在八十年代的特殊氛围下，现当代文学研究界形成一种难得气象：朝气蓬勃、团结进取。在您看来，此种气象是基于哪些条件而养成的？

　　一个时期以来，1980年代是个常谈不衰的话题。我记忆中1980年代的中国现代文学专业，略有点"学术共同体"的样子。同行间有共同从事一项事业的感觉，甚至相互应援（即如响应"重写文学史"的倡导）。这固然基于当时的"时代氛围"，也与学科的位置、处境有关。中国现代文学重新"发现"五四，与新文化运动遥相呼应，是一种激动人心的经验。后来重心位移，或者说多中心、无中心，1930年代的左翼文学、1940年代文学都曾成为"热点"，但1980年代那种激情难以重现。

还记得现代文学研究学会——事实上由樊骏推动——组织的两次"创新座谈会"，是当时"新生代"的大聚会。既讨论问题，也联络感情，气氛热烈。不但京沪间，而且京沪与"地方"之间，都没有排他的圈子。跨地域的交流频繁而顺畅。出版界则提供了强大的支持。不止一套大型丛书，将一批作者成批推出。1990年代初访日，还在一位研究领域与中国现代文学无关的日本学者那里，看到了我的第一本著作《艰难的选择》。编辑与作者，作家与评论家，关系融洽而又干净。我总能回想起出版《艰难的选择》前后与上海文艺出版社的编辑高国平（已故）、张辽民间的互动。那真的是一种美好的境界。

"文革"前人员"单位所有"。你所在单位甚至某位领导就有可能掌控你的命运。"文革"后的一大变化，是这种情况难以为继（偏远地区、个别单位除外）。学术评价体系不再掌握在某个机构某些人手中。你无需仰赖单位的支持。如果你做不出成绩，也就不能再归结于环境。

我不愿将1980年代理想化。人文知识分子的怀旧，往往出于对当下的不满。一代人有一代人面对的问题。1980
年代的经验不可能也没有必要复制。

　　您作为"文革"前的大学生，中经十年蹉跎，较晚才
得以开始安心读书、研究，这样一种特殊的时代境遇对您
有着何种影响与作用？

　　这一代学人也如小说家，起点普遍较低。即如学历不
完整。我名为北大毕业生，事实上，较为正常的，只是小
学、高中两段。初中在"大跃进"中，进入北大不足两年
"文革"爆发。"文革"十年，没有系统地自学，甚至阅读
经历也无可夸耀。1970 年代末，几乎是两手空空地进入中
国现代文学专业。二十世纪八九十年代之交踏进"明清之
际"，仍然两手空空。都曾"恶补"，但有些缺失是无从补
救的。

　　残缺的学历与较为复杂的人生阅历，后者充当了对于
前者有限的弥补。说"有限"，是因为有些缺陷不能由
"经验""阅历"弥补。这些"先天"的条件决定了你的
所谓"学术成就"。

　　我们这一代被认为的"成功"，凭借了机遇：文化环
境整体的活跃，对"新人"大力度的支持；荒芜已久，你
容易得到承认；同行间较少竞争的压力；体制经历了破坏

来不及重建，留出了大块空间任你挥洒。无需立项、争取经费，也就较少利益的诱惑。本来人文学科的研究（从事田野者除外），并不以经费支持为条件。我在文学所前后三十余年，没有得到多少学术经费。写《明清之际士大夫研究》一书的续编，第一次申请社科院的 B 级课题，未获通过，对那本书的质量有什么影响？

八十年代现代文学作为一个学科"健康"而有活力，也令其影响超出文学研究而波及人文社科领域。这样一种康健的形态是因应了哪些形势，又由哪些条件促成的？

"文革"结束后，中国现代文学学科的确曾经较为活跃，学术作品的影响往往溢出专业之外。这仍然系于机缘（由"思想解放"到"个性解放"），也与这个学科前辈学者的姿态有关。樊骏去世，纪念文集题作"告别一个学术时代"，很恰切。据说有人不以为然于这本纪念文集在文学所"所庆"时推出。樊骏的同代人的确有学术贡献超过了樊骏者，但以一个人影响于一个学科，我不知道文学所还有第二个人。这种情况也如 1980 年代的学术氛围一样不可复制。1980 年代的《文学评论》，也证明了"一个人影响于一个学科"。这种情况也不可能再现。有这样的前辈学者——由李何林、王瑶、唐弢，到樊骏、王信——是这个学科的幸运。

1990 年代后，学科的影响力减弱，不再能"辐射"。与其他前沿学科的距离拉大。在跨学科的交流中的位置越来越边缘。一方面，学科本身出了问题，另一方面，也因学术大环境的改变。我们的人才培养机制，不能适应变化了的环境。自说自话，内部循环。这种学术生产的意义何在，是不是值得讨论？当年的辐射也因问题意识，回应所谓的"时代课题"、广泛的关切。现在是否还有这种可能？

您初到文学所现代室时承担过哪些室里的工作？

由于樊骏对学科史的重视，那些年里现代室的一项工作，是为学科写年度"述评"。我也曾承担过这项工作，写的是 1985，记得题目很夸张，有正是那个年代的激越情怀。不知这项工作是否还在继续。述评有可能为学科史备料，当然条件是述评的质量是否有一点权威性。

现在研究室的同事经由对老同事的访谈梳理学科史，正是接续樊骏曾经亲力亲为的工作。或许研究室较之高校，更适于承担这样的任务。这种梳理，也为研究室同事的学术工作提供了一种视野，便于定位，更便于寻找开拓的方向。较之学科史，学术史是更大的视野。即使不能据有这样的视野，至少也应当保持这一方面的敏感。

您毕业后一直在文学所工作，您是如何看待学术研究这种非常个人化的工作方式与单位、集体之间的关系？

学术研究是个体劳动。在我，尤其如此。不但对于单位，甚至对于朋友圈子也不依赖。在某一种学术作品的后记里，除了鼓励过我的友人，对于单位，感谢的只是社科院与文学所的图书馆。因为我使用的主要为本院本所的藏书。在我，学术是关起门来与书与稿纸与电脑相对。这种生活方式使我能当众孤独，随时沉溺。即使如此，学术工作仍然是我联系外部世界的"纽带"之一。

一个学术集体却需要凝聚。担任研究室主任的几年里，我也曾尝试组织学术活动，无非为了凝聚。一个集体的凝聚，要借助交流，讨论。1980年末我进入的现代室，在我这样的初来者的感觉中，不成其为"集体"：没有所谓的学术空气。每周的例会（当时还叫作"政治学习"）不过闲聊，不记得谈论过与学术有关的议题。

没有必要勉强拼凑"团队"。人自为战，各有一功，就是一个好的学术集体。问题是，你是否有"一功"。流行一种说法，"舒适区"。我们的有些同事还谈不上"舒适区"，或许说"舒适区"更是无所作为。真正进入了学术研究的状态，做到了轻车熟路，才要警惕所谓的"舒适区"。

您在九十年代中期以后逐步放弃现当代文学研究，全力转向"明清之际士大夫"研究。您在过去的文章中提到过，这一转折一方面基于个人兴趣和自我突破的意识，也与八十年代到九十年代的学术转型相关，似乎八十年代那种推动、塑造了现代文学研究的势能到九十年代遭遇了很大危机，难以为继？应该如何理解这一转型呢？

中国现代文学学科的转型，或许可以作为考察 1980 年代以来中国学术转型的样本。转型体现于论文的规范化，以致学术话语、表述等各个方面。一再引发热议的"学术不端"，就与关于规范的共识有关。

我已不止一次正面谈到二十世纪八九十年代之交的学术转型。我个人的确得益于转型。我的转型又与转向明清之际同步。范式的变化对于我的影响，延续至今。也有人对于转型有不同的经验，尤其在学术日益规格化（台湾的说法是制式化）的情况下，当年的转型难免令人心情复杂。论文的批量生产，利用高科技的拼贴（"攒"），更像是工业方式。最近读李庆西的长篇小说《大风歌》，其中写到高校教师的"项目化生存"。我只能庆幸自己已经退休。我不知道如若还在文学所，以我的工作方式，该如何"生存"？

在学术转型过程中，一定面临很大的挑战，您是如何调整自己的学术训练的？

有人说 1970 年代开花，1980 年代结果（大意）。说的是为人艳称的 1980 年代，是在 1970 年代酝酿的。这种说法只有有限的适用性。套用这种说法，1980 年代开启的，到 1990 年代走向成熟——也只有有限的适用性。我这里想到的，是一部分学人的学术。他们 1980 年代看起来头角峥嵘，最好的学术作品却在 1990 年代及其后完成。我自己也如此。我关于明清之际的较早的学术作品，发表在《学人》《中国文化》一类刊物上。那些刊物与 1980 年代的，面貌大为不同。

研究古代文学，文字学、音韵学、版本、目录学、训诂、考据，是入门的功夫。中国现代文学专业门槛低，是专业中人自己造成的。我对于版本最初的认知，在北大读研期间。当时北大图书馆部分旧书不出借，只能在馆内阅读，是所谓的"库本"。二十世纪五六十年代出版的作家文集，往往经过了修改：作家本人改，作家家人改，甚至作家委托他人改；此外更有出版社的"技术性处理"。尽可能读较早的版本，最好是初版本，是读研时的原则。至于明清之际，所幸文学所藏书较丰富，省却了四处访书的麻烦。

不能读外文著作，进入明清之际，我写作论文的模本更是台湾学者的论文论著。有"第一等学术"的说法。陈垣、陈寅恪的学术，不消说是"第一等"的。台湾学者的优秀学术著作，同样值得取法。我由台湾学者的著作中学习的，包括了如何使用材料、怎样做注释这些技术性的方面。这应当是做学术的初步；在我，也属于迟来的补课。

如今的研究讲究"问题意识"，尤其因为大家都是经过层层学位论文的训练，善写"论文体"。而您当初的研究似乎更像"文章"，往往贴着文本对象，体会作者匠心与限度，作一种近于"文学批评"式的文学、思想研究。有人称您的论文是"散文化"的学术文章，这种风格是一种自觉追求吗？

不完全是。"'散文化'的学术文章"，这说法或许早就有，我还是第一次听到，可证闭塞。"散文化"也应当与我理论训练较为薄弱有关。既难以补短板，就不妨弃短用长。

在我看来，文学研究不止于阐释（作品之为文本），其价值更在发现：借助于被分析的文本，打开更广阔深邃的世界。因此你的目标不应当限于做"像论文"的论文。近些年的热门话题，有所谓的"工匠精神"。古代中国人称道"独具匠心""意匠经营",却又鄙薄"匠气"。你需要知道其间的区分。境界、气象很抽象。不同的学术作品,区别却正在于此。有传世的宋人的《营造法式》。梁思成他们的"营造学社"由此得名。比照"法式"营造,可以是大匠,也可以是普通匠人。

借用一种时尚的说法,我想问中国现代文学以至中国现当代史有没有其他的"打开"方式。希望年轻同行能寻找新的打开方式,而不是以发表为目的,满足于作中规中矩的论文。

较之社会科学,文学研究最不宜于技术化 。你可以利用档案、数据库,只不过审美能力,深入精神层面的能力,任何现有的已知的技术手段都不能替代。在一个日趋同质化、均质化的世界,文学,仍然是语言多样性、文化多样性呈现的平台。我建议年轻同事关注当代文学、艺术评论:不仅由此获取文学艺术的出版、演出信息,而且由当代活跃的文学艺术审美活动汲取灵感,保有对文学的感受力,克服职业化造成的惰性。

记得您讲过,读研时老师要求从读旧期刊起手进入历史,但您比较"任性",坚持专读文集,一个作家一个作家、一本一本地读,这种方式延续到转向做士大夫研究之后。我印象中，您的大多数研究确实像作家论、作品论的连缀与拓展，哪怕是一些主题性研究，其中也常穿插大量的作家评论和"读作品札记"，而构成书中的华彩段落。这种从"人物"出发，从文本体会出发，尤其敏感于文字表达的路径是否可称为您的一种独特风格或方法？

说不上独特吧。似乎也没有方法论的意义。像前面说过的，路径选择基于自我评估，你的所短所长。

所写的作品、人物论也并非都能尽意。写作家论状态最好的，在 1984 年、1985 年。进入明清之际，写人物，只有关于傅山的一篇还可一读。有小友说自己门下的研究生不会写萧红，我说我现在也不会。当年的状态已成过去。这样看来，我们的旧作在一段时间里，还可以作为参照：既是学术陈迹，也不妨充当"历史（文学史）文献"。在这一点——仅仅在这一点——上，适用"一代人有一代人的学术"的旧话。学术氛围，从事学术者的状态，与"代"有关的修辞策略，都难以复现。前不久在围绕黄子平的对话中我一再提到修辞。我愿意再强调一下，因为语言敏感是最容易在时间中磨蚀的东西。在观念—理论的权重被绝对化的风气中，我怕研究文学者越来越不文学。他们习惯于借文学文本敷演某种理论（作为注脚，"实物例证"），却不能把文学作为文学来研究。

　　无论萧红还是傅山，当初的选择都不是基于其人在文学史或思想、文化史上的地位，而是出于文字的触动——甚至与对文字喜爱与否无关。对文字的感觉也如对人，或许系于直觉，并没有能明确说出来的理由。就文字而言，鲁迅、郁达夫曾经令我倾倒；明清之际，钱谦益、吴梅村的文字更有功力。有小说家说自己不取"风格化"。但"风格"的确方便了"研究"。由此而言，分析"风格化"的文字，未尝不是避难就易。所以我要说，不会写萧红不是问题，对文字无感才是问题。

　　写过两篇《论学杂谈》，作为《想象与叙述》一书的附录。涉及的思想、材料、文体三项，决定了你能走多远。基本训练所以"基本"，也在于此。你可以"偏胜"，却不宜"偏废"。

　　人物研究是您的擅长，从人物入手进入历史有哪些长处和限制？这方面您有哪些心得与甘苦？

　　理论上说，无论以问题、以现象、以人物为中心，都有可能铺展开你的学术工作。以人物为例，看起来似乎不是哪个人物都能支撑一段长时间的研究。值得一生致力的，似乎只有梁启超、鲁迅这样的人。事实是，少数重量级的人物外，仍有"发现"的余地：不但作品的丰富性，而且作家作为人、作为现代知识分子的丰富性。你会发现，几乎每一个稍有分量的文学史人物的丰富性都难以穷尽，只不过著名作家提供了更多可供分析的文本罢了。学术价值是被创造的。只有部分与研究对象的文学史地位有关。问题在你能否深度地进入人物的内部与外部世界。

陆键东《陈寅恪的最后 20 年》问世，反响强烈。有人组织了一套"最后××年"，似乎不曾引起关注。张新颖的《沈从文的后半生》却被认为近年来现代作家研究的重要收获。"前半生""后半生"也如"最后××年"，大多断自 1949 年前后。

我曾引用过陈寅恪关于新问题、新材料的说法。问题与材料往往相互激发。张关于沈从文的新作（我只浏览了"后半生"），就赖有新材料。前一时读沈从文家书，多少更新了我对沈的认知，校正了某些与左/右有关的偏见。现代作家的新材料出土，想必不止沈从文。我能想到的，就有人民文学出版社的《冯雪峰全集》《汪曾祺全集》。前一种收入了冯的"运动档案"，后一种据说有大量书信纳入。汪的写作时段跨现当代，书信也应与现代文学学科有关。另有材料更完备的《胡适文集》，钱玄同日记的影印版，等等。

1949 年前后的现代作家、文化人，包括 1949 年前后赴港、台、海外的文化人、作家，都适于"前半生"、"后半生"的角度考察。仅由此看，这个学科扩展的空间相当大，除非你自己画地为牢。

您进入现代文学领域时，亟待开拓的论题层出不穷，而今，现代文学似乎已"过于成熟"，余地不多。在您看来，现代文学研究还有哪些"盲点"和值得开拓的方向？又应该引入哪些新的视野和方法来突破、新变？

"余地不多"，好像不是那样吧。即使仅仅三十年，也并不就已经梳理清楚。有境外人士与我讨论"五四新文学"。文学史早已认为新文学的发端，以胡适的《文学改良刍议》、陈独秀的《文学革命论》为标志，新文学的"元年"，就应当是 1917 年甚至 1916 年。1919 年的五四运动与新文学、新文化运动的关系，并非不言自明，何以称"五四新文学"？"五四新文学"的概念既已深入人心，对同一时期的"旧文学"的研究始终薄弱，尤其在几位老先生（范伯群等）故去之后。至于旧体诗，或许要赖治古代文学者研究。

研究新文化，而对被归入旧文化阵营者所知不多，是否也构成限制？钱穆的《国学大纲·引论》，据说陈寅恪称其为值得一读的"大文章"。陈寅恪、陈垣、钱穆这些大学者之于新文化运动，就大有必要考察。

至于二十世纪四十年代（或曰三四十年代之交），西南联大外，浙江大学、西北联大等，陆续进入了我们的视野。关于 1940 年代文化地图的想象与认知由此被修改。2018 年福建教育出版社出版了张在军的《发现永安：被忽略的抗战文化中心》。当年随福建省府迁入地处闽西山区永安的文化机构被"发现"。永安之外，还应当有更多"文化中心"有待"发现"。

仅仅关注名校、名人，也会有遮蔽。前些年与几位朋友有西北之行，在兰州看了我出生的叫"兰园"的地方，到了那所面对河南流亡学生的"国立第十中学"所在地，天水的清水县。国民政府战乱中对教育的重视令人心动：不止大学、名校，还有中学。我们的学科对象在民国时期，这一时期发生的任何现象都没有必要回避。

明亡之际永历小朝廷曾在云南。陈垣有《明季滇黔佛教考》，涉及明末佛教传播对云贵经济文化的影响。战乱中文明的播散，在穷乡僻壤留下的痕迹，是有意思的现象。二十世纪三四十年代也如此。那一时期知识人、文化机构的流动，对流入地的影响，似乎还没有看到深入的考察。那种流动绝不会水过无痕。那么痕迹该如何辨认？流亡者来而又去，留下了什么在当地？

　　您大部分的书都是书斋苦读的产物，但您也写过结合实地考察的《易堂寻踪》，也曾鼓励室里青年学者研究西南旅行记。关于流迁的研究，关于结合田野拓展思路，您有什么新想法吗？

　　不记得在哪里已经说过，那本关于易堂的小书，不过"包装"成了"寻踪"而已。寻踪仍然主要在文献中。"实地"变化太大，几乎没有足供辨认的痕迹。二十世纪四十年代则不然。在四十年代大迁流这个点上，不妨引入历史地理的思路。流动使得空间、地域的维度凸显。2019年2月21日《南方周末》副刊文章，写到同一时期山东中学的西迁。文章作者的父亲从济南出发，步行经泰安、济宁、金乡、商丘、开封、郑州、许昌、方城、社旗、南阳、郧阳、均县（或即浚县）、白河、洵阳、安康、西乡、城固、汉中、宁强、广元、剑阁、梓潼抵达绵阳，历经两年，行程7000公里。在绵阳成立"国立第六中学"。同篇还提到了北京师范大学西迁，与其他高校合组战时大学（李杭《基隆吹来暖暖的风——在台湾寻找"地下党"父亲的脚印》）。我录下的，不过读报偶得。有关材料，地方（尤其西南、西北）档案中应当有记载。这种文献与文学并不直接相关，却有可能丰富你对文学史尤其现代史的想象。视野与想象力对文史研究的重要性无需说明。

甚至不妨做一点"田野调查"。有元史专家徒步走由元大都到上都的辇路（罗新《从大都到上都：在古道上重新发现中国》，新星出版社，2017）。也可以考察二十世纪三四十年代之交知识分子"离散"的轨迹，重走闻一多他们当年走过的路，即使只是一小段。当然，那应当是在行走中读文献，而不是假借"田野"的旅游。

现代文学的研究视野始终与现代史的认知有着密切的连动关系。在扩大、突破原有现代史视野方面，我们有哪些可以借鉴于历史学界的？

我们关于现代史的认知，还有大量盲点与误区。受制于左/右、国/共的视野，有太多文学现象和知识分子的实践被长期忽视。比如钱理群《论志愿者文化》（三联书店，2018）一书写到的陶行知、梁漱溟、晏阳初、卢作孚等。他们从事的乡村建设，承五四新文化运动的"启蒙"一脉，以向乡村输送知识、文化为宗旨，与后来的"知识分子改造"、"接受再教育"不在同一境界。近一时期活跃起来的"乡建"，所承更是陶行知等人的精神。《南方周末》曾介绍林怀民"云门舞集"在台东池上乡参与的文化建设，还报道过某高校的相关工作坊对某侨乡建设的深度参与。我也有小友的景观设计团队从事乡村面貌的改造。由近期的乡建活动反观现代史上的乡村建设，会不会别有发现？

上面提到的以外，还看到关于国民政府与中华全国基督教协进会等民间组织在南北多地及战时的大后方推动乡村建设的材料（〔加〕伊莎白、〔美〕柯临清《战时中国农村的风习、改造与抗拒——兴隆场（1940—1941）》中译本，北京：外语教学与研究出版社，2018）。在乡村建设这一具体方向上，应当有大量材料尚未浮出地表，问题的复杂性、现象的丰富性远未得到呈现。这里有现代中国知识分子精神史的重要部分，与当代（1949 年以降）知识分子的处境、命运、精神风貌构成奇特的对照。中国现代史还有多少被遮蔽的面向？

近来读杨奎松的《忍不住的"关怀"：1949 年前后的书生与政治（增订版）》（桂林：广西师范大学出版社，2013），其中关于潘光旦的一篇，对二十世纪三四十年代的知识界的政治取向的分析，与我们囿于左/右二分的视野形成的认知不尽一致。凡此，不便都用对错评断。史家的做法，就有并存异说。异说有可能校正我们固有认知的偏蔽。应对与学科基础有关的问题，不妨尝试与其他学科相关研究成果对话。广泛的对话，或许会改变学科已经形成的格局。

有一个时期，刚刚进入专业的新人，刻意绕开曾经被认为的"重大课题"，热衷于搜寻边角料。如果能打开视阈，摆脱原有的某种划分，你或许会重新界定重大与非重大。某些曾经被边缘化的文学现象与知识分子实践，值得穷尽你的一生探究。

近年来，现代文学的"史料学"渐成显学，在您看来，有哪些新的史料路径可以纳入研究者视野？

这首先涉及对"史料"的认定，即何为"史料"。王瑶先生不主张自己的学生与研究对象交往，应当出于如下考量：作家本人与家人有可能干预研究；情感关系或许有妨于研究的客观性。回头看，这种自律也有代价，比如错过了听那段文学史的亲历者讲述历史的机会。当时的人们还没有将"口述历史"作为史学一体。张辛欣、桑晔的口述实录《北京人》令人惊艳，却没有带动这一种风气。

与同时期的文学相互生发的，还应当有美术、摄影、电影、舞台剧等等。即如中国美术学院中国摄影文献研究室整理的摄影档案。相信两岸还有大量有待唤醒的民国时期的档案。对岸的档案较之大陆，或许更方便利用。

对于与学科有关的任何信息都有必要保持敏感，敞开思路、感觉。不必刻意地开疆拓土。上述那些本来就在学科研究的范围之内。一方面，几千人在三十年的狭小范围，像是很拥挤，另一方面，这三十年内外仍有大片未经充分开发的领域。因此如果将自己的无所事事归结为找不到可以致力的方向，就说不过去了。

在同辈现代文学研究者中，您似乎是"跨界"跨得较多、较远，且成果厚重、扎实的。您在处于现代文学领域时，就一直追踪当代文学与艺术创作，像《地之子》不仅贯通现当代，亦兼及台湾文学，《城与人》涉及城市研究，转到士大夫研究之后论及的领域就更广泛。这种总是不断突破边界，向更远、更深处探求的意识是怎样形成的？这与您求学、成长时的环境、氛围是否有关？

我不敢轻言"跨界"。关于这一点，我会在其他场合谈到。我能说的是，1980 年代较少专业壁垒。几种大型丛书，是一代学人共享的资源。进入"明清"之际之前，我读的，除现代文学作品外，大多是其他专业的著作。至今也仍然习于杂食。不必那么关心你的学术作品的专业归属，甚至不必过分在意现有的学术评价机制——尽管这样说不免被讥为迂远不通世务。

在我看来，最好的情况下，文学研究者应当在职业与业余之间、专业读者与普通读者之间。这当然很难。我自己也不知道该如何做到。

学科划界本来就是人为的。尤其我们所谓的近、现、当代。近代史专家杨奎松、沈志华的研究，就在我们所认为的现当代。中国现代文学专业较为薄弱的，有近现代之交，与现当代之交。不全因学科界分，多半因先天不足，受限于知识结构、知识基础。在这一点上，与台湾同代学人相比，没有优势，尤其旧学的根基。现代文学史上有些人物由现代而当代，也有些由近代而现代。民国时期的文化版图远不那样清晰。

历史本没有刻度线。历史、文学史分期，时间点的认定，更为了叙述的方便。我曾经讨论过 1644 年农历三月十九日之为明亡的时间点（《想象与叙述·那一个历史瞬间》）。在《易堂寻踪》那本小书里，提到明王朝"千回百转的悠长余音"，那不只是修辞。专业研究中，界域的意识不妨淡薄，无论时间还是空间。

1980 年代的学科风气，不严于现当代的划分。上海的学人与创作界的关系较北京更密切。近期《南方周末》文化版有关于复旦大学文学院现代文学专业的报道。较之北大，复旦的同一专业像是更活跃，更有"创意"。我自己也延伸到 1980 年代前期的京味小说、知青文学。只是后来转向明清之际，没有余力跟踪当代文学的发展罢了。至于近现代之交，刘纳的《嬗变》之后，不知道是否还有新作问世。清末民初的文学缺乏有力的研究，应当与学人旧学基础薄弱有关。王德威说"没有晚清，何来五四"。这本是一个常识性的问题，应对起来却绝不易易。

很多青年学者身处"项目化生存"，一方面压力大，一方面常有迷失方向之感。您是如何看待学术工作既是职业，又是"志业"这对矛盾？应怎样处理其间的平衡？

对于一个学人，立项—经费，甚至职称，并非无关紧要，但不值得念兹在兹。在你的职业生涯结束后的回顾中，更能使你安心的，毕竟不是这些。学人的成功、失败如何衡量？是否著作等身、名满天下才算成功？除此之外呢？由媒体读到汤志钧、汤仁泽父子穷三十年之力编纂《梁启超全集》，大部分时间没有经费支持，堪称古风。在今天的学术评价机制下，汤氏父子或许会沦为濒临灭绝的物种。

前不久与北大文学院的新生分享学术经验，谈到学术作为"志业"，有人提问"志业"与"职业"的区别，我说你去读马克斯·韦伯。志业在我看来，应当有生命灌注。但我不想陈义过高，似乎不食人间烟火。首先有职业精神，再谈生命灌注之类。如果不知职业精神、职业伦理

为何物，就不配在学术机构占据一个名额。近年来有所谓
"佛系"。我怀疑我们的有些年轻人，正以"佛系"自我
解嘲。

做学术，任何时候起步都不会晚。你总能找到自己在
学科研究格局中的位置，可以致力的方向。不适于写论
文，也有另外的路径。比如编纂年谱、资料长编，再如写
札记（即使不能发表在所谓的"核心刊物"上），集腋成
裘。作历史人物的年谱，胡适以之为"绣花针的功夫"，
应当不止指针脚细密，更指从事者的耐心，耐得住寂寞。
文学所治中古文学的年轻学者，就有做得极扎实的年谱。
如果认为中国现代作家不值得下这样的功夫，是你看不起
自己的学科。

八十年代成长起来的一辈现代文学研究者往往特具一
种学术工作之外的"社会关怀"，甚至亲身推动、参加许
多社会实践、文化建设工作。而现在的研究者更专业化，
也更书斋化。您如何看待社会经验，尤其是主动参与社会
实践对学者养成所起的作用？

我注意到有的研究室同事对其他社会活动（包括上面
提到的"乡建"）的关注。对于人文学者，如何处理专业
化与社会实践，是一个问题。你的学术工作与现实、时代

的关系有可能是内在的，却不能没有。这关系到专业工作的生命、生机。在人文学者，每一种经历，每一点经验，都可能有助于你的专业研究。我不强调特定的经历、经验。有一种曾经被批判过的说法，到处都有生活（大意）。当然，经历、经验有不断扩充的必要。

在北大与新生交流，有同学说到对流行文化的喜好。我说这种爱好无需放弃。从事文学研究，那或许正是你的强项。这个时代最活跃、最有活力的，就包括了前卫艺术；最活跃、最有活力的，还包括志愿者的活动。从事乡村建设、城市改造和其他公益事业的专业、非专业人士，在我看来，属于这个时代最正面最积极的力量。

学术要求大投入，却不意味着你必须牺牲其他。有一种说法，"斜杠化"。比如学者/作家，再如学者/其他文化活动的组织者。还可以有更多斜杠。学人可以不是你的唯一身份。你完全可以在更广阔的空间发展自己。1980年代起步的学者、文学评论家，不止一位写过小说。比如王富仁、吴亮、南帆。这不是眼下已成时尚的"跨界"，而是创造力的自由奔涌。你的人生不必用"学术"这一项界定，它可以丰富，多姿多彩。你可以在学术工作者之外扮演多种角色，公知，志愿者，先锋艺术实践的参与者，等等。只是无论有多少身份，你都应当是合格的学人，除非你放弃学术。

您怎样看待今天青年学人的研究？是带着怎样的心情去看的？

1980 年代后，世代成为一个话题。无论我还是我的友人，都没有资格代表某个世代，但我们一致认为自己所属的世代已经退场或者说淡出。有年轻学人说惧怕我的苛评，我说，事实是，我已经不大能读懂你们的学术文字：背后的问题意识，理论脉络，等等。有时不知道年轻人讨论的是什么问题，有何现实的针对性。无论学术是不是"发展"了，它的确已在离我们而去。单位也如此。1990 年代写过一篇随笔，《单位》，说每年至少两次由郑州返回，接近北京站，会搜索社科院的那座大楼。这种心情已不再有。最近的一个晴朗的冬日，走在长安街上，远处的那座大楼似乎了不相干。当然，与其中的同事，尤其年轻同事仍然有呼应，只是不以"单位"为中介罢了。

暮年回首，不能说了无遗憾，至少还能安心。学术之为职业对于我，意味着没有多少时间空虚、无聊。即使退休后，也仍然保有了好奇心。汲取陌生的知识，如恐不及。应当说，学术工作极大地丰富了我的人生，尽管其间有不得已的放弃，因不能兼顾的"错过"。盘点一下，得大于失。

　　最后想说的是，中国现代文学有可能是今后一些年里受史学冲击较大的学科。如何应对，考验着学科的实力与专业人士的品质。当然我的预感或许并不可靠。但愿如此。

答《深圳商报·文化广场》魏沛娜问

很多人对晚明生活十分向往，认为明末清初比较像西方的文艺复兴时期。意大利汉学家史华罗就说过："在明末，个人主义更加强盛，在那个时候，伦理这个东西更多是内心存在，而非外界强加的。"您在《家人父子》这本书中考察明清之际士大夫最为日常的生活世界，这个时期的"父子""夫妇"较于宋元之际、元明之际有何特异性？

您所引国外汉学家的话，似乎早已成了"共识"。但我的阅读经验无法支持这种判断。或许因为我读了较多当时著名文人以外的士大夫的文集，儒家之徒的，忠臣义士的，以及不便归类的。我有时会怀疑被公认的结论，并不因为喜好标新立异，而是怕其中有盲区。

在《想象与叙述》中，我曾比较过明清之际与宋元之际、元明之际，但不涉及家庭伦理。对于我没有考察过的，不便谈论。我的印象只是，理学成为"主流意识形态"以至"官方意识形态"，是在元明两代。有些伦理规范，或许也在元明更加严苛。这种情况，势必影响到士大夫家庭生活的层面，只是我不能确证罢了。

您说过"在动荡的时世，比较稳定的还是家庭、家族、宗族等等"。可是坊间常讲"国之不存，何以家为"。那么面对甲申之变，江山易色，明清之际的士大夫究竟是以怎样的心态来面对他们的家庭、家族？换言之，家庭、家族、宗族在他们的实际生活中扮演着怎样的角色？

家庭、家族、宗族在明清易代间扮演的角色，不能作一概之论。我写到过当时士大夫的"玩失踪"（用这种说法或许不太严肃），即抛撇妻子而"人间蒸发"。我猜测过失踪者的心迹，有可能因了不能承受"易代"这一事实的沉重，无法像在正常年月那样安顿身心，也有的不过在借此摆脱"家累"；有的显然出于绝望，此如经历了"庄氏史狱"这一惨祸的陆圻（即陆丽京），但也有人是在寻求另一种生活，态度未见得消极。失踪毕竟是稀有的现象。更多的士大夫，仍承担着对于家庭、家族、宗族的责任，并以此找到了人生的意义。刘宗周这样的大儒，国难当头的时候，还不忘整顿宗族，修撰族谱，像他做官、讲学一样认真。我已经谈到，即使战乱中的播迁，孙奇逢作为北方大儒，是带领了家族以至追随者同行的。由此可以想见家庭、家族对于他的意义。一旦尘埃落定，即使漂泊中的士大夫，大多也回到了日用伦常。比如黄宗羲。在这种时候，家庭、家族或许是使他们脱出沉痛的历史记忆的所在。

"常能见到极为深刻的道德严格主义"是王汎森先生对明末清初的士风的形容。这种"严格"既有一种道德自主性，又兼有一种道德自迫性或说压抑性。当这种思想蕴藉于士大夫的日常生活世界里，是否带有表演成分，并不那么真实？

"道德严格主义"这一说法似乎是王汎森先生提出的。他用了这种说法，将一种被忽略被刻意遮蔽的面向揭示了。您问到士大夫的道德修炼是否都真诚，有没有表演的成分，我也仍然只能说"因人而异"。即使仅据我们的有限经验，也可以相信有人在表演，不惜过火。或者可以说，凡违反常情常理的，都不免让人怀疑其真诚性。但那个时期确有极其诚笃的"道德严格主义"，表里如一，始终如一。比如我已经提到的刘宗周，再如他门下的祝渊。当时儒家之徒的道德修炼，近于宗教修行，也会像苦行僧那样苛待自己，期望达到道德的自我完善。悬的目标极高，态度极其严肃。在眼下的风气中，已经不可理解。但我仍然希望年轻人努力去理解古人、前人，即使不能效法，也不要轻易地视作虚伪，"装"。理解他人不同于自己的人生追求，也是一种能力，更需要善意。"了解之同情"早已被说滥了，但做到还真的不容易。

您在书中关于"夫妇"的篇幅约占7/10，关于"父子"只约占3/10，这种安排是有意为之吗？是史料问题，还是"夫妇"比"父子"更加值得探讨？

这本小书的写作曾一度中断。写完"夫妇"的部分，我退休了，可以不再做学术，精神就泄了。过了一段时间回头捡起这"半拉子工程"，发现关于父子的材料远不能与夫妇相比。现在我会认为，是我在材料搜集的方面出了问题。我关于明清之际的研究一向依赖文集，但除了近人整理的刘宗周全集外，有一些材料或许不在文集内。比如家谱、族谱。据说明清两代——主要是清代——有大量家集，《如皋冒氏丛书》外的家集，我在自己研究的时段没有见到。很可能是我自己功夫未到。如果能换一副眼光用材料，或许结果会不同。但这都是后话，说了之后，并不真的打算去补救。

父子夫妇，是家庭伦理的重要两项，都值得深入讨论。我相信这本小书的缺陷，会有年轻的学人弥补。

作为读者，拜读尊著始于《关于冒襄的〈影梅庵忆语〉》，不同于平日里才子佳人的美好故事，原来董小宛做得冒襄之妾的整个过程是如此近似自虐，缜密的材料展现出的是一对压抑的礼教夫妻。事实上，不止冒襄和董小宛，您在书中还拆解了许多平日里所谓神仙眷侣、父子融融、兄弟怡怡的"神话"，令人触目惊心。为什么大家对于明清之际士大夫有那么多的风流想象？

我发现不止您，还有其他读者对那篇附录有特别的兴趣。大约因冒襄、董小宛的故事广为人知，或许也因那篇随笔体的文字比较好读。但让我感到意外的是，冒襄竟然引起了那样强烈的道德义愤。那可不是我期待的。我只是将这篇读者较为熟悉的文本中被人忽略甚至有意屏蔽的部分提取出来，尝试着还原那个故事的面貌罢了。对冒襄的坦诚，我毋宁说是欣赏的。他毕竟不同于通常的嫖客。当然也要看到，冒襄写这篇文字，预期的读者是当时、后世的士大夫，他要对自己何以接纳一个名妓有所交代。有些表白，甚至更像是对儒家之徒说的，不可不信，也不必尽信。

我们关于明清之际的想象的确受了太多的诱导，包括大众文化的诱导。无非秦淮诸艳，东厂、锦衣卫。这些最为大众文化偏爱。但即使东厂、锦衣卫的形象也在变化中。比如甄子丹、赵薇主演的《锦衣卫》，再如前不久热映的《绣春刀》。至于秦淮河边的故事，我还没有看到更精彩的作品。仅仅由那几个符号去想象晚明，的确会将那个时代看成了艳情片或宫廷阴谋剧。我为明人感到惋惜。

您指出，在考察明清之际的伦理状况时，五四新文化运动中的婚姻、家族论述，无疑是隐隐的参照。值得注意的是，近年来学界出版了不少关于这种对于十九世纪末二十世纪初社会板荡之中的家庭、宗族结构的解剖之作，有的是从微观史角度探究一个家族。似乎家庭、家族、宗族主题研究越来越倍受重视，您如何看待这种现象？

这当然是好现象。中国古代家族研究，日本的汉学家早有建树。潘光旦也分析过嘉兴的望族。我们的学术风气，曾经重所谓的"宏观"而轻"微观"，不屑于做个案、细部的考察。这种风气已经在改变中。望族、知名人士的家族外，应当有关于不同社会地位、阶层的家庭、家族的考察。这方面应当不缺乏材料。尤其南部中国。2000 年我去江西寻访"易堂",就有易堂九子之一邱维屏的后人,就拿出了一匣邱氏族谱。

关于传统社会,有"家国同构"的说法。考察一个家庭,一个家族,有可能将对传统中国的探查落到实处,也有助于推进地方社会的研究。单元小了,意义未见得小,问题在你从中看到了什么,有何种发现。在这方面,社会史、人类学的方法较为有效,但文学研究并非没有用武之地。有可能由跨界的研究,与其他学科互为补充,相互启发。每一个学科,那个学科既经形成的工作方式,都会有局限。在这方面,"混搭"或许能产生意想之外的成果。

这些年有一些学者在呼吁从传统儒家伦理中汲取精神养分,重建当代社会家庭伦理,这一方面可见对现代家庭伦理的反思,另一方面也暗示着传统人伦规范已经发生裂变。在您看来,有没必要重建?重建又是否有可能?

重建的必要性是无需论证的。其实"改革开放"之初就应当着手重建被"文革"破坏了的伦理。我们错失了最好的时机。市场化、城镇化的同时,也应当把规范社会生活放在重要位置。我们又错失了这样的机会。到了问题丛生,重建已经显得太迟,但也因此刻不容缓。但在我看来，靠说教、靠标语口号，效果是极其有限的。这一点已经被一再证明。此外，重建的资源，决不应当仅限于儒家伦理。对"传统"不作区分，不下一番"去芜存菁"的功夫，是由五四新文化运动的倒退。您知道，我的专业是中国现代文学，也称"五四新文学"。即使不持专业立场，我也不能赞同"提倡孝道"，而仍然认同鲁迅所说的"幼者本位"。有些被作为榜样的"孝心少年"的事迹，不应当也没有必要复制。让孩子承受那样的沉重的负担，是否有点残忍？造成这种"事迹"，更因了社会管理的缺位。当地的民政部门干什么去了？

使社会生活恢复正常，更进一步，建设一个"美好新世界"，赖有综合治理。政治的文明化，经济行为的规范化，健全的法制，合理的教育资源配置，此外还应当有具有公信力的公益机构，等等。社会道德的提升，是社会整体进步的自然结果。陈义过高，适得其反。这也早已被证明过了。

此前您已有《明清之际士大夫研究》《制度·言论·心态——〈明清之际士大夫研究〉续编》《想象与叙述》等著作出版。而《家人父子》您称是个人学术研究的收官之作。这几本书从思想史、文化史到日常人伦，就像有人形容为从"厚重"到"轻灵"。它们是否代表您已经形成一套关于明末清初士大夫研究的成熟谱系吗?

　　大概不能这样说。因为我所写的几本,并非都有事先的规划。《明清之际士大夫研究》的正续编,看起来较规整。写正编的时候,续编的不少题目已经在准备中。写《想象与叙述》的缘起,我已经记不得。你在一个学术单位,总要做题目的吧。于是就找一些题目试试。一旦深入下去,会全力以赴,还有可能衍生出别的题目。写《易堂寻踪》,也像当年的写《北京:城与人》,完全在计划之外,只因为遇到了几篇作品或几个人物。写《家人父子》,最初也是命题作文,自己为自己命题。至于别人感到的"轻灵",或许与所写的内容有关。那些与父子夫妇有关的故事,本身就有一点戏剧性。

　　虽然《家人父子》一书您对材料反复爬梳,但我将其概括为"史家之节制,文人之感性"。而您也说过,写作此书很多时候都是有"痛感"的,是"感同身受的那种痛",具体如何理解这种"痛感"?您的"痛"从何而生?

　　应当说,那种"痛"与我亲历的二十世纪有关。发生在这个世纪的"人伦之变",造成的人间悲剧,即使不目击身历,知道的也太多太多。但在写作那本小书的时候,这些仍然属于"背景",并不时刻意识到,更没有影射比附的意思。人伦是我们每一个人所处的日常现实。稍有敏感,都不难感受到爱与痛,只是从事文学创作或学术考察的人会进一步观察或探究罢了。我曾在广州的一家刊物上发表过一篇随笔,谈"文革"期间人伦的变与常。题目太大,免不了挂一漏万。即使这样,那种亲情撕裂的"痛",也不难感同身受的吧。此外我所说的"痛",也应当与原来的专业有关。五四新文化运动中对传统文化的批判,在这本小书中也可以找到例证。读冒襄夫人的故事,读叶绍袁妻子的故事,你很难不动心。

回顾您的学术研究,从现代文学转向明清历史,革命与知识分子、家族与国家、历史与政治、记忆与书写始终是重要的主题。从某种意义上讲,明清之际与五四时期也有不少相似性,涉及知识分子面对时代之变的思考与实践,所以您选择明清历史研究又具有"必然性",不知这种理解正确吗?

事后这样说也可以。但选择明清,其实有偶然性。我也可以选择别的朝代,比如宋代,尤其北宋。我在开封度过童年,年轻的时候迷恋宋词。没有选择宋代,是估量了自己的能力。我毕竟既不是史学又不是古代文学专业出身,对宋代文学,宋代发达的文人文化,迷恋无妨,研究起来,怕就力不从心了。进入明清之际之前也有一番试探,比如大致通读了《明史》,读了全祖望的《鲒埼亭集》,读了顾炎武的诗文集,有了触动,感受到了吸引,才放胆踏进这时段去的。因为后来的努力比较有成效,别人容易看作有预先的设计。

也因了自己的经验,我对选题不怎么看重,相信问题更在你怎么作,有没有自己的视野、问题意识,自己的感受与表述方式。

对于明清和五四,一直是历史学家和文学家的偏爱,近年来尤甚,但在研究上可能较易出现情绪化、过度美化。在这样的情境下,思考难以去熟悉化,结果只剩下"历史的废墟",我们对这些历史还存在多大程度的可挖掘的想象力?

的确,"去熟悉"至关重要。这似乎也是王汎森先生的提法。只是"去熟悉"操作起来太难。你熟悉的那一整套叙事,其背后的逻辑,总会暗中影响你论述的方式与方向。王汎森先生也提供了一些选项。我自己的经验是,尊重自己的阅读体验、阅读当时的感受,选择研究方向时听从自己的感觉,而不一味地掂量轻重。我相信无论明清之

际还是清末民初，这些看起来很"热"的领域，都大有开
发的余地，问题是你有没有新问题与新材料。新的问题视
野，对"材料"的不同理解，都有助于发现。至于对已有
的材料读出新意，则属于黄侃先生所说的"发明"，或许
更难。曾经有过一个说法，一代人有一代人的文学。那
么，一代人也可能有一代人的学术。学术未必总在"进
步"，但努力去发现与发明，提供只有这一代才能提供的
东西，还是可以做到的。

对于围绕日常生活的历史书写，我们经常更多看到作
者会通过合理想象设计大量场景与情节。余英时先生就说
过"史学家的想象和小说家的想象是极其相似的，不同的
是史学家的想象要在一定的时空之内，并且必须受到证据
的限制"。但对于您来说，您似乎更愿意只铺垫材料，而
将历史的想象与概论留给读者，可以谈谈原因吗？

我在其他场合也说过，我比较能接受中国传统的学术
方式，即如陈寅恪、陈垣、孟森的那种。说"传统的"不
大准确。这三位对于"传统"，有变通，有改造，融合了
中西，但与我所读过的西方汉学家的史学著述仍然不同。
我必较倾向于节制。何不将想象的空间留给读者？此外，
没有材料支持的想象，是我不取的，尤其不能忍受"绘声

绘色"，我会想，是你看到的吗？想象力过于旺盛，大可去写历史小说。其实优秀的历史小说，也不能凭空杜撰，也要下足了材料功夫。

近些年有"民国热"，我对此不无保留。但"民国学术"的确便于我们就近借鉴。眼下所谓的"规范"主要由欧美引进，的确可以补传统学术之不足，却也另有代价，其中就有"灵性"的缺失。某些中规中矩的所谓"论文""论著"，像是可以由流水线上装配出来。这种令人感觉不到作者体温的学术，或许是民国学人看不上的吧。

您的家族故事也很绵厚。不知对于明末清初，还是对于五四研究，您是否会有一种身世代入之感？抑或说研究写作是系于自身深刻的生命体验？

在着手学术研究的时候，我会努力屏蔽你所说的身世之感，不将其"代入"。我希望进入更"纯粹"的学术工作的状态，而不让个人情感影响判断，左右表述。但我相信，你的家庭、家族，你个人所经历的，都会潜在地影响你的学术选择，是某种"底色"似的东西。分析这种关联或许是困难的事，因为稍不留意，就会把关联简单化直接化了。也因此我虽然不得不作了一些学术方面的自述，却没有写自传的计划。我不想将原本模糊的因果关系清晰化，使一切像是依据脚本的演出，都顺理成章。还是让它保持那种模糊状态为好。

您说："被光明俊伟的人格所吸引，是美好的事。"在我看来，无论是王夫之、顾炎武、陈确、傅山等，还是鲁迅、沈从文等，皆有"光明俊伟的人格"，而像您这一代老学者，我们也仍能见到，但这种"人格"似乎在式微，愈来愈珍稀，这不得不说是我们这一辈的"痛"了。您认为是这样吗？

我得承认，我对 80 后以及更年轻的世代了解不多，或许也因为我在研究机构而非高校。我只是在有限的场合看到 80 后、90 后的年轻人，比如演讲或新书发布会。我看到那些年轻的脸上专注的神情。至少在这种场合，年轻人的严肃与郑重让我感动。我也在各种娱乐性的节目、娱乐片中看到浮滑、痞、玩世不恭，由收视率和票房判断年轻人的趣味，就不免有点忧虑。"光明俊伟人格"的稀缺不只在年轻人中，也在其他世代中。在这一点上，我和您有相似的痛感。改变这种情况，一味说教也是没有用的。可以致力的，也仍然是改善整个社会的状况，使社会有利于培养健全的人格、向上的精神。我想你我所做的工作，其意义也部分地应当在此，尽管我们的努力效果有限。

　　鲁迅在上世纪二十年代"觉得中国现在是一个进向大时代的时代。但这所谓大，并不一定指可以由此得生，而也可以由此得死"。如果说，现在则是一个进向"小时代"的时代，借村上春树的话说是追求"微小而又确切的幸福"。您如何看"小时代"里的学术研究？

　　"小时代"是由郭敬明那里来的吗？这个时代是大是小，感觉也有因人之异的吧。我就不认为这是一个小时代。它或许只是被有些人"玩儿"小了。我更希望年轻人能有大气象，以自己的努力活出精彩，也让自己所处时代精彩显现。如果百年、数百年后的人们回看这时代，看到的只是"游戏人生"，是小男人、小女子的小小悲欢，那就太可悲了。

　　最后我要说，由您的提问看，您读得很认真。这是我应当感谢的。我从来不认为自己写的东西好读，不期待别人能读得下去。但有人如此认真地读，是心怀感激的。只是为了访谈让您花费了太多的时间，对此我感到抱歉。近些年我一再接受访谈，也将此作为与年轻人交流的机会。与您的交流很愉快。谢谢。

杂说

《影梅庵忆语》文本内外

在水绘园遗址谈冒董情缘，在我，无疑是特殊机缘。我其实无意于踏访我所研究的人物的遗迹，更愿意由纸上读人。不寻访，也因怕失望。2010 年在绍兴，由当地文化人安排了看刘宗周讲学的蕺山书院，和祁彪佳曾经营过的寓山，都不免失望。尤其寓山。很难想象那个地方会有如祁彪佳所描绘的精美园林。但也绝不希望复建。中国并不缺少假古董。水绘园不然。赖有冒氏后人、族人、地方人士的保护，即使重建，或也略存旧貌。即使如此，也还是凭借文字想象为好。山河故人，梦中的总会较现实中美好。

在写作《家人父子》期间读《影梅庵忆语》，受到论题的诱导，我不免会注意到一些较容易被忽略的方面。即如冒襄在接受董小宛的过程中的被动性——或者更是冒刻意强调的被动。尽管钱谦益柳如是的关系中柳也曾主动，毕竟不像董小宛那样，姿态卑屈。此外则是董小宛在冒家的刻自敛抑，将自己置于类似仆婢的地位：当然也是冒襄，强调那是出于董的主动，而非外部的压力（参看拙作《家人父子·夫妇一伦》附录一：关于冒襄的《影梅庵忆语》）。事情果真有如此简单？我们关于影梅庵、水绘园的想象，无疑受到了冒襄的引导，想象也因此受限。更重要的是，我们从《影梅庵忆语》中读出的，往往是符合我们期待的。冒董故事中不那么美好的一面，被我们忽略。冒襄是诚实的，《忆语》的有些处毋宁说过于诚实。上述种种，《忆语》中均有刻画。只是我们因选择性的阅读，有所取舍而不觉罢了。

所谓的"烟花女子"也有等第。不敢公然鉴赏"良家妇女"，对烟花女子即不必顾忌。品题、排位，类似今天的选美、选秀，亦风流士大夫的一种娱乐，即如明末所谓的"秦淮八艳"。当时曲中才媛与士大夫间的情缘最广为人知的，钱柳（钱谦益、柳如是）、龚顾（龚鼎孳、顾媚）、冒董外，尚有侯李（侯方域、李香君）。卞玉京钟情于吴梅村，曾向吴示意，吴故作不知，卞即怫然作罢。卞氏性情的刚烈，由此可见。董小宛不然，能不顾尊严，对冒襄追随不舍，也应当是情非得已。时当世乱，以董小宛的身份，倘不能将自己托付给可依赖之人，难以避免陈沅（圆圆）后来的遭遇的吧。

冒襄访陈沅，陈曾有意归冒，冒借故推托。倘陈沅也如董小宛，虽被拒仍不顾一切追随不舍，后来的故事又当如何？设若陈真的归冒，也就不会有她此后跌宕起伏的人生了——不止陈，冒、董的故事也会改写。那个时代的人生际遇，有远较平世强烈的戏剧性。

冒襄对董小宛用情之深，惟《忆语》可证。但冒董故事，《忆语》或不足以尽之，还应当有故事中的故事、故事外的故事。女人的故事通常只能由男人讲述，就不能免于男性视角的诱导或误导。倘能起董小宛于地下，而她又能如实陈述，我们会听到何种故事？董小宛的夭亡固然可惜，但若她得享天年，不知冒襄会否移情别恋。冒氏不大像用情专一的人，而董则痴情，也因此易于受伤的吧。

如上所说，冒氏较之他的许多同时代人，已足够坦诚。读冒氏文集，我仍然有疑问。即如冒氏妻妾的关系，是否如冒氏所写的那样和谐。另一疑问，是冒氏晚年的经济状况。家道或已落，但是否真有那样潦倒。董小宛外，

冒襄还有过其他姬妾，有的也如董小宛，死于"花样年
华"，是否也有我们所不知的故事？冒襄与其妻、冒氏妻
妾间的关系，似乎不便仅据冒的文字想象。有没有可能由
其妻的角度，写出另一个故事？如冒妻那样大度——或曰
如《忆语》所写那样大度，毕竟少见，也未必正常。我较
为多疑，不大容易对文字记述照单全收，总会想书写者省
略了什么。这或许更是小说家的能事。我不过好奇、存疑
而已，绝不会轻下断语。看多了伦理缺陷，看多了有大小
缺陷的人生，就不大会相信修饰得过于光润的故事。陈寅
恪的《柳如是别传》打开了丰富的想象空间，冒襄的故事
尚未能充分展开，包括其人晚年的故事。叹老嗟贫，是古
代知识人的常态，有时更是一种修辞，不可都当真。

　　有文人气的古人不以出入花街柳巷为不洁，仍以某种
性行为为不洁。即使有恶癖，文字却可能无不洁。"文如
其人"的适用性有限。据文想象其人，或也正是中书写者
的下怀。修辞有其传统，未见得是有意作伪。"真相"有
可能隐匿在文字间、文字背后。由无字处读史读人，据自
己阅世阅人的经验读史读人，是一种能力，并非只是小说
家的长技。

　　冒氏生活中有诗也有散文。《影梅庵忆语》中有较多
的诗，祭悼其妇的文字，就更是散文，而且悲愤沉痛。至

于写给他的兄弟的，简直是控诉书，准备了公诸于众的揭帖。痛心疾首，撕心裂肺。我无意于探究冒家父子兄弟间的是非，关心的只是冒襄所传达的痛感。这未见得只是一个家族内部关系的个例。看一看我们周围，就知道有多少故事仍然在上演。由此也可以相信，五四新文化运动中新文化人的悲情，绝非预设了剧情的表演。

古代中国一方面有所谓的"淫书"，士大夫未见得不私下里观看，一方面个人文集中较少涉及隐私。不但居住空间讲究内外区隔，且尤避及于床笫之私。知所避讳，有所不写，的确也是一种教养。因而如《如皋冒氏丛书》将冒襄控诉其兄弟的文字收入，即使不能说惊世骇俗，也应不多见。钱谦益身后有"家变"。草蛇灰线，钱氏生前的文字间却难以寻觅。

"五伦"中，冒襄不曾从政，只是"臣民"，"君臣"一伦可不论。其他几伦中，父子、兄弟均有缺陷。最无缺陷的，或许是朋友。由《如皋冒氏丛书》看，题咏水绘园的，颇有当时的闻人。陈维崧曾就近观察过冒的生活，悼冒妻的文字写得体贴真切，收煞处有陈行文的劲悍，戛然而止，出人意表。

近年来"传统文化"复兴，关于宗族、家族的理想化，非新文化运动中人所能想象。即使不再使用吴虞那种

"只手打孔家店"的极端表述，不重复"文革"中批孔的做法，对"传统文化"也应持更为理性的态度的吧。

读《影梅庵忆语》，我较为关注的还有，冒氏一家战乱中的颠沛流离，流离中董小宛所处地位与所经历的磨难。同时代的杜濬有一句写冒氏的诗，"大妇同行小妇尾"，或得之于亲见。由《忆语》看，逃亡中的冒氏，一手搀扶母亲，一手挽着妻子，任董小宛颠踬尾随。即使到了这关头，冒襄也不曾对伦序稍有疏忽。流离中的董小宛扮演的，仍然更像是仆婢的角色——当然，也是冒襄，告诉我们，那是董自动承担的。她甚至甘愿被冒家放弃（或许只是暂时的），以免成为拖累。尽管当冒襄病笃，是董小宛衣不解带地辛苦护理，才使冒捡回了一条命。写这些，冒襄像是很坦然。他预期的读者，是士类。他希望别人读到的，是恪守伦理规范的自己；纵然内心深处或对董小宛有无限的痛惜。

稍稍脱出冒董故事，《忆语》未尝不可以读作一篇较为可信的关于明清易代间人们流离播迁景象的文本。在明清间的笔记中读到顾媚逃亡中的狼狈，或许得之于传闻。《忆语》却是自述，且冒本人也在难民中。

我曾做过题为《动荡时世的女性》的演讲。裹挟在乱军流民中的女性最为无助。掳为妻妾，沦为性奴，卖入娼门。遭遇上述厄运者不在少数。较之那些女子，董小宛或自以为幸运。由此看来，她当年对冒的追随不舍，确有不得不然的理由。

"秦淮八艳"中，因有孔尚任的《桃花扇》，侯、李的故事广为人知。抗战期间又有欧阳予倩版的《桃花扇》，各有政治意涵。于此风月的故事浸染了风云气。钱柳故事，冒董故事，也有政治意涵，是清初至今一再演绎的结果——并非编造，不过凸显的面相因时而有不同罢了。陈寅恪的深研陈（子龙）柳情缘、钱柳情缘，也应当因这两段情缘均关系家国。如柳如是如李香君如董小宛，均非弱女子，各有其强韧。风流名士与名媛的故事，赖有时代更赖有后世的演绎而嵌入了大历史。近年来古装剧霸屏，尤其所谓的"大女主剧"。以明清为背景的，拍摄过关于柳如是、董小宛的影片，令人失望。倒是关于东厂、锦衣卫，佳作迭出，无论甄子丹的《锦衣卫》，还是张震、王千源的《绣春刀》。无论如何，这些作品多少校正了（或曰丰富了）与东厂、锦衣卫有关的认知。晚明的名士风流令人艳羡。但名士如何风流，似乎还需要想象力。否则只能处理成通俗言情剧。那毕竟是天崩地坼的时刻，两性间的缠绵也会别有风味。根据已有的材料，由士大夫与名媛的故事，有可能展开历史、时代、社会、宗族的大故事。明清易代大舞台上的精彩，还不曾以与之相称的力道呈现。

中国历史是富矿，尽够采掘，问题在是否有其人独具只眼，见他人所未见。美国学者艾朗诺（Ronald C. Egan）发现了一个不同于成见的李清照（《才女之累：李清照及其接受史》），还有多少古人尚待发现？"故事新编"是一种文学体裁。不知鲁迅、施蛰存等作家也各有佳作。"新编"就有可能是发现，而非凭空悬拟，较之天马行空更苛求功力。

我曾拟过一组题目，比较被身份化了的"文人"与"儒者"。后来兴趣转移，将这题目放下了。在计划中的题目下，就准备讨论名士之为"名士"，是在何种意义上。至少我所读到的某些名士，在"三观"上与儒家之徒未见得不同，甚至更有其迂腐。冒襄即一例。各种现成的符号（亦标签），简化了人们对历史生活的认知与想象。实则无论嘉隆之际的文人与儒者，还是明清之际的文人与儒者，都不便看作不同族群。

顾炎武一再引宋代刘挚语："士当以器识为先，一命为文人，无足观矣。"（《与人书》，《亭林文集卷四》；《日

知录》卷十九"文人之多"条。刘挚语见《宋史》本传）
想必有具体所指（即如钱谦益），却影响广泛，未必不是
偏见。据说因印刷术的进步、书籍流布的广泛，宋代文人
较之唐代，更有学识。当然，学识未必有助于文学想象。
诗有别才。但文人、学者的界限的确也因此而模糊。理学
兴起，到明代成为主流意识形态。嘉隆间唐顺之修身之严
苛，与同时的理学家并无二致。钱谦益佛学修养深厚，也
已不只是纯粹意义上的文人。无论文人、儒者二分，还是
文人、儒者、学人三分，都不一定足以尽其人。身份符号
当它符号就是，涉及具体人物，还是少一点预设，深入其
人的生活世界与精神世界为好。

　　冒襄的文集中特别吸引我的有如下两点：冒氏家族的
内部关系；冒襄的任事。冒氏家族前面已经谈到。冒襄当
饥馑年代以贵公子而从事赈济，甚至因此而染病几殆，若
不读他的文集，就不会想到。[阮元《广陵诗事》（《丛书
集成初编》，商务印书馆）卷二记冒襄"救荒义事"，及为
救弃儿捐重赏以倡。] 我们关于"名士"的成见是否有校
正的必要？晚明被认为名士者，如钱谦益、吴梅村，都曾
任"公职"。冒襄不曾出仕，却未必不能以布衣的身份参
与地方事务。名士除了诗酒流连，还可能有强烈的家国情
怀。桃叶渡将"阉党"（阮大铖）嘲谑到狼狈不堪的那群

名士，冒襄也在其中。还有人认为冒氏从事过复明活动。对此或许需要更多的材料才能证明。无疑的是，冒襄不但有柔情，而且有血性。至于冒氏对明末政治参与的程度、深度，还有待考察。

不止文人、名士、儒者、学人，士大夫与基层民众，不同朝代、不同阶层、不同地域，差异之丰富，几不可穷尽。即使同一人，也不妨自相矛盾，此一时彼一时。当然较之于颜元式的依他所知的礼法训练妻妾，冒襄即使有其迂，也不如是之甚。因而"类型"仍然有，只是不宜被其拘限罢了。

许诺自己两性交往中较大自由的男性，热衷于规范女性行为。相信不止一个民族有这段历史与文化。至今出轨的男性理直气壮地苛责不安于室的女子，不也仍然是社会生活中每每可见的情景？而女性"内化"了男性中心社会的规范，依旧常见。性别平等，还有很长的路要走。

陈寅恪《元白诗笺证稿》："……当其新旧蜕嬗之间际，常呈一纷纭综错之情态，即新道德标准与旧道德标准，新社会风习与旧社会风习并存杂用。各是其是，而互非其非也。斯诚亦事实之无可如何者。"五四一代，如鲁迅、胡适，处新旧交接处、转型期的家庭关系，作为议题，长期以来热度不减，证明了古今伦理处境、困境略同，应对之策有限。人们仍然不能不在给定的条件下、有数的选项间游走。其实不惟"新旧变嬗之际"，即五四新文化运动发生一百周年的当下，不也仍然不同的道德标准、社会风习并存，"各是其是，而互非其非"？明乎此，对无论古人今人，都不妨有"了解之同情"。

冒襄的时代，在两性关系上，有敢于挑战流俗、时论的勇者，如钱谦益。龚鼎孳也可算一例。钱、龚较之冒，更有担当。在这一点上，钱谦益堪称"真名士"。冒襄则不然。但柳如是最终的命运，并不较董小宛幸福。晚年顾媚，我未见有关的记述。一时的名士，结局是可考的，名媛则不一定。淡出公众视野的名媛，晚景很可能凄凉。卞玉京即一例。秦淮河边的故事往往残缺不全，人们只取合乎口味的部分，而略去其他。孟森曾撰文辨清初顺治的宠妃董鄂妃非董小宛（《董小宛考》）。人们像是不甘董小宛的结局，有续写的冲动。这种续写，无论有无事实根据，均不妨读作晚明故事的余响。

冒襄被视为文人，并不以诗名世。不但远不及其时"江左三大家"的钱谦益、吴梅村、龚鼎孳，也不及与其有深交的陈维崧，散文小品更写不过张岱。但《影梅庵忆语》的确足以传世。冒襄或许更是气质性情上的文人，最好的作品，不如说是他的人生。水绘园或许比不过苏州、扬州的某些园林，却也因其间演出的故事、发生其间的文人交往而足称名园。这也是园以人传、以文传的例子。

　　杨念群著有《何处是江南?》。杨念群乃杨度（1874—1931）的后人，所写江南更是历史地理意义上的。纯粹地理的与人文地理、历史地理意义上的"江南"，必有不同。东晋、南宋、元明清三代的江南，作为论域与想象空间仍有开发的余地。我是心性较粗粝的北人，不是做这类题目的适宜人选，对细腻婉约的江南，总像是隔了一层。

　　就宗族及相关文化而言，传承或许更在江南。两晋、两宋间北方强宗钜族的南渡，对北部中国宗法的破坏，可以想见。如"王谢"中的谢安一族，即由今开封地区南渡。近代以降宗族文化的保存似乎以闽粤更为完好。某些处直是宗族文化的渊薮，有大量文献遗存。北中国互有不同。陕西较之河南，或有更多"传统文化"的印迹。以我的经验，《白鹿原》的故事不大可能发生在河南。河南一省之内或许也有差异，即如平原地区与山区，只是我不曾从事这方面的调研罢了。1970年代初我生活过的村子，有大姓却未见宗族遗迹。也许因我当时根本没有这方面的敏感，即有遗迹也视而不见。

珍重乡邦文献，是知识人的责任。明清两代的族谱、家集，本是重要史料，限于精力，我没有充分利用。所读家集，似乎只有《如皋冒氏丛书》。该丛书由冒氏后人冒广生（鹤亭）辑，据说光绪至民国编刊三十四种、附录六种，共四十二册。我所读的，只是其中冒襄的文字。冒广生（1873—1959），一生经历晚清、民国、中华人民共和国，本人已足称"文物"。冒氏的另一后人（或族人），抗战时编过以冒董故事为情节的话剧，让人物在舞台上鼓动抗战。"君子之泽，五世而斩。"在这种意义上，可以说冒氏有后。而同世代如钱谦益、吴梅村等，未闻后人有何作为。至于冒氏后人当代的踪迹，水绘园的管理者或许有相关信息。

宗族存续的条件，端在有无"后人"，有怎样的"后人"。即如有没有拥有财力与文化能量的后人。宗族文化的延续赖有传承，包括家学，亦如学派、门派之赖有传人。在当代，除上述条件外，还须凭借地方人士的持续努力。由此看来，水绘园边的故事还有可能延续。我希望如此。

附记：2017 年 9 月 16 日在如皋的讲座，使用的题目是《水绘园边谈冒董情缘——兼及明清之际士大夫的处家庭伦理》。此次活动中的插曲出乎我的意料。当地人士中有论证《红楼梦》系冒襄所作者，向我就此提问，我说以我对冒氏文集的阅读，冒似乎不具备写作《红楼梦》的才力。这一随机的表述，几酿成轩然大波，我由此知晓"红学"是一门何等专业的学问，的确不容未曾深研者置喙。

严肃与戏谑

——兼及古代中国民间娱乐活动

"严肃"是个较晚近的词。古文中语义相近的，或许是"严重"。即如说某人"性严重"。但"严重"一词，语义、语用已改变。这里就姑且用"严肃"。"严肃"与"戏谑"并非一定是对极。只是在明清之际的语境中，"戏谑"往往被作为严肃的反面（即"不严肃"）罢了。

关于晚明士风，王汎森有所谓"道德严格主义"的说法。他的《明末清初的一种道德严格主义》一文，希望提示的是，"在主张自然人性论的思想家的作品中，常能见到极为深刻的道德严格主义。这种现象以明末清初的思想家为特别突出"。（《晚明清初思想十论》页93，复旦大学出版社，2004）在我看来有趣的是，那些思想家对"气质""人欲""功利"等等的看法与通常的见解已有不同，认为"情""欲"是"人的天性中一个天然的组成部分"的儒者，他们的上述"修正"，不是消弭了，反倒加剧了士大夫道德修炼的紧张感、紧迫性。

同一时期，既有为人艳称的"名士风流"，又有"道德严格主义"，可以作为后人关于某历史时期"士风"的想象受制于目标人物及所采用的材料的例子。

古代中国人将"人"做成了一门大学问，不乏精致的思路，其中的有些面向，是今天通行的学科分类不能涵括的。这里也有我谈到过的"文化流失"。古代中国没有以科学实验作为支持的近代心理学，却绝不缺乏对于人的洞察力。即如对于"乡愿"这一种人格，对于种种"似是而非"（"似仁""似忠"之类）。我曾以《读人》为题，对这题目一写再写。近期发表的"读人"，还引了王夫之所说"不才而忮，其忮也忍"（《读通鉴论》），是我虽有类似的切近观察却不能够如此精准表达的。

儒家之徒对道德严肃性的极端追求，也不可避免地限制了对"人"的探寻。朱子就曾说过："人之情伪，固有不得不察，然此意偏胜，便觉自家心术，亦染得不好了也。"（转引自《明儒学案》卷五十九钱一本《黾记》）此

外也有对人的观察流于浅表、却影响深远者,如子曰:
"刚毅、木讷,近仁。"(《论语·子路》)即如通常的以不
苟言笑为"严肃",以刻板、拙于表达为忠厚,不就导致
了对人的误判?

严肃

古代中国的儒家之徒,以进德修业为终身事业,以
"优入圣域"为人生目标,无不有对严肃性的追求:既以
严肃的态度求道,也以此保障人生的品质。具体的入手
处,仍然互有不同。只是自幼至长,对于人的动作、仪态
的规范,是儒家经典中就有的,影响极其深远。

我对于与"身体的技术"有关的一套理论不熟悉。据
说该项理论关涉作为交流形式的身体性的行为举止和手
势;与此有关的社会规范,或许适用于对我下面所说的现
象的研究。"规训"因被用于翻译福柯,有了特定含义;
本文中所用,只是其字面上的意思,即规范、训诫。见诸
文献,古代中国知识人——主要仍然是儒家之徒——对身
体的"规训",功夫之细密,或许罕有其比。举手投足,
一言一动,神情姿态,无所不及。手的动作("手容"),
目光所注的高低("目容"),巨细靡遗。

子曰："君子不重则不威。"（《论语·学而》）《中庸》有所谓"礼仪三百，威仪三千"。古人所谓"威仪"，包括了内/外，表/里，是统一了内外表里的完整境界。因此要求内外兼修，身心一致，由外及内，由内而外。《礼记·玉藻》的"九容"，涉及五官四肢，包括了"足容重，手容恭，目容端，口容止，声容静，头容直，气容肃，立容德，色容庄"；所规范的不止于身，更有心（内在意念、精神）。常人的经验，"头容""足容"等的不正，往往由于生理性的疲劳，是一种自然的反应。"正"即所谓的"提撕"，无非经由规范身体而端正精神。明清之际北方大儒李颙说整顿"九容"，无非"制乎外以养其内"，"内外交养，打成一片，始也勉强，久则自然"（《二曲集》卷三一《四书反身录·论语上》）。由此，规范由外部的强制，转化为内在要求。前于此，吴与弼《与友人书》就说："人能衣冠整肃，言动端严，以礼自持，则此心自然收敛。"（《康斋先生集》卷二）

对外在动作、姿态，甚至有极其严苛的"技术性标准"。李塨所撰颜元年谱，记颜氏训诫门生"慎威仪""肃衣冠"（《颜元年谱》页43，中华书局，1992）。颜氏本人必"坐如泥塑"，"两足分踏地，不逾五寸"（页104—105）。黄淳耀日记，"忆他书载一人见前辈，方坐，足小交。前辈正色曰："小交则小不敬，大交则大不敬。'"
（《黄忠节公甲申日记》）苟细一至于此！非但坐姿，儒者
甚至自检及于睡姿，是今人难以想象的。

《礼记·玉藻》不过要求"目容端"，儒家之徒变本加
厉，更要求视线"上于面、下于带"，更具体化为"视不
离乎袷带之间"（按袷，交领）。据说"上于面则傲，下于
带则忧，倾则奸（倾，斜视也）"，而袷带之间，"此心之
方寸是也"（《明儒学案》卷五二）。还要求："坐视膝，
立视足，应对言语视面，立视前六尺而大之。"（同卷）如
是之精确，难不成还要拿了尺子去量？知名的儒者陆世仪
也说："人视瞻须平正，上视者傲，下视者弱，偷视者奸，
邪视者淫。"（《思辨录辑要》卷八）这一番标准化制作的
成绩，自然会是如鲁迅所说"两眼下视黄泉，看天就是傲
慢，满脸装出死相，说笑就是放肆"（《忽然想到》五）。
鲁迅的形容绝不夸张。

规训且及于妇孺。清人所辑《五种遗规》，包括《养
正遗规》（《易》："蒙以养正"）、《训俗遗规》、《从政遗
规》、《教女遗规》、《在官法戒录》，几于无所不包，堪称
"世故大全"。这也是古代中国的知识人对于人的基本道德
要求。他们以身体力行并推广上述规范，作为自己的伦理
责任。

收入《教女遗规》的唐代宋若昭《女论语》，有"行莫回头，语莫掀唇，坐莫动膝，立莫摇裙，喜莫大笑，怒莫高声"云云。《屠提学童子礼》，较朱子的《童蒙须知》更具体琐细，甚至及于"叉手之法""下拜之法"，另如："凡走，两手笼于袖内，缓步徐行。举足不可太阔，毋得左右摇摆，致动衣裙。目须常顾其足，恐有差误……"儒教的压抑性，尤见之于此种场合。

上述规训，以"从心所欲不逾矩"为最高境界，略近于俗语所谓的"习惯成自然"，以至犹如天性。借用了曾经流行的说法，即由"必然王国"进入了"自由王国"。至于规训的有效性，对于严肃性的无厌追求如何塑造、以及在怎样的程度上塑造了古代中国读书人的心性，则肯定有因人之异，宜于个案分析，不便作一概之论。为此就有必要考察与严肃性有关的道德要求在士大夫中实现的程度，尤其其间丰富的差异。这也应当是关于士大夫日常生活考察的一项内容。

关于外之于内，人的仪态甚至动作的作用于心性，以至更"外"的饰物潜移默化于心性、精神状态，古人思理的精微之处，我们这些粗疏的今人已难以领略。即如说古之君子佩玉，进退揖扬，"玉锵鸣"，"在车则闻鸾和之声，行则鸣佩玉，是以非辟之心，无自入也"（《礼记·玉藻》，

鸾和，铃；辟，便辟）。不但精微，而且诗意。有所谓的
"金声玉振"。古人相信玉的温润影响及于内在的祥和。内
外交修的必要性，于此也得到了证明。

也应当说，规训正因了"身体"的轻于"反叛"。从
来有"异端"，有"叛逆"倾向，有"放浪形骸"的名
士，有"箕踞"这一种不雅的姿势，有种种挑战、挑衅的
动作。大学问家方以智，据说永历朝就曾裸走，是今人不
敢尝试的。

有儒学作为主流意识形态，有对"严肃性"无厌追求
的知识人，"戏谑"就不能不具有敏感性，甚至被作为检
验人的品性的重要衡器。明清之际的另一大儒刘宗周，曾
引宋儒张载语："戏谑不惟害事，志亦为气所流。不戏谑，
亦是持志之一端。"（《圣学喫紧三关》）

戏谑

《易·家人》卦："家人嗃嗃，悔厉吉；妇子嘻嘻，终
吝。""嗃嗃"，指严厉怒斥；"嘻嘻"，即嘻嘻哈哈。意思
是说，即使过于严厉，也仍然较嘻嘻哈哈强。到了现在，
嬉皮笑脸、嘻嘻哈哈，语义不也仍然负面，至少被认为
"不严肃"？

　　严肃赖有规训，戏谑的冲动则根于生命，更本能。知识人并不一般地否定戏谑、谐谑，俗间所谓"开玩笑""逗乐"，甚至能欣赏谐趣，只不过严于雅俗的区分。雅/俗关系文化品质、人的文化品味，至今也仍然是文化分析的重要范畴。自重自爱的士大夫，能接受的是雅谑，至少"谑而不虐"，于此有严格的限度感、分寸感。他们不能容忍恶俗，低俗。那条线往往就在涉"性"处：容忍隐晦的暗示而忌露骨。

　　应当说明的是，雅/俗并不就对应于士大夫、细民，严肃/戏谑也不就对应于儒家之徒、文人。有种种品味的士和民，也有种种儒者（包括"假道学"）、种种文人、名士，于此也不宜作一概之论。

　　士大夫与俗文化的关系，似乎也有南北的差异。道学的影响力，像是南胜于北。据我有限的阅读经验，城镇化、市场化较发达的南方，士大夫更严别流品，严于雅俗之辨，而乡村的北方，知识人有可能更近俗。染指民间俗文化的明代名臣赵南星，正色立朝，是铮铮硬汉。风节凛然的傅山，其剧作据说有猥亵趣味，语言材料则杂用俚语。有明一代俗文化兴起，既推动了文化分流（两级化），同时也造成了雅俗界限的模糊。

　　古代中国与谐谑、戏谑有关的经典，就有《史记·滑稽列传》《世说新语·排调》。《滑稽列传》所记淳于髡、优孟、优旃，都有"谲谏"的事迹，即用了戏谑的方式谏诤。被作为"滑稽之雄"的东方朔，滑稽多智，变诈百出，当班固写《汉书》的时代已然传奇化。

《排调》篇所谓的"排调"，不同于司马迁所说的"滑稽"，欣赏的更是机辩，无伤大雅的调侃、玩笑。玩笑的雅俗，并非总能区分。即如《世说·排调》中如下一则就嘲戏调笑而近俗。"元帝皇子生，普赐群臣。殷洪乔谢曰：'皇子诞育，普天同庆。臣无勋焉，而猥颁厚赍。'中宗笑曰：'此事岂可使卿有勋邪！'"（中宗为晋元帝庙号）谑近于虐，这种打趣难免令对方尴尬的吧。但所用仍然是游戏态度，不同于有严肃性的讽刺。

戏谑即不"庄敬"。儒家之徒难免将戏谑与道德意义上的严肃对立。不威则不重。陆世仪说"笑"："凡人语言之间多带笑者，其人必不正。"（《思辨录辑要》卷八）江右的魏禧则认为"通脱滑稽之人，使任国家事，辟如童子剪纸为船，而载铁石其上也。"（《魏叔子日录·史论》）明末清初那个特殊时代，空间逼仄，心理紧张，乏"余裕"。内外两面的压抑，在这一点上也有体现。这种环境中，谐谑往往更属狂士行为。袁中道记李贽，曰："滑稽排调，冲口而发，既能解颐，亦可刺骨。"（《李温陵传》）

即使儿童，戏谑，包括开玩笑、讲笑话，也在所必戒。上文提到的《五种遗规》中的《养正遗规》，卷上《朱子童蒙须知》曰："凡为人子弟，须是常低声下气，语言详缓，不可高言喧闹，浮言戏笑。"《高提学洞学十戒》，以"小衣入文庙"，"闲坐嬉笑，及将圣贤正论格言作戏语"，统统归之为"侮慢圣贤"。其"十戒"包括"群聚嬉戏"，具体如"群聚遨游、设酒剧会、戏言戏动"。《朱子论定程董学则》要求学子"肃声气，毋轻，毋诞，毋戏谑、喧哗"。《方正学幼仪杂箴》责童子"喜笑勿启齿"，"见其异，勿侮以戏"。五种中的另一种，《训俗遗规》，卷一《陆梭山居家正本制用篇》，曰"居家之病有七"，其一即"笑"（注曰一本作"呼"）。

妇人女子，尤戒嬉笑。班昭《女诫》即有"正色端操，以事夫主，清静自守，无好戏笑"；"专心纺绩，不好戏笑，絜齐酒食，以奉宾客，是谓妇功"（《后汉书·列女传》班昭传）。上文引过的宋若昭《女论语》，有"喜莫大笑，怒莫高声"。亦收入《教女遗规》的明代吕得胜《女小儿语》，也说："笑休高声，说要低语。下气小心，才是妇女。"

更为不情的是，认为夫妇间不宜狎昵。班昭《女诫》："夫妇之好，终身不离。房室周旋，遂生媟黩。媟黩既生，语言过矣。语言既过，纵恣必作。纵恣既作，则侮夫之心生矣。"《教女遗规》卷下《唐翼修人生必读书》，说妻对夫"一生须守一'敬'字"，若"尔汝忘形，则夫妇之伦亵矣"，也是一种经验之谈，你不能说毫无道理。处夫妇须用"敬"，无非防微杜渐，避此媟、黩。吕坤《闺范》说某妇人夫妇相处六十年，"自少至老，虽衽席之上，未尝戏笑"（《教女遗规》）。闺门之内如此，由今人看来，不免生趣索然的吧。另有某妇"家法严肃、俭约"，婚后三年，"无少长，未尝见其露齿笑"（同上）。和这种妇人相处，不能不是一件痛苦的事。与戏谑有关的禁忌，还包括了老人。民间有"老不正经"的说法。"老"而"不正经"，被认为较之年轻人，更丑陋、可鄙。

汤普逊（Ewa M. Thompson）《理解俄国：俄国文化中的圣愚》一书说到，"在十六和十七世纪的莫斯科王国，公众欢笑欣喜是要遭到禁止或厌恶的。""在莫斯科王国，欢笑和戏谑和犯法联系在一起。不仅观赏民间艺人表演，而且荡秋千、下棋，或者说笑话，都在禁止之列。"（中译本页36，北京：三联书店，1998）古代中国似乎没有类似法令。儒者对谐谑的态度，是出于道德自律与一种与道德有关的价值感情，即对严肃的人生的肯定。戏谑在他们，有类似"不洁"之感，甚至某种破坏、瓦解性，或有可能成为"破坏""瓦解"的"端倪"。

忽而想到近一时常见的"表情"一词。不免想到,明清之际的知识人与细民各是何种表情?其实无论明清还是当今,"表情"肯定人各不同。明清之际固然有严于修身的儒家之徒,也有惯于谐谑的名士,甚至内心严肃者也同样诙谐。今日中国则有"嘻皮",有所谓的"嘻哈文化"。"青年亚文化"更是在丰富、改换着中国的表情。那种压抑性的文化仍在,却不再有如许的威力,是你我都相信的。

理论上,宋元以降,儒学作为主流意识形态,想必有妨于戏剧的发展,尤其喜剧。士大夫对严肃性的苛求,对戏谑的抑制,是否以及在何种程度、何种范围内影响到戏剧(及其他形式的)的演出,是专业研究的题目,要由剧目考察、对诸种演出形式的文献梳理,才能判断。我们都知道的是,戏谑的艺术在民间,从来如野水般泛滥,野火似的狂烧——笑话,谣谚,讽刺剧,以至闹剧。越草根越少禁忌,尤其涉"性"的禁忌。当着士大夫斟酌如何"笑"而不失优雅的时候,普通百姓或许正在剧场中、乡间舞台下狂笑,无遮无拦,肆无忌惮。民众的娱乐精神、游戏态度,于此得到了淋漓尽致的展现。

古代中国的戏谑冲动，戏剧或许竟是最重要的载体，充满了奇思妙想。调侃、嘲谑往往及于尊者（包括圣君贤相）。上文提到"谲谏"；有这种能力与作为的，不乏伶人，即如优孟、优旃。古代中国对戏剧演出似乎有某种宽容度，即如容忍直接的社会批评（往往由"丑"担当），也像是一种"传统"。明代的时事剧就赖有此种条件。另有其他形式的嘲谑、讽刺，包括政治讽刺，即如王夫之所厌恶的歌谣讽刺。

不止于戏谑，更有"闹"，由"闹元宵""闹花灯"、"闹社火"到"闹洞房"。游戏态度只有在民间，也才有如此酣畅淋漓的表现。迎神赛会、佛教的盂兰盆节（道教的中元节），与民间信仰有关的其他活动，城镇节庆的临时性演出，到乡村的草台戏（如鲁迅所写《社戏》），这种狂欢一向有自发性、群众性、公共性，是"公共艺术"的舞台，被作为近代学科划分中"民俗学"的考察对象。至于古代中国民众狂欢的方式、场所、内容，包含其中的文化精神，与巴赫金论拉伯雷时所说欧洲的广场艺术有何异同，需要中西文化比较的视野，超出了我的能力。

知识人也未必都不能与民同乐。明亡之际殉难的祁彪佳，其甲申年正月十三日的日记，记与人"共看村社迎神"（《祁忠敏公日记·甲申日历》）；《乙酉日历》三月二十五日，记"城中举社剧供东岳大帝，观者如狂，予举家亦去，惟予与诸友在山，薄暮，共酌于木香花下"。甲申、乙酉是何种"历史时刻"，祁彪佳和他的家人朋友仍然有如此兴致！

戏曲外，使一城一地"若狂"的，更有流行歌曲，如宋代流行的"挂枝儿""打枣杆"之属。明代的开封，几于满城尽唱《锁南枝》。风靡的程度，似乎又胜过戏剧，其魔力令士大夫为之惊骇，且不知其所自。

士大夫的家班，士大夫、上流社会的堂会，与民间的演出活动（商业性与非商业性）同属娱乐，"娱乐精神"却有不同。民间演出未必有意与士大夫立异，只不过另有传统。分流而并行，未必即是对抗，更是满足不同人群不同的文化需求，也基于士大夫维持自身文化品质的自觉。1980年代尼采《悲剧的诞生》的译介，引起了知识界的极大兴趣，"酒神精神"、"日神精神"一时流行。古代中国文化的上述现象适用于何种概括，却仍然是一个问题。"大判断"固然会有遮蔽，总还是需要的。

"严肃"、"戏谑"都是大题目，"民间娱乐"更是专业研究的对象，已积累了大量论述。本文涉嫌"大题小作"；且所用材料，偏于我较为熟悉的明清之际，所作判断或不足以概其余。我不过因其他题目考察所及，聊陈一得之见罢了。更进一步的讨论，已非本文所能，请读者诸君参阅有关专家的著述。

2014 年 3 月

关于扬之水的金银器研究

由《诗经名物新证》到《古诗文名物新证》到《奢华之色——宋元明金银器研究》，再到《中国古代金银首饰》，实在是洋洋大观，令人只有惊羡的份儿。

扬之水的器物研究，有朝代史的维度，以"文"与"物"为重心，兼重凝结于"物"的艺术与技术。"艺术"太过专业，我不敢置喙，对"技术"却有兴趣，曾拟了一个题目，想讨论明代文人与器物、制器技艺以及匠人的关系，作为明代文人考察的一个面向。我强调的不是器物，尽管"技艺"是体现于器物的，工匠则是器物的作者。前几年关于明清之际士大夫"玩物丧志"的言论分析，作为对象的，也是该时期士大夫对"物"的"癖""嗜"，及相关表述，而非所"癖""嗜"之"物"。我明白"器物研究"对专业知识的苛求，注定要将外行拒之门外。我的兴趣，确也更在文化关系，在文人之为文人，其与儒家之徒价值取向的（即使细微）的差异。让我佩服的是，扬之水由文学进入，经过长期艰苦的努力，早已成为器物研究的专家。

扬之水说她的关注，在"以物见史"。对于"文"与"物"，因没有古代文学的专业训练，我也没有能力涉及，但对于"以物见史"的可能性，是相信的。首饰与拥有者、使用者的身份、财力、文化教养、审美取向，与一时期的物质文明，普遍的工艺水平，甚至有无能工巧匠，工匠是否有足称"绝诣"的超高能力等等条件均有关。也因此凝结于金银器、金银首饰上的，是上述（及不限于上述的）诸种信息。由此，对金银器、金银首饰，不便简单地以实用/非实用区分。实用器物可能大有艺术价值，与其功能性或许并不直接相关；而非实用器物则另有功能，如所谓无用之用。扬之水所设目标，就包括了阐释这无用之用。这种研究的价值，或不只在为古诗文提供实物证明。诗无达诂，太实了或限制了想象。但有关的知识无疑是有价值的。我们的知识结构一向支离破碎，有大片的空白，限制了我们的历史认知与想象。扬之水打开的世界，往往在我们的知识库存之外。在她的观照下，那些器物都在说话，只是我们听不懂罢了。扬之水将她听到的故事讲给我们，对于物质细节不厌其详，艺术史、一般历史的丰富信息即在其中。读器物是一种稀有的能力，今天更是一种能生财能力。扬之水将她的这种能力用于文化研究，即与时尚、市场拉开了距离。

最近读了刊载于《东方早报·上海书评》（2014年10月19日）上的对英国学者柯律格的访谈。柯律格是《长物志：早期现代中国的物质文化与社会状况》一书的作者，访谈以他关于明代藩王墓出土艺术品的新作为中心。柯氏的自我定位非"汉学家"；他的明代文物研究，既取艺术史的视角，又取朝代史的角度，探讨凝结于器物的特定时代的技艺、美感与历史信息，那一时期中国的物质文化，与扬之水的研究旨趣不尽同，却无疑有交集。

柯律格说为了引起西方美术史学界的关注，他使用了福柯的理论框架。中国的器物研究似乎没有这种压力。但如果将器物作为"中国故事"讲给中国以外的读者，是否也会有柯律格面对的问题？我曾一再说到自己"暗中"受到某些理论的诱导。"物质文明""物质文化"的角度，就赖有理论的提示。即如一段时间以来对"老物件"的关注。近几年出版的，就有贵州作家戴明贤的《物之物语》

（人民文学出版社，2011）。该书勒口上的介绍，说该书"以'物件之历史'的视角切入，刻绘父母流传下来的老物件、友朋间赠送的书画及小物品，以及一些老照片等等所蕴含的人生故事"。那本书之后，有摄影家沈继光与高萍合作的《物语三千：复活平民的历史》（广西师范大学出版社，2013）。该书封面上印有作者的话："'物'自己是会说话的、会表达的，它一定有它自己的生命事件和附在它身上的故事。"拍摄"老物件"，沈继光着手相当早，选择的尺度又较宽，不取精巧别致，而取"基层民众"日常应用，几于无所不包（即如包括了农具、工具），故名"三千"。两个作者均借用"物语"，属不谋之合。此"物语"与日语中的"物语"自有语义的关联。物的故事亦人的故事。沈继光说自己旨在"复活平民的历史"；戴明贤所写之物，虽为个人私有之物，却也"复活"了历史生活的某些面向。

以古代中国金银器使用之普遍，不但豪门巨富，升斗小民也往往有祖传的宝贝。女人头上腕上的金银首饰，也非为贵族、上流社会所专。古代中国不同社会阶层的妇女，由皇族到"基层民众"，都使用金银首饰，只是有金银的成色、使用者趣味的雅俗、饰品制作工艺的精粗之别而已。扬之水所研究的金银器、金银首饰，所取更是有文

物价值的器物，与沈继光、戴明贤的上述著作，无论性质
还是宗旨均不同，有严格意义上的学术性。她的工作，是
极其精细的活儿，赖有长期的积累与非训练所能获取的鉴
赏能力。与内容匹配，她的著作图文并茂，印制精良，本
身即"艺术品"，有收藏价值。但在"故事"层面，与以
上两部著作却不无互补，各"复活"了一部分历史，无论
那历史是古代的还是现代的，贵族的、文人的或"草民"
的。倘若这种"复活"的工程能持续展开，"历史"将会
何等丰富！

最近得知，美国有所谓的"工匠运动"，旨在拯救被
遗忘的手艺。中国有"非物质文化"的申遗、培养传承
人，力图延续某些行将消失的技艺的一线生机。我不知道
上述努力是否确有成效。在成效不可期的情况下，扬之水
的工作是实实在在的保存遗产、存史的努力。

关于老年的笔记（上）

　　一些年前曾读到某政协委员的文章，说考察途中见到住在破棚子里的老妇人和她的一只猪——想必不是那次考察的项目，是项目外的发现，甚至是一个意外，一个因疏忽而发生的意外。他们只需要看到经了准备给他们看的东西。未知这老妇人的境遇后来有无改善。更可能她早已不在人世。

　　中国现代文学与老人有关、我印象中最凄凉的，莫过于蹇先艾的《水葬》与蒋光慈的《田野的风》。前者写一个因盗窃（小偷小摸）而被乡民私刑处死（沉潭）的儿子。小说结尾处，他的双目失明的老母亲，黄昏时分在屋前场上等着儿子归来。后一篇写知识分子出身的革命者，在造反农民将要火烧自家庄园时，想到了卧病在床的母亲。当然，那是被作为"私"念而被人物竭力抑制的。你自然能想到下面的故事，却又不忍想那故事：失去独子的目盲的母亲倒毙在乞讨路上？病中的母亲葬身火海？

看到过一幅外国人拍摄的民国年间中国行乞老人的照片，衣衫褴褛到只是一些挂在身上的碎布片，眼神凄楚。你也会想，这老人后来怎样了？拍摄者一走了之，还是设法施救？倘没有资源，如何施救？若举目皆是如此惨象，他又有何能力施救？

老人在乡村伦理处境的严酷、荒诞以至丑陋，余华《在细雨中呼喊》一篇有淋漓尽致的描写。小说中出诸儿童（"我"）的视角的老人的屈辱与挣扎，挣扎中的狡计，衰老的生命作为不堪承受的重负——先是对于周围的人们的，最后是对于衰老者本人的——会令你感到不适。在习惯了"温情脉脉"的伦理情境的读者，像是一些极端的、实则包含了普遍性的经验，只是人们往往视而不见，或有意避而不见罢了。小说所写，不只是一个受虐的故事。故事中的老人也不是通常意义上的弱者，也有受虐者对施虐的报复：小小的但恶毒的计谋。受虐者的自私与冷漠，使施虐/受虐相对化了，也使强/弱相对化了，以至你无所用其同情，不能不震撼于"生活"的阴沉颜色。

当代中国乡村老人处境之绝望，远没有得到充分披露。甚至不如一些年前，有稍具深度的社会调查，媒体人的主动干预。

2020 年一些关于贫困的视频发到了网上。其中一个视频，流浪的老妇捡拾垃圾堆里腐败变质的食物，跪谢送她 20 元的途经者。我也亲历过类似的一幕。郑州的一家餐馆外，一个老妇将脏兮兮的废品袋子放在餐馆门口，扒在窗户上向里张望。我对礼仪小姐说，我可不可以带她进去，回答是要那老妇将她的袋子移开。用餐后我递过去 20 元钱，老妇当即跪下。用餐时我问了老妇的生活状况。那是不能维持下去的绝望的生活。在北京街头也见到过这样的老人，是本市居民。所以流落街头，乃因不堪子孙的冷遇。1980 年代我在外地遇到的农村老人，则直接被儿媳赶出了家门。农村伦理的破坏更甚于城市。

曾在北京医院眼科诊室外，见到一位像是来自郊区乡下的老者，小心翼翼地向我打问治疗的路径。我回答了他，却明知没有年轻人的陪伴，他不会弄明白什么叫 OCT，也绝对找不到该医院的"诊疗楼"，弄清那一套复杂的程序，更不知他能否付得起高昂的医疗费。老者一脸困惑地走开。我自知帮不了他，却忘不了他谦卑的神情。

在同一家医院，还曾见到来自近郊的中年夫妇。妇人所患，显然是绝症。我为他们付了做检查的费用，身边已无余钱。离开医院时，见那妇人坐在候诊区啃带来的干粮。我不知他们当晚有无地方住宿，是否露宿街头。为牵挂驱使，第二天又来到医院，四处搜寻，再未见到这对夫妇。那妇人或许早已故去。

我对老友说，我有自虐倾向。不记得有多少次，对小有救济的流浪街头孤苦无依的老人，放不下，第二天又回到原地找寻，北京医院外，天安门广场下的地下通道，东单路口，甚至在开封穿过了大半个城市——即使回回落空。我自知救不了别人，不过在折磨自己。我将根由归结为早年对俄国文学的阅读。那种文学阅读如鲁迅所说，不过练敏了感觉，使感受痛苦。

2014 年初冬在北京南站所见寄居车站的老人，裹着多半是拣来的塑料雨衣，蹒跚着去公共卫生间，在水龙头下撩水洗脸，用塑料瓶接开水，面容愁苦。我问，你是乘车的吗？对方用了极小的声音说，不是。较之露宿街头，车站应当是较可安身的所在，有冷暖气，有厕所，有开水，可拣食乘客丢弃的食物。车站管理人员未强行驱离，是否也出于一点恻隐之心的？同一年在海那边金门的一处公交车站，连续几天见到同一位老人，蹒跚着，塑料袋里装着衣物。那座并无围墙的公交车站，有长椅，有卫生间，供应开水，可以充当半个家。

在莫斯科见到过寄居在 24 小时营业的麦当劳的流浪者。近几年京城的乞讨者已然少见。不知是否被挡在了城外。当年因孙志刚收容致死案，备受诟病的"收容所"变身为"救助"机构——我从未在任一城市见到，似乎早已消失于公众视野。发达国家街头，无家可归者是常见一景，未闻被视为城市肌体上的疥癣，以为有碍观瞻，给谁抹了黑。中国的城市管理，面子从来比里子要紧，要的是"看起来很美"，且出于市政管理者的审美口味。

近年来年轻人热衷于整容。关于老人，有诸多讲求意象优美的说法，"夕阳红""银发经济"等等。我怕这种"美颜"式的表达掩盖了与老年有关的暗黑与残酷，包括与所谓的"尊老"传统并存的根深蒂固的年龄歧视。"夕阳红""银发经济"等等尤其不适用于城市底层与贫困乡村的老人。他们无从感受"夕阳"之美，更与"银发经济"无涉。搭伴过日子、共同应对困境或许是有的，却与"黄昏恋"云云无干。

媒体曾报道的乡村"互助"养老，未见后续动作，更无论制度性设计。这需要公共财政的支持，有赖各级政府的介入，一整套可操作、检验的框架、形式。否则于家人子女的放弃之外，又有政府的放弃，乡村养老之为空谈、空头支票无疑。①

陈宏谋编辑《五种遗规》之《训俗遗规》卷二《王孟箕讲宗约会规》要求族人"矜恤孤苦"，说今人对族中鳏寡，"曾不一念及之。甑里尘生，门前草长，或鸠杖而倚门闾，或鸡骨而支床笫，凄风苦雨，举目萧条，长日穷年，无人僦保。纵同门共巷，尚且置若罔闻，而况住居相隔乎！偶经道过门，亦必佯为不知，更无特地相问者"。只有待其人死了，再假模假式地祭拜一番（按王孟箕，王演畴，万历朝进士）。对世态炎凉，非有细密的体察，不能写得如此真切。所写情景，未必不可用来为当下的世态人情写照。在有些方面，社会实在进步有限，而人情冷暖，未必非古今所同。

曾设想若有财力从事慈善，必不通过官方机构及没有

① 已有城市互助式养老的失败案例。根源无非经济。金钱上的计较最终腐蚀了赖以"互助"的友情。前人所谓朋友"无通财之谊"，确属古老的智慧。不惟朋友，亲人也如此。权利、责任分割清晰，在中国人尤难。在这方面，面子也永远比里子要紧。

足够信用的公益组织，务必亲力亲为，使救助落实到个人——即使对于庞大的基数，不过杯水车薪。确也只能是杯水车薪。我遇到过像是处于绝境的老人，你的施舍只是短暂地点燃了他们的希望，你无法给他们进一步的满足。

冒襄《祭妻苏孺人文》写其妇收养孤苦无依的老人，"厨下廊间，徙倚多老妪"，皆其妇"携归，养之十数年数十年者"（《巢民文集》卷七，如皋冒氏丛书）。未闻有其他乡绅这样做。这其实与经济能力无关，或更因穷人遍地，无从收养。在现代社会，这本应当是政府机关分内的事儿。老人余日无多，等不起。较之"留守儿童""事实孤儿"，至少应得到同等的关照。救济贫病的老人，包括"事实孤老"（即被弃养者），难道不是被纳税人供养的民政机构应尽的责任？

1970 年代初在禹县（今禹州）插队时，虐老的现象尚不普遍。乡村民风的败坏不如市场化后之甚，应当与行政力量（由公社到生产大队、生产队）的干预，更与舆论环境有关。其时的乡风未失淳朴。公社解体后农民进城，行政当局不作为，舆论失去了约束力，乡村伦理的崩坍，往往较城市更彻底。我在京城与外地，一再遇到被径直逐出家门的老人。那种哀恳、乞求的眼神，我至今记得。乡村向称传统文化的渊薮，"传统"的根基脆弱如此，尤其宗族力量薄弱的北方。南方也未见得稍好。有社会学家组织的湖北某地老人生存状况调查，该地老人的自杀几成习俗，有"自杀屋""自杀洞"。子女以为当然，老人也不排拒（或曰近乎顺受）。年过六旬，会有子女将农药放在老人房间里：如此直接，不假掩饰，令人心惊。①"发展"的逻辑不利于老人境况的改善（用进废退、优胜劣汰），慈善救助的重心，一向更在儿童（失学、留守儿童等）。对于老人，不妨任其自生自灭。老人的生存状况，关系社会普遍的道德面貌。修复被破坏的伦理，救治社会病，何尝不意义严重。老有所养，是古代中国人心目中"大同世界"的要件，更无论鳏寡孤独废疾者。佛家主张的众生平等，在中国远未深入人心。歧视无所不在，对穷人，对老人，对残疾人，对丑陋，对有智力缺陷者……

旧有"食物链"一说，近又有所谓的"鄙视链"。处于食物链末端者，有可能被所有位于其上者歧视，鄙视链

---

① 弃养，是代际关系畸变的表征之一，有对于儿童的，更多的，仍然是对老人。武汉、上海的一些年轻学者，在有关专家的带领下，对湖北京山农村的社会文化状况——其中包括老人的伦理境遇——做了专题调查。调查报告刊登在王晓明、蔡翔主编的《热风学术》第三辑（上海人民出版社，2009）上。其中研究中国乡村治理的贺雪峰教授的文章是《农村老人为什么选择自杀》。

亦然。理论上，除绝对意义上的"高端人士"，所有的人都有鄙视的对象。穷而老者自然在鄙视链的末端。较之1950—1970年代基于"阶级路线"的鄙视，歧视，这种鄙视、歧视虽不具有致命性质，却更普泛，将极少数"高端人士"外的所有人卷入其中。

居住老旧小区，你不难感受岁月沧桑。窗下住在前楼的佝偻老人，每天早晨在楼前绕着圈走，甚至严冬。喷嚏打得极为响亮，中气十足。终于有一天，你想到久已不见那弯着的背，听到惊天动地的喷嚏。

也是早晨，去元大都"土城"的路上，会与一对老夫妻相遇或同向而行，老夫推着轮椅上面无表情的老妻，无论冬夏。那想那必是个细心的老人，冬天会将老妻捂得严严实实。看得更久的，是一对父子。那儿子已过中年，推着轮椅上的老父。眼见得儿子一天天老去，老人则嘴歪眼斜，像是中风过，半瘫在轮椅上。后来那对老夫妇、老人和他的儿子，都不再出现于同一地点。发生在这期间的，是你不可能也不必知晓的，却记住了当时的感动，为了那日复一日的坚持。那做丈夫和做儿子的，总是一脸的和悦安详，像是没有一丝对"命运"的怨尤。

　　当然，"老人世界"不只有如上面向。我所见无赖老人，俨然"文革"余孽。曾在医院遇此种人插队，年轻人干预，即爆粗口，甚至揎拳捋袖。年轻人愤然说"为老不尊"。①

---

　　① 一度有是"老人变坏了"还是"坏人变老了"的议论。我相信更是后者，即在恶劣的环境中成长者，年老失控，将其"恶质"暴露无遗。

关于老年的笔记（中）

有可能表达关于老年的感受的，仍然是知识人。更多老人表达不出他们的痛，他们的了无生趣。这并不总是与"话语权"有关。他们有可能只是说不出。当然，也不敢指望有人倾听。说不出与教育程度或语文能力有关，无人倾听则涉及我一再提到的年龄歧视。

吴宓晚年曾在书札中对其爱徒说，"老人难得是在健康（身体）、清明（神智）、安定（生活）、快适（精神）中，无病而终"（《致李赋宁》之七，《吴宓书信集》，北京：三联书店，2011）。他自己就不能如此。离开任教的西南师范学院，已目盲，寄居妹妹家，生前未获"平反"。

陈寅恪、吴宓都一再自卜死期。只不过"人算不如天算"，死期延后，使他们多了无可逃脱的厄难。

考察当代史期间，阅读文献令我心情沉重的，不在读关于那些血腥事件的记述，却在读吴宓日记。经了漫长的阅读，吴之于我，像是熟人，如我生长其中的高校校园里随时遇到的老人。他的孤弱无助令我痛心，所处的凶险环境——包括周遭人物对他钱财的觊觎——让我随时为他提着心，如眼见孺子入井而无可施救，尽管明知事情早已过去。我不放心1973年后的吴宓（1973—1978）。不知他回到陕西依其妹妹度日后，能否受到善待，为其设想正像对一个熟悉的老人。那种深切的相关之感，是考察当代史的五六年间少有的。这或许不易理解。吴宓的迂，他的昧于世事，令年轻人难耐。我想，大约因我自己已是老人，有了同理心，才终于能感同身受。

顾颉刚、吴宓日记中关于排便的记录，或令年轻读者不能卒读。但那的确是众多老人每日的功课，甚至第一要务。1970年代初在河南农村插队时尚年轻，没有关心过绝无医疗条件的村里老人如何应对这一难题。或许粗劣的饭食于此能有一点帮助。粪坑上铺一块木板即是便池。那时尚不知有所谓便秘。便秘不但是老年病，或也更是城市病。今天的乡村，未知老人是否确由"扶贫"中获益。倘也吃上了精米白面，也会与城市人有同病的吧。

沈从文"文革"期间随"五七战士"下乡，在湖北乡镇，生活不便，心理却仍能保持健康，家书中说自己"只能坐在床上，无一本书，无一图像，也居然能全凭记忆回想，写成两个约五百个图的文章"（《复张兆和》，《沈从文家书》，南京：江苏教育出版社，2005）。"连日阴雨中，在床上已初步完成了《关于马的应用历史发展》一文。一切全凭记忆，大几百匹，甚至于过千匹马的形象，在头脑中跑来跑去，且能识别他们的时代、性能和特征，和相关文化史的百十种问题。"（《复张兆和》）他本人对此也暗自称奇。他当时所写的两句诗，"独轮车不倒，前进永不停"（同上），却不免"时式"，诗味稀薄。

沈从文写给大哥沈云麓的信中说，写短篇的能力，"一失去，想找回来，不容易"，"人难成而易毁"（《沈从文全集》第二〇卷，山西：北岳文艺出版社，2002）。即使写有关文物的文字，也不能恢复曾经的状态。"重新看看我过去写的小论文，如同看宋明人作品一般。重新争回十多年来失去的长处，或许已不大容易。"说自己能看书，记忆也还清晰，"就是不会'写'了"（卷二五）。

也有人不同。聂绀弩有"老夫耄矣人谁信"（《致高旅》，《聂绀弩全集》第九卷，武汉：武汉出版社，2004）句，说自己乃"樗材"，即不堪用之材。聂倘真的是"樗材"，也就不至如此艰困，而能获保全了。"文革"后聂绀弩衰病，却鼓励友人道："无论怎么老、穷，笔不可搁，此笔非匆促可致，能写一个字也是好的!!!"聂自己虽缠绵病榻，不得不求医问药，却机敏如旧，非但毫不颓唐，且不失桀骜之气。①

顾炎武曾对人说："生平所见之友，以穷以老而遂至于衰颓者，十居七八。"（《与人书六》《顾亭林诗文集》，北京：中华书局，1983）说的是普遍现象。王夫之如下议论，却是对于老的应对之道——仍然系对士人说法。在他看来，"唯学问之道不然，愤乐而不知老之将至，任重道远，死而后已，不以亢悔为忧"。（《周易内传》卷一上，岳麓书社版《船山全书》）可以用以自励，却无以改变"以穷以老而遂至于衰颓者，十居七八"这一事实。朱子《答蔡季通书》："老人之学，要当有要约处。"（《晦庵续集》卷二）此义或许可与王夫之的说法相互补足。

---

① 关于自己，他在致舒芜的信中说，"桀骜之气亦所本有，并想以力推动之，使更桀骜"（同书）。

　　妹妹说自己办出国手续，苦于按不出指纹。我看了看自己的十指，指纹也模糊不清，像是已被岁月磨平。还记得儿时将指纹分为"斗"与"簸箕"。"斗"指闭环状的指纹，"簸箕"则反之。当地民间的说法是，"九斗一簸箕，到老坐那吃"。意思是若指纹"斗"有九个之多，老来即衣食无虞。我已不知自己有几斗几簸箕。

　　最先老去的，是零部件，如关节，蹲下即不能站起，必得借力扶手或撑着地面。当然更有皮肤、头发。2015年左眼突然失明后，虽赖右眼继续读书写作，生理的变化仍然影响到了心情。即如在强光或弱光下，另如单眼造成的视物的偏差。这些不适，别人很难体会。由此想到父亲大致这个年纪左眼失明，子女都疏于关心。据说他曾因失焦撞在树上，要用几次才能将手中的物品挂在挂钩上。这些细小处，即使身边的亲人也如此粗心。

　　应对视力的衰减，洪先生向我推荐了一款进口的变色眼镜。我到京城某有名的眼镜店，店员觉得我莫名其妙：买一种国产的不就得了，言外之意是，已经那么大年纪了……折中了一下，我买了另一款价位稍低的进口眼镜。这种"歧视"随处可遇。我们自己也未见得没有。即如我，就不曾想到为母亲买一款稍好的助听器，无非也因"那么大年纪了"。歧视并无恶意，基于"常情常理"，甚至不无"体贴"：省点钱吧。

　　老人不难体验衰弱所导致的情感的麻痹。爱也如恨，从来是要实现于具体对象上的。对生活的热爱，要经由极具体的关系实现——也包括自恋，对自己的怜惜。衰年难得的是兴致，怕的是了无生趣，奄奄待毙。流行语有所谓的"废柴""丧"。即老，也不一定必"废""丧"，只是老人的"丧"较年轻人，稍稍理直气壮罢了：我活过了，拼过了，累过了，苦过了，乐过了，"丧"又何妨。倘年既老仍活得有味，吃得有味，聊得有味，即短寿不也值得？

　　当今有所谓的"斜杠青年"。见之于媒体，也有"斜杠老人"，在衰惫之年开启了一段新的生命历程，尝试进入陌生领域。我原本惰性，虽年轻时有过其他爱好，时间仍然更在读与写中消磨。既然读、写更能使我得到乐趣，何必转场，只为了证明自己尚有其他能力？及其老也，血气既衰，戒之在得。虽已是暮年，相信若被置于某种情境，仍不会退缩，血性依然在。至于"斜杠"，也就罢了。

　　不妨承认老年意味着被"主流"遗弃或自我疏离：被流行音乐，被依赖特效烧钱的玄幻、魔幻、科幻大片，被以青年为受众的综艺节目，被装置艺术、行为艺术等等，被时尚品牌……那些曾为之痴迷的歌也已不再令我动情。这或许也是衰变的一部分。你与世界的联系经由这些发生在时间中的变化而松动。你不再是曾经的你，也不必返回曾经的你。

在附近的便利店对店员说自己不用微信、支付宝，身边的女孩轻蔑地一笑：还知道微信、支付宝！这种并无恶意的轻视随处可遇。老伴常常令出租车司机惊奇：你也会滴滴打车？这种环境使老人感到他们被科技进步遗弃是当然的。我不能对那女孩说，我1993年就开始用电脑写作；是否用电商无关乎能力，更是个人选择。但选择的压力的确在加大，当实体店纷纷关张，购物日益不便之后。

用电脑码字后，绝少长进。知有所谓的"大数据""云计算"，不认为与自己有关，已"沦为"高科技时代的遗民或准遗民。因此而错过了大量信息——其中一定有确实有用的信息。权衡利弊，仍然决定"遗"（亦"逸"）下去。即使如此，新冠疫情期间还是不得已学了网购。除上述种种外，并不拒绝陌生的知识，会向年轻人请教何为ID、二次元、三次元，想必一脸的呆萌。看来与新生代之间的次元壁不大可能在有生之年打破了。或许那边的世界的确很精彩，留在这边也不以为憾。做一个高科技时代手工作坊的匠人，没有什么不好。

到 2018 年底最后一本学术作品收官，已无余勇可贾。接下来是当年的圣诞节、元旦，第二年年初的春节，心情平静如水。放下了，也放心了。不再担心老伴或我突发变故，将一堆未完稿扔下，无人可以收拾。放下之后，曾计划集中一段时间读苏东，列了书单，却不敢实施。一切都已经太晚。

"识力颇进，而记诵益衰"（《与严冬友侍读》，《章学诚遗书》卷二九、外集二，文物出版社，1985），应当是一种有普遍性的老年经验。我也往往苦于记诵能力的衰退。恨不能时光倒流，切实地下一番记诵的功夫。即使知识的补充收效甚微，仍然会啃"烧脑"的文字，不能满足于所谓的"舒适圈"。"识力"的长进有限，思理却偶尔活泼，有触类旁通的欣喜。在智力退化终至于失智之前，在残存的视力丧失之前，何妨再做一番挣扎。

仍然有"成长"。即耄耋老人也会"成长"。几十年来，在学术工作中成长，在阅读与写作中成长，在阅世读人中成长。对于人的兴趣至老不衰。由中国现代史上的知识分子，到明清之际士大夫，到当代史人物。尽管老而惫——是"惫"，还不至于"悖"——仍然能感到自己的活力，即如当着汲取了一点新知，扩展了一点思考的疆域。仍然有切实的关怀与期待、愤怒与感动。一部分生命流失了，却还有一部分活得生机蓬勃，不曾全然失却了野性的力量。我为此感到安慰。

生命过程中的剥落，中年之后逐渐提速。老的好处，在卸却了许多东西，包括本应承担或自己揽下的"责任"，包括曾勉力维持的某些社交。最大的减负，是与单位少了瓜葛。曾经的人事困扰确是梦魇。伦理义务已尽。虽有遗憾愧疚，却知不可挽回，该放下的还得放下。卸掉的还有其他。回望天下朋友皆胶漆的年代，会洞穿其中的虚幻，不自觉的自欺，一厢情愿。那种美好，未必不出于营造。到了无需经营，体验的或许是更真实的处境，你身在其间的人间世。晚年或许会有沦肌浃髓的孤独；却又因临近终点，大可坦然以对。日日与自己相对，与老伴相依。那种不无凄清的宁静，未必没有美与诗意。

熊十力写于1963年的《存斋随笔》有如下文字："余年七十，始来海上，孑然一老，小楼面壁，忽逾十祀，绝无问字之青年，亦鲜有客至。衰年之苦，莫大于孤。"既因在大病之后，也应因当时的社会环境。倘在民国，不至有如此落寞的吧。交流愿望的进一步淡去，在我，最是老之已至的证明。回头看，一生中由与人交往中获得的快感，仅在任教那所中学（1972—1978）与读研及读研后的一二十年间。亲情与友情都在销磨中。这或许才是真正的老境，老人必得面对的严酷的真实。

听老耄者发表昏聩的言论，会惕然，怕有一天自己也如此。我不知自己能否做到适时停笔，缄口（不谈学术）。《老子》有"知足不辱，知止不殆"云云。前人以为倘奉此教，晚节不难保全。"晚节"云云，已像是陈年旧话，罕听人提起——或许社会进步了，又或者在某一方面退步了。"知足"、"知止"以求"不辱"，则是必要的：岂止"必要"而已！只不过封笔也如"挂冠"，这类宣示的动作就不必了。顺其自然，以读写自娱或消闲就是。不做无益之事，何以遣有涯之生？

"余裕"是奢侈品，从容乃理想的状态，"优雅地老去"是不可及的梦想。即使如此，也不妨在某一天到来之前，尝试着从容地过余生的每一个日子。

日本演员树木希林的遗作《一切随缘》（中译本由人民文学出版社2020年出版）引起了中国读者的兴味。"一切随缘"作为哲学，很"东方"，较"顺受"稍积极。落实在树木这一个体生命，又极独特。比如自以为受益于

"失误"——由自己的长相，① 到失败的婚姻，都能从中发掘出价值。这种通达不为常人所有，甚至可以说得上奇思妙想。因看过她参演的《澄沙之味》《小偷家族》，② 还记得那张虽不美却也不丑的脸，以及因眼疾而失焦、看起来有点斜睨的眼。我以为不必追求这种人生境界，否则难免于矫情。不一味怨天怨地，不跟自己过不去，不跟"命运"较劲儿就好。

　　女人接受自己的丑，最不容易。树木的达观也因她演艺事业的成功，由成功而自信。这一点不必讳言。这种成功在"颜值经济"当令的今天，确系可遇而不可求。因而树木这方面的思路不宜推广，以免误导了更多少男少女追逐注定会破碎的明星梦。

---

　　① 长相难以说"失误"。一定要说，则只能是造物的失误。当然，说失误有可能出于树木无所不在的幽默感。
　　② 后又由小友推荐，观看了树木希林参演的《横山家之味》。

关于老年的笔记（下）

老的终点，是死。"死"作为议题，在中国的语境中迄今亦未脱敏，令人不忍或不敢触碰。"向死而生"是好题目。我们明知如此，却不愿说破这一层。鲁迅《过客》中的老人坚持说"前面，是坟"，确像枭鸣，闻者难免以之为"恶声"。性教育与死亡教育，都曾经是禁忌。这类禁忌的打破，是文明推进的标志。

涉及死，我们未见得较古人通达。王夫之说："生死者屈伸也，……有一日之生则尽一日之道，善吾生者善吾死也，乐在其中矣。"（《周易内传》卷二下）① 是极明达

---

① 他还说："贫贱患难，素位也，寿夭，正命也，皆莫不吉。""顺受其正，如腓之顺股，则抑何害之有？"（同书，卷三上）无不明达。

的话。读贝克勒等编著的《向死而生》的中译本（北京：三联书店，1993），对那些与"主"、基督有关的表述毫无所感。希望读到的，是人们切身体验的老、病与死。应当承认，那本书没有打动我。文学艺术从来有更刻骨铭心的死亡叙事。更优秀的叙事者写小说去了。

我们自以为关于生死想得很透彻，濒死的关头仍有可能尽失故我，拼命想抓住水中的一根浮木，或悬崖边的一丛野草。生与死间的这一"临界状态"，种种不可控的情形会出现。虽未身历，所知所见，已令人心生畏惧——不是对最终的死，而是对失控。

经历了局部死亡的累积，经历了漫长的丧失——由丧失诸种功能，丧失诸种"关系"、丧失记忆——之后，人往往仍不甘于平淡的死。似乎一定要有出人意表的谢幕，才算对世界有了交代。

安宁疗护（亦作"姑息疗法""舒缓治疗"），较之更为人熟知的说法"临终关怀"，语义模糊，语感温和，避开了有关死亡的暗示，考虑到了濒死者与其亲人的承受能力。"摆渡"的说法亦妙，不知是谁最先想到的。记得由媒体上读到，从事临终关怀的松堂曾有选址之难，屡遭社区抵制，无非因不吉利。由医院办"安宁疗护中心"，或较易于被接受。"安宁疗护"是"治疗"之一种，淡化了"放弃"的印象。放弃的权力永远属于生命的拥有者，任何机构不宜包办。病人失去自主行为能力，是否停止治疗，由专业人员、专业机构定夺，有助于避开伦理难题。

罗点点、已故陈小鲁等力推对于罹患绝症、病情危重者的舒缓治疗、"生前预嘱"。"生前预嘱"的内容，包括了所期待的治疗或放弃治疗，自主选择辞世之际向世界告别的方式，或谢绝任何仪式。我以为其中必不可少的是，"你希望得到谁的帮助"。眼下不无普遍性的是，老人生前少人过问，濒死时亲戚即纷纷现身，为自己争取甚至声张权利。更有甚者，对一息仅存的老者迫其表态。鲁迅晚年有一篇题为《死后》，以假定性的笔法写身后周边的嗡嗡营营、嘈嘈切切。那声音更来自无聊的论者。近年来于人死后纠缠不休的，多半是自以为有利可图的血亲。①

杨绛生前处理私人事务的冷静彻底，足证此老内心的强大，令人敬服。黄宗羲晚年作《梨洲末命》《葬制或问》，一再申说自己关于后事的要求，强令其子执行。另有诗示其子黄百家，其中有"莫教输与鸢蚁笑，一把骸骨不自专"云云。"一把骸骨不自专"，确也是无数老人的

———————

①　近些年来社会伦理层面的败坏，莫此为甚。

悲哀。

　　2017 年 10 月出台的《民法总则》第三十三条，有关于"意定监护人"的条款，据说大受欢迎，证明了早有相关需求，包括有子嗣者。少数有公证资质的机构工作量之大，应对的主要是涉及遗产/继承的日益增多的纷争。一点贪念致父子反目，祖孙成仇，家人亲戚对簿公堂，近年来常演不衰，无论城乡。几十年间的"社会溃败"（孙立平），伦理崩坏，其征象就包括了财产（尤其房产）争夺——在一二线城市房价高企之后。完善相关法律，未见得能挽回"溃败"、"崩坏"于万一。不知有多少老人生前身后搅在一滩浑水中。

　　写《家人父子》一书，冒襄兄弟的案例令我震惊。冒（襄）董（小宛）情缘为人艳称。冒襄一生的艳遇不止于此。另有据说贤淑的发妻，与众多名流朋友，伦理当属圆满。读其文集才知晓，其人于父母、兄弟间均有扞格，甚至兄弟反目，到了散发揭帖的地步。写那本书，我将诗意化古人的部分，作了某些还原。我据自己的经验，对被描述得毫无缺陷的伦理关系常存怀疑，以为实情或不尽如此。因而关于宗族、家族，与治宗族史者取向有别。对当局为社会修复而盲目地征用"传统文化"不以为然。关于宗族的负面作用，此前此后均有验证。官媒也有"村霸""乡村恶势力"一类说法。2019 年缉毒题材的电视剧《破冰行动》，以东南沿海某地的真实案例为原型，提供了"宗族恶势力"的极端例子，令人毛骨悚然。

如上文已经写到的，最残酷的老年，仍然在乡村，尤其经济文化落后的乡村。老人是传统社会伦理崩坍后最早的牺牲。我曾读到关于农村"弃老"现象的报道。留守老人较之留守儿童更弱势。一个日趋功利的社会，首先放弃的，就应当有失去了创造价值的能力的老人，无论这些老人为社会发展做过多大的贡献与无谓的并非自愿的牺牲。儿童是"祖国的花朵"，国家的未来，留守儿童、贫困地区的儿童处境尚且如此不堪，何况与"未来"无涉，令人想起的更是历史伤痕的老人！

关于老年，最尖锐的，无疑就有自杀这一主题。

中国的传统社会，并无日本经典影片《楢山节考》中的那种习俗。《楢山节考》的剧情非关"人道"与否；放弃老人，令其自生自灭，也如"动物世界"，乃因应生存困境的选择。而中国，据说有尊老、敬老的传统——尽管如已经提到过的，我对相关实践存疑，以为或更出于士人的拟想（制度设计），如《周礼》。

在我们的环境中，老年生存的残酷、丑陋面往往被掩盖。不鼓励文学艺术直面现实，亦虚症之一种。老年题材难于得到充分开发，与此不无关系。日本著名导演大岛渚拍摄有《残酷青春物语》。无论"残酷青春"还是"残酷老年"，在我们这里无不易于触犯禁忌。

法国获奥斯卡奖的剧情片《爱》，直面老、病的残忍性。该片结尾，老翁于力竭之际用枕头闷死了痴呆的病妻，而后将门窗缝隙用纸条粘贴（开煤气自尽）。美国有类似题材的剧情片，《爱在记忆消逝前》，叙述的是一对老人的死亡之旅。两部影片均将老年生存的困境以至绝望呈现得令人心悸。并非由于贫穷，没有求助于相关机构，直接选择了同死，或许更证明了人应对此种绝境时选择的有限性：不但拯救他人而且自我拯救之难。我们不会拍摄这种题材，即使实际情况或许更严酷。在这里，更普遍的老年悲剧仍然是贫困，以及几十年来伦理失坠造成的弃老、虐老。有选择，能选择，较之只能听天由命者，已算得"幸福"。衣食无虞而选择死亡，或更足以示人困境之普遍。但较之既饥且寒孤苦无依的老人，这种"自主选择"仍然显得奢侈。

中国式的葬仪有职业的"嚎丧"者，最是陋习。父亲晚年的回忆文字，写到自己在母亲的葬仪上因哭不出来为亲戚不满的旧事。旧式家族，长辈去世，嚎哭，被作为子孙尤其长子长孙的伦理义务。

金宇澄关于其父母的回忆写到他对老年的观察："在老境中，友人终将一一离去，各奔归途。他们密切交往时期的过程，会结束在双方无法走动、依赖信件或互通电话时期，然后是勉强的一次或几次探病，最终面临讣告，对方也就化为一则不再使用的地址和电话号码。……人的全部印象，连带记取他的活者本身，全部消失之后，才是真正的死亡。人是在周而复始替换这些印象中，最后彻底死去的。"（《回望》，广西师大出版社，2017）

我的观察何尝不如此。即如对我的父母。父亲一生帮助过的后辈学人不知凡几。待到暮年，"糊涂了"，那些曾经走动的同事失去了踪迹。待到故去，甚至近邻也不闻问，世态炎凉如此。生命终结前，除却某些踞高位、拥巨赀、享盛名者，无不孤独。年轻人更渐行渐远。你还活着，已由对方的世界中淡出。洞穿了势所必至的最后一幕，不如主动做减法，适应寂寞，安静地活在你的角落里，安静地死去。看到了尽头，洞穿了必然到来的一切而仍然活着，需要更大的勇气的吧。

人生的最后一程，是自然而然地做减法。包括人事。

友情渐疏渐淡，直至有一天你"故去"，久未露面、久无联系的熟人，出现在你的葬礼上。他们的哀戚未必虚假。你的死很可能提示了一段往事。更多出席葬礼的人，并无哀痛，只为了见证一个人的离去，更为了借此见见与逝者共同的熟人朋友。殡仪馆外呼朋唤友，热闹非凡；踏进哀悼场所的那一瞬间收起笑脸，行礼如仪。看过太多这样的场面，真不希望这种事发生在自己身后。可悲的是，活着的人不如是想，他们需要仪式以了结一件事，以求得安心。

富仁的后事由他原先任教的北师大文学院操持。仪式隆重。那些与他过往较少者，或许更因震惊于富仁选择的辞世方式，决绝，像是无所顾念。这样的死法令人自感孱弱。在此之前，远在汕头的他，事实上已退出了京城学界衮衮诸公的视野。告别仪式大厅内外不闻有人大声寒暄，参与者神情肃穆。富仁的长子代表家属讲话，简短得体。老钱的夫人崔大夫为自己预先设计葬仪，且因由老钱门下弟子协助养老院操办，避开了世俗那一套礼仪，较为优雅自然。我绕着遗体走了两圈，向老友告别。心里想的却是，有什么办法能确保自主，拒绝一切身后的仪式？

送别友人，中岛碧先生之后，即富仁。为死者写纪念文字，中岛先生、富仁之外，另有樊骏。樊骏于我，亦师亦友，不同于富仁之为侪辈。一代人文的凋零，在一个个人的逝去中。世风早已大变，学界不复旧貌。我们或可自居某种"遗民"——一种时代风尚、风气、人文气象之"遗"？

读阿图·葛文德《最好的告别》[①]

读这本书的我，较好的阅读状态不再，不免读得断断续续。所以如此，除精力不济，也因书中那些老人的故事难称美好，映照出的老人普遍的困境，更要有一颗坚硬的心面对，尤其当你目睹了身边老人一个个故去，你自己也早已进入老年之后。

该书作者以医生的身份与经历讲述所见老人、病人，带你跟随他到一间间医疗机构，一个个家庭，一家家养老院，看经由作者的视野呈露的这一角世相。

---

① ［美］阿图·葛文德（Atul Gawande）《最好的告别——关于衰老与死亡，你必须知道的常识》中译本，浙江人民出版社，2015。

作者说，他与一位高级老年病学专家沟通衰老问题，问对方"是否搞清楚了导致衰老的特定的、可复制的途径"，对方说："没有。我们就是一下子崩溃。"（页33）我由身边最亲近的人那里印证了这"一下子"。父母都善于行走，步履轻捷。父亲将这种能力维持到了九十岁。之后，"一下子"，他迈不开腿，只能在地上"蹭"。老伴也如此。有一个时间节点；在那个点，不可逆转的变化发生了。当然，突发状况无非积渐而至，但变化显现的那一刻仍然令你猝不及防。

我也据此体验着发生在自己这里的变化。视力的衰退外，骨骼、关节的老化早就发生，膝盖，腰。似乎是，你每一个动作，以至夜间的一次翻身都会有骨头被挫伤。你的这架机器的磨损过程难以还原。

书中提到了在美国养老的花费。"一多半进驻长期护理机构的老年人花光了全部积蓄，只得依靠政府资助的福利才住得起"；失能并入住养老院，"年花费比独立生活多五倍以上"（页44）。中国似乎难以作如上统计，因有政府背景的福利机构只负责"兜底"（即收纳低收入者），其他老人如不想终老家中，只能选择商业性质的养老机构，而这种机构层级繁多，不可能有统一的收费标准。养老机构也评级。相信星级机构，已非绝大多数城市老人所敢指望。社区较为简陋的养老机构，也只能成为部分社区居民的收容地。

曾由朋友陪同去看过一家主要面向失能失智老人的机构，注意到门上的窥视孔，仅供管理、护理者由外向内观察居住者的状况。由外看进去，房间内部的确一览无余。这设计更像医院病房——不便说监舍。不到你的生活全失去掌控，是绝不会考虑这种所在的。当然，失能的老人或许只能接受这种安排，失智者甚至对无论怎样的安排均无感。那确实是一种可怖的情境。

在厦门对面的金门旅游，途经一个"长照中心"（长照即长期照护）。建筑外观庄重，周边空旷，未见一个老人。有老人由此上车，两个人陪同，一行三人一路无语，令人悚然。

应当说，较之一般的养老机构，我们所在的养老社区，管理层的理念较能与发达国家接轨。当然有代价。即如有关于老人跌倒的消息。我们入住后认识的老人，有因一次这样的意外而死亡，或老夫妻一方跌倒后，另一方也随之消失。事实是，即使有人日夜护理，这种意外的发生也无可避免。我们不能在意外发生前预先让渡依照自己的愿望生活的权利。

　　由该书知道了"一种老年状况"，即"体位性低血压"，症状包括了"夜惊"（页78）。父亲晚年曾有书中描写的症状。平素一向温顺的他，夜间会拳打脚踢，且大声喊叫，如在与人搏斗。我们毫无医学知识，全不知晓这种现象的病理学的原因。

　　一次父亲用简陋的坐便器，不慎翻倒，将保姆压在身下。那时的我，何尝知道有"液压升降装置"；即使知道，那种装置也未必适于家用，应当更是为医院或养老院设计的，至今或许也难以进入寻常百姓家。此外看到过王瑶先生和父亲临终前使用的吸痰器，笨重，噪音震耳，使病人痛苦不堪。曾想，本应当有更轻便的家用吸痰器。这种器械，以我外行的想象，工作原理似乎并不复杂。"为老人的设计"是功德无量的事，无论对老人本人，还是对其家人——只是尚需市场的推动。老人的需求，往往不能成其为"杠杆"。

　　书中的一个小标题："生活中最好的事，就是能自己上厕所。"（页117）有多少年轻人能读懂这句话中包含的辛酸？要一个一生习惯于整饬、对自己一丝不苟的人，被

大小便失禁困扰，不得不使用纸尿裤，在他人的陪伴、搀
扶、看护下如厕，至少最初，不能不令其感到羞辱。我曾
一再处理过晚年父亲的失禁，却已不记得第一次令他以为
蒙羞的事儿发生在何时，他作何反应。他属于那种一生整
饬、一丝不苟的人。

排便事关尊严。掌控排便这样私密的行为，避免在外
人（包括至亲）面前暴露身体的某个部位，有一天也会成
为奢望。记得有一次在餐馆吃了变质的食品，父亲在自家
客厅狂泻不止，我则趴在地上，手忙脚乱地用旧报纸擦
拭。不知当时的父亲作何感想。那时距他失禁，尚有一段
时间。

书中写到的"大通疗养院"（页 106—114）、位于波
士顿郊区的"新桥"新型退休社区（页 118—127）、"绿
房子"（页 130—134），接近于作者的理想。作者肯定那种
没有"机构感"的养老机构（页 131）。机构而没有"机
构感"，分寸就难以拿捏。作者主张"改变老年护理目前
由医学生主导的现状"（页 130），改变将老人——尽管有
诸多老年病——作为病人的护理理念。这当然关系到如何
界定进入老年生理衰退期的人群。"无须因为生活需要帮
助就牺牲自己的自主性"（页 127），既应当是老人的意

识，也应当是养老机构管理方的观念。为此他们不能不作风险评估，因关系信誉，也涉及法律责任。

书中所举"大通""新桥"诸家的设计在中国，确有"前卫"性质，即使相关理念被认可，也难以复制。养老机构的"前卫"意味着承担风险，而这正是诸多养老机构不能不规避的，尤其商业化的民营机构。在"养老事业"起步较晚的不发达国家，书中的那种"实验"，多少显得奢侈。即使"观念"有缓慢的改变，优质的养老资源，也只能供老人中极小的比例享用。

对作者本书中的主张，或他引述的某种主张，如护理机构"允许虚弱的老年人尽可能多地控制对他们的护理程度，而不是让护理规范控制他们"（页82—83）；如这种机构应当"使得住户保持与那些住在家里的人有类似的自由和自主——包括有权利拒绝出于安全的考虑或者机构的方便而强加的约束"（页85）；另如"不论什么情况都要帮助人们住在自己家里，按照自己的方式生活，直到生命的终点"（页123），① 即使低收入的老人，即使必须有政府补贴，我都能理解以至赞许——尤其不过度治疗，尽可

---

① 由上下文看，这里的"家里"，包括养老社区自己的公寓。

能让临终者安然离去——却不敢想象那些主张能被普遍接受；纵然接受，也难以确保有条件实施。

由书中看到了一些似乎更激进的实验。即如"大通纪念养老院"在园中养小动物，鹦鹉、狗、猫以至兔子和下蛋的鸡。该养老院还创造条件使老人与孩子接触（页113）。上述种种都有道理，尤其有助于改善老人的精神状况，却绝非任一家养老机构都敢于仿效：除了会加大管理的投入，还会带来意想不到的麻烦，即如以动物为宿主、经禽鸟传播的疾病。养老机构不可能不考虑法律后果，尤其在当下这样动辄兴讼的风气中。

这里有不同的优先顺序。在美国那家养老院，显然有比活着更重要的。老人的生机活力显然是优先考量。更多的养老院，安全较之活力之类，权重不可比拟。何况什么是活力？以何种指标衡量？一家较小的商业运营的养老机构，重大事故攸关机构生存。管理者岂敢为了理念而作如许牺牲！这种情况下只有折中，力求找到可操作的方式，平衡不同的需求。但这很难，是不是？

理想总拗不过现实的——尤其避险的——考虑量。那家美国养老院的实验失败了。作者感慨道："如果安全和保护是我们在生活中寻求的全部内容，也许我们会得出不同的结论。但是，我们寻求的是有价值和目的的生活，然

而又经常被拒绝享有可能使之实现的条件，我们对现代社会的作为感到失望也就不足为奇了。"（页117）

书中提到的一位学者对于"把接受死亡等同于拥有内在尊严"不以为然（页155）。我们是否也过于被类似"观点"诱导？事实则是，挣扎，抗拒死亡，也可能出于"内在尊严"。作者尊重病人的选择。他由医者的角度说的却是，"尽全力救治也许不是最正确的做法"；或者换一种说法，尽全力救治并非在任何情况下都是最正确的做法。这种提示或许不是很多人希望听到的；说出来的确需要强大的理性。这本书中的主张甚至未必能被专业人士普遍认可。我这样的读者印象深刻的，无非作者的冷静。你并非总能由周围的人们那里听到如此冷静的声音，包括医生。

无论"姑息护理"还是"安宁疗护"，即使只是引入概念，在中国的文化环境中也有"革命"意义，挑战了人们面对死亡的一套观念、习俗与方式：死亡可以这样面对，由此岸到彼岸的路可以这样走过。

"安宁疗护"在中国，似乎正被较多的人接受，"善终服务"却还是个陌生的概念。"善终"的说法尽管古已有之，因根深蒂固的死亡禁忌，仍然会触动敏感的神经。此书的作者说："善终服务试图提供一种死亡方式的新范式……那些接受的人在为我们这个时代展现一种死亡艺术。这么做代表着一种抗争——不仅仅是抗击痛苦，同时也是抗击医学治疗看似不可阻挡的势头。"（页150）①

作者由一些接受"善终服务"的案例引出了如下"具有禅意"的"教训"："只有不去努力活得更长，才能够活得更长。"（页161）"努力"自然指过度治疗。这样的努力有可能不是患者而是家属的选项。他们希望自己尽了全力（包括不惜倾家荡产），不留遗憾，无可愧疚。这种介于无私与自私间的考量是如此普遍，合于普遍人情。你顾忌的是你的内心，还是人们的眼光，当这种时候往往已说不清楚。医学的与心理学的、伦理学的问题缠绕，至此已难解难分。

我的姊妹为临终前的父亲选择了一家老年病院，是明智的。这家医院从事的，是事实上的"安宁疗护"。那家看起来简陋的病院在一处安静的街区，我曾经任教的中学附近。那间单人病房原先或许是教室或办公室，宽敞豁亮。临时的护理人员是暑期打工的大学生，面相忠厚。父

---

① 涉及此问题，书中一个标题是："善终不是好死，而是好好活到终点。"（页220）

亲大部分时间都在昏睡，神态安详。主要的护理为鼻饲、吸痰。我相信当此之时，父亲需要的仅止于此。

即使"安宁疗护"以至"善终服务"的理念被更多的人接受，使理念落地的设施也是更大的难题，尤其想到医疗资源紧缺、城乡差距如是之大。

作者说："要在人的必死性方面谋求共识，并以生命尊严和保持有意义生活作为生存追求，医患双方都面临着学习的任务。"（页176）这里容易被忽略的，是"有意义生活"。通常人们——包括病人及其家属——不会将此作为选项。活着被作为了一切。

作者讲述了自己的父亲虽因绝症而视野收缩、世界窄化，仍然调整了自己的底线，重新定义自己的身份，以使自己拥有"自主性"："你不能控制生命的情形，但是，做自己生命的作者意味着要把握住自己想怎么应对。"（页190）这里适用作者另一处的说法："把今天过到最好、而不是为了未来牺牲现在。"（页207）

还应当说，对于你的国家，书中所讲述的美国老人的际遇说不上严酷。那种医疗与养老条件，或非许多中国老人所敢奢望。中国医生倘写这一题目，想必有更丰富的素材，不但呈现文化差异，且深入老人更为普遍的困境。但我们未必有如本书作者这样的医生、能直接谈论那些艰难的话题的吧。

有关的调研更应当由（新闻）调查记者、社会学家承担：非由医学的层面，而是由社会学的、心理学的、伦理学的等等层面。甚至不必过早地学术化，更是将其作为"社会问题"面对。我怕专业方式适足以掩盖、遮蔽问题的性质。

本书作者详细记述了自己的父亲"告别"的过程，一个不但具有医学知识，而且拥有医生身份的老人，如何经历这一漫长的告别。

书中引公元前 380 年柏拉图在《拉凯斯》中记录的苏格拉底与两位雅典将军的对话，"他们想寻求一个看似简单的问题的答案，那就是，何为勇气?"（页 210）苏格拉底的应对极其睿智。只是对于老人，判断"何为勇气"，似乎需要更多的角度。如我的某友人那样在面对无治愈可能的绝症时"自我了断"是勇气，还是忍受痛苦直至终点是勇气，还真的不便认定。但你不妨承认，古希腊人的讨论确实富于智慧，而人的智慧并非"与时俱进"。看懂那番对话已属不易。这是一个艰难而缠绕的话题。我们曾熟悉那种对自杀的政治化（如"文革"中常见的"自绝于党，自绝于人民"），针对的是因政治压力而自杀的现象，尤其在政治运动中。即使与"自杀"有关的社会调查、学术性研究脱敏，与老年有关的自杀现象由伦理方面的讨论，仍因诸多禁忌而难以进一步展开。

农村老人、农村妇女自杀现象曾引起较多关注——关心尤在农村妇女。古代中国尽管未闻有过如日本影片《楢山节考》那样的习俗，老人因熬不下去而自杀，毕竟较之妇女儿童的自杀，较能为社会心理接受。老人的自杀，通常也不被由"勇气"的方面看取。"安乐死"在中国，似乎距相关立法还相当遥远。以眼下的民风，倘如北欧某国将此合法化，我猜想，借了这个名义的，更多的会是谋杀、变相谋杀的吧。

面对一个临近生命终点的女士，作者问了她如下问题："她最大的恐惧和关心有哪些？她最重要的关心有哪些？她愿意做哪些交换、不愿意做哪些交换？"（页213）这种问题很难想象出诸中国医生之口。他们不便以这种方式与病人沟通：病人会瞠目以对、不知所云的吧。与绝症病人对话，"话术"必得有因人之异。在中国，尤其不宜包含露骨的暗示。那样还不如沉默。

这里既有不同民族间的文化（如"生死观"）差异，又有文化水平（如认知、理解能力）的因人之别。因表述不当造成误解，有可能引爆医患矛盾，甚至令医生官司缠身。死亡禁忌绝非中国特有，只是在我们这里渊源古老，破除几不可期。"安宁疗护"的兴起——尽管相关资源匮乏、稀缺——是否提供了"观念转换"的契机？

最后必须说，"最好的告别"实在是个好题目。中国漫长的岁月中积攒了丰富的修辞技巧，用以规避"死"这个字。最常用的说法，是某人"走了"——或许会令外国人发懵。细想"走了"很妙。去往另一个世界（无论天堂、冥界），岂不是"走了"？甚至在修辞的意义上，也引发想象，似乎隐约可见其人的背影，渐行渐远。生命离开一个肉身，过程也大致如此的吧。

人生终点难有的，无过于"最好的告别"。晓虹写钱理群的夫人崔可忻大夫（刊《北京青年报》），所写就是她所认为"最好的告别"。崔大夫的告别方式令我心动的，是"生前清理"，而非临终前在燕园舞台上的演唱（所谓"天鹅绝唱"），和对身后葬仪的设计。据老钱说，他事后才发现，崔大夫生前将一些东西交女儿带走，应当是一些涉及私密的东西。清理电脑上的文件，也为了避开窥探，不使有些纯属私人的书写终成"公共读物"。对杨绛生前清理之彻底，论者说法不一。我看到的，更是此老的高度清醒，不只为了保护亡夫与其他家人，也为了杜悠悠之口，尽管效果有限。这个世界已足够污浊，何必再为无聊的人徒增谈资！

本书的作者是医生，上述意义上的"生前清理"，或不在他的专业范围。对于普通老人，若"生前清理"包括了对财产的处置，却至关重要。由社会新闻看，有多少老人，因没有这一种"清理"，将无穷的纷扰留在了身后，魂魄也不得清静。

这不是一本好读的书。在生命结束之际向世界告别——纵使"最好的告别"——不大可能是一件令人快慰的事。书中那些老人的故事所提示的，是你有可能面对的严酷情境。这本书的预期读者或许更是尚未面临这一课题者，而非止老人，尤其正在"告别"的老人。

我尚未处在这样的时刻，却边读这本书边想，我希望有一天直接对医生说，我此生想做该做的事已经做过。我不希望插管子或使用其他生命支持系统，只为了稍延时日。我随时接受安宁疗护（或曰姑息治疗），且希望时间尽可能短。我愿意安静地离去。如若我因病情而陷于谵

妄，因死亡恐惧而思维混乱，请以我尚有认知能力的此刻
所作表述为准。

　　"老年学"似乎在成为"显学"。我们其实不知道此
"学"的现状，却不难跟风，追逐热点——也算得中国学
界的惯性。话语权比"学"更重要，名目比装入其中的内
容更重要。这本书没有以"老年学"为标榜。我读到的更
是特选的人生故事，人生最后一幕的故事，对这些故事的
出诸专业人士的叙述：叙述方式与故事同等重要，或较故
事更重要，值得细细品味。